BookLess. Wörter durchfluten die Zeit

Teil 1

BookLessSaga

Roman
E-Book
1. Auflage August 2013

Facebook: Marah Woolf
Blog: www.marahwoolf.com
Twitter:mondsilberlicht

ISBN: 978-3-00-042614-8

Lektorat: Antonia Zauner
Korrektorat: Dorothea Kenneweg
Umschlaggestaltung: Carolin Liepins

Impressum: Ina Körner, Lorenzweg 40, 39124 Magdeburg

Über die Autorin:

Marah Woolf wurde 1971 in Sachsen-Anhalt geboren, wo sie auch heute noch mit ihrem Mann, drei Kindern, drei Hasen und einer Zwergbartagame lebt. Sie studierte Geschichte und Politik und erfüllte sich mit der Veröffentlichung ihres ersten Romans "MondSilberLicht" 2011 einen großen Traum. Die drei Teile der MondLichtSaga verkauften sich über 100.000 Mal und wurde auf der Leipziger Buchmesse mit dem 1.Preis des Leipziger AutorenAward ausgezeichnet. "BookLess. Wörter durchfluten die Zeit" ist der Auftakt ihrer neuen Trilogie.

Für Marcus,
für gestern, heute und morgen

Eine Welt in deinen Händen

Bücher, die dir Türen öffnen, in eine Welt,
die durch dich lebt.
Seiten, die die Hand dir reichen
Wärme in die Seele webt.
Tauche ein mit allen Sinnen
folg dem Weg, wie er dich führt.
So vermagst du zu verstehen
welch ein Zauber dich berührt.

Dana Tophoven, 2013

Dort wo man Bücher verbrennt,
verbrennt man am Ende auch Menschen.

Heinrich Heine

Prolog

Lucy trat durch die Eingangstür des Archivs, deren alte Scharniere zur Begrüßung knarrten. Sie presste die Bücher in ihrem Arm fest an sich. Hier war sie in Sicherheit. Hierher konnte ihr niemand folgen. So schnell es die steilen Stufen zuließen, eilte sie die Treppe hinunter.
In dem schmalen Gang zwischen den Regalen stieg ihr der vertraute Geruch alter Bücher in die Nase. Heute vermochte er sie nicht zu trösten.

Tränen rannen über ihre Wangen und sie betete, dass sie ihr Medaillon hier finden würde. Sie hoffte inständig, dass es auf ihrem Schreibtisch lag und darauf wartete, dass sie es abholte.

Durch die verzweigten Gänge lief sie auf ihr Büro zu. Umständlich kramte sie den Schlüssel aus der Jackentasche, bemüht, die Bücher, die sie auf dem Arm balancierte, nicht fallen zu lassen. Nachdem sie ihn gefunden hatte, schloss sie auf und trat ein.

Sie durchquerte den Raum, legte ihre Last auf dem Schreibtisch ab und knipste die kleine Arbeitslampe an. Dann begann sie hektisch zwischen den Papieren, Büchern und Karteikarten zu wühlen, die auf dem winzigen Tisch verstreut lagen. Sie konnte es nicht finden. Sie bückte sich, um unter dem Tisch nachzusehen. Ihre Bewegungen wurden immer fahriger. Colin würde ungeduldig werden, wenn sie nicht bald zurückkam. Verzweifelt sah sie sich um. Sie konnte es unmöglich verloren haben. Dafür war es zu wertvoll.

Endlich entdeckte Lucy es. Matt schimmernd lag das Medaillon auf einem Bücherstapel neben der Tür. Aufschluchzend stürzte sie sich darauf und umklammerte es. Vorsichtig legte sie es sich um den Hals und löschte das Licht. Ein letztes Mal sah sie sich um. Ob sie jemals zurückkehren würde?

Sie trat auf den Gang hinaus und blieb abrupt stehen. Etwas hatte sich verändert. Lucy wusste nicht sofort, was es war. Aufmerksam blickte sie sich um. Sie konnte nichts Ungewöhnliches entdecken. Die Bücher schwiegen und doch spürte Lucy ihre Angst, die sich nun auch ihrer bemächtigte. Ihr Herz begann laut zu schlagen. Furcht schnürte ihr die Kehle zu.

Dann roch sie es. Der vertraute Geruch alter Bücher war verschwunden. Etwas anderes hatte seinen Platz eingenommen. Im selben Moment, in dem sie begriff, was sie roch, bemerkte sie den weißen Qualm, der wie Nebel zwischen den Regalen hervor stieg. Dann drang ein unwirkliches Knistern an ihre Ohren.

Wie hypnotisiert starrte Lucy auf das Schauspiel, das sich ihr bot. Das musste ein Traum sein.

Wie aus dem Nichts züngelten kleine gelbe Flammen aus den Gängen zu ihrer Linken hervor. Mit jedem Wimpernschlag schienen sie größer zu werden. Ihre Farben wechselten zu einer verwirrenden Mischung von Weiß, Blau und Rot.

Es bestand kein Zweifel – das Archiv brannte.

Die Bücher – das Feuer würde sie vernichten. Jedes Einzelne von ihnen. Lucy war wie erstarrt. Dann nahm sie die Schreie der Bücher wahr. Ihre Verzweiflung grub sich in Lucys Herz.

Sie schwankte und griff Halt suchend nach der Wand. Was sollte sie tun? Viel zu schnell fraß das Feuer sich durch das trockene Holz und das uralte Papier. Die Flammen leckten über den Boden, wanden sich um jeden einzelnen Karton, bohrten sich in sein Innerstes und verrichteten ihr zerstörerisches Werk. Beinahe sorgfältig gingen sie dabei vor, als wollten sie verhindern, dass ihnen auch nur ein Buch entging. Keines würde verschont bleiben. Der Schatz, der hier so viele Jahre verwahrt und geschützt worden war, ging vor Lucys Augen verloren.

»Lauf, Lucy. Rette dich!«, forderten die Bücher plötzlich von ihr. »Rette uns!«

Die Betäubung fiel von ihr ab und sie erwachte aus ihrer Starre. Voller Panik wandte sie sich um und hastete zurück in ihr Büro. Sie knipste das Licht wieder an und griff nach dem Telefon. Dabei zitterten ihre Hände so stark, dass ihr der Hörer entglitt und auf den Boden knallte.

Für die Bücher hier unten würde vermutlich jede Hilfe zu spät kommen, aber der Bestand in den oberen Etagen konnte vielleicht gerettet werden. Sie musste sich nur beeilen. Alles hing jetzt von ihr ab.

Sie bückte sich, um den Hörer aufzuheben und versuchte, das Zittern ihrer Finger zu unterdrücken. Dann wählte sie die Nummer des Infoschalters. Das Telefon war tot. Wütend schüttelte sie den altersschwachen Apparat und versuchte es noch einmal. Das Gerät gab kein Lebenszeichen mehr von sich. Lucy stöhnte auf. Sie blickte zu den Büchern, die sie vor wenigen Minuten auf ihrem Schreibtisch abgelegt hatte. Wenigstens diese würde sie retten. Sie würde sie nicht dem Feuer überlassen.

Sie zog ihre Strickjacke von der Lehne des Stuhls, griff nach einer Wasserflasche und goss ihren Inhalt darüber. Sie drückte sich den feuchten Stoff vor Mund und Nase, nahm die Bücher und umklammerte sie wie einen Rettungsanker. Dann trat sie vor die Tür und sah sich um.

Das Feuer hatte sich weiter vorgearbeitet. Es breitet sich zu schnell aus, schoss es Lucy durch den Kopf, bevor sie losrannte. Die Bücher in ihrem Arm behinderten sie, aber sie war nicht gewillt, sie den Flammen zu überlassen.

Der Weg vor ihr dehnte sich ins Unendliche. Der Rauch nahm ihr erst die Sicht und dann den Atem.

Ein Krachen ertönte hinter ihr. Lucy sah sich um. Die riesigen Regale begannen einzustürzen. Das Feuer hatte sich durch ihre dicken Eichenbretter gefressen und diese hielten ihm nicht länger stand. Funken stoben durch den Raum und eine Welle aus Flammen, Schutt und Asche flog auf Lucy zu. Sie versuchte, schneller zu laufen. Eigentlich hätte sie längst bei der Treppe angekommen sein müssen. Mit Erschrecken wurde ihr bewusst, dass sie falsch abgebogen war. Sie sah nach oben. Durch den Qualm war der Buchstabe, der der Regalreihe ihren Namen gab, nicht mehr zu erkennen. Lucy begann zu husten. Panik machte sich in ihr breit. Was, wenn sie nicht hinausfand?

Sie ließ die feuchte Strickjacke, die sie beim Laufen behinderte, fallen und zerrte mit einer Hand einen der sorgfältig verschlossenen Kartons aus dem Regal. Oben auf dem Deckel war deutlich die Signatur zu lesen. Sie begann mit dem Buchstaben L.

»Verfluchter Mist«, krächzte Lucy in den Lärm des Infernos. Sie hätte in Reihe H abbiegen müssen. Zurück konnte sie nicht. Das Feuer war zu nah. Die Hitze brannte auf ihrer Haut. Den Ausgang würde sie nur noch über Umwege erreichen. Sie nahm das Buch aus dem Karton, den sie achtlos fallen ließ. Sie konnte es nicht zurücklassen und der Vernichtung preisgeben. Dann rannte sie, so schnell ihre schmerzende Lunge es zuließ, weiter.

Minuten später wurde ihr klar, dass sie sich rettungslos verlaufen hatte. Lucy konnte nicht mehr. Ihr fehlte die Luft zum Atmen. Um sie herum brodelte das Feuer, griff nach allem, was ihm in die Quere kam und fraß es auf.

Egal, in welche Richtung sie sich wandte, von allen Seiten stürmte es auf sie zu. Eine alles vernichtende Armee, die erbarmungslos ihr Werk verrichtete.

Sie saß in der Falle.

Tränen rannen ihr über die Wangen und sie versuchte wütend, sie fortzuwischen.

Das war sein Werk. Sie hatte ihm vertraut und er hatte sie getäuscht.

Sie wollte die Gedanken an ihn abschütteln. Wenn sie schon starb, sollte ihr letzter Gedanke nicht ihm gelten. Lucy schluchzte und verbarg ihr Gesicht in ihren Händen. Langsam rutschte sie, an eines der Regale gelehnt, zu Boden. Mit der linken Hand umfasste sie das Medaillon fester.

Dann begann sie zu beten, etwas, das sie nicht mehr getan hatte, seit sie das Kinderheim, in dem sie aufgewachsen war, verlassen hatte.

Doch die glühend rote Welle ließ sich damit nicht aufhalten. Sie rollte heran und fraß Lucys Welt.

Von allen Welten, die der Mensch erschaffen hat, ist die der Bücher die Gewaltigste.

Heinrich Heine

1. Kapitel

London, einen Monat zuvor

Lucy rannte die Treppe zur Bibliothek hinauf. Keuchend kam sie auf dem obersten Absatz zum Stehen. Sie schob sich durch die Eingangstüren und den winzigen Vorraum. Unvermittelt sah sie in das missmutige Gesicht von Mr. Barnes, dem neuen Direktor der Londoner Bibliothek. Er hatte sich im Empfangsbereich aufgebaut und wie üblich die Arme hinter dem Rücken verschränkt. Sein Fuß wippte ungeduldig auf und ab. Offenbar sollte ihm diese Pose einen Hauch von Wichtigkeit verleihen.

»Miss Guardian«, begann er seine Litanei. »Ich weiß nicht, was ich mit Ihnen anstellen soll. Was ist so schwierig daran, pünktlich an seinem Arbeitsplatz zu erscheinen? Sie wissen, dass eine Menge anderer Studenten für diesen Job Schlange stehen. Ich weiß nicht, wie lange ich Sie unter diesen Umständen noch beschäftigen kann.«

Lucy hätte am liebsten die Augen verdreht. Sie kannte diese Predigt in- und auswendig. Ihr Blick schweifte zum Empfangstresen, wo sich ihre Freundin Marie gerade in haargenau der gleichen Pose wie Mr. Barnes aufbaute und flüsternd jedes seiner Worte mitsprach. Lucy biss sich in die Wangen, um nicht loszulachen. Es war ihr schleierhaft, wie es Marie gelang, dieses Frettchen so detailgetreu nachzuahmen.

Mr. Barnes bemerkte offenbar, dass ihre Aufmerksamkeit nicht ihm galt, und fuhr herum. Dabei verlor er den Halt und wäre sicherlich zu Boden gestürzt, hätte Lucy ihn nicht geistesgegenwärtig festgehalten.

Um ihn von Marie abzulenken, zog sie ihn zu sich herum und plapperte drauflos: »Mr. Barnes, ich verstehe Sie und ich verspreche Ihnen hoch und heilig, dass es das letzte Mal ist, dass ich zu spät komme. Aber sehen Sie«, Lucy versuchte einen Augenaufschlag, der gründlich misslang und lediglich dazu führte, dass Mr. Barnes seine buschigen Augenbrauen zusammenzog, »ich musste letzte Nacht dieses Referat vorbereiten, über *Perikles.* Ich habe Ihnen letzte Woche davon erzählt. Ich habe die halbe Nacht daran gearbeitet und ich glaube, es ist wirklich gut geworden. Leider bin ich deshalb viel zu spät ins Bett gegangen und dann habe ich zu allem Überfluss vergessen, meinen Wecker zu stellen. Ich war einfach todmüde.«

»Ja, ja. Um eine Ausrede sind Sie nie verlegen. Das war Ihre letzte Verwarnung. Damit das klar ist«, knurrte Mr. Barnes. Dann drehte er sich um und lief vor sich hin grummelnd zurück zu seinem Büro. Lucy atmete tief aus und ging zu Marie, die sich hinter dem Empfangstresen so unsichtbar wie möglich machte.

»Du hast mich gerettet«, stöhnte ihre Freundin, als Lucy neben ihr auftauchte und ihr einen Kuss auf die Wange gab.

»Diesmal war es echt knapp«, bestätigte Lucy. »Du solltest deine schauspielerischen Talente irgendwo anders ausleben.« Marie sah sie zerknirscht an. »Ich weiß«, sagte sie. »Aber ich kann einfach nicht anders. Er reizt mich immer wieder.« Die Mädchen kicherten.

»Weshalb bist du wirklich zu spät?«, fragte Marie.

»Das Übliche. Mir fehlt das Pünktlichkeitsgen. Keine Ahnung, wie andere Leute das schaffen. Ich stehe rechtzeitig auf, und trotzdem scheint meine Zeit schneller zu vergehen als zum Beispiel deine. Egal was ich anstelle – ich komme zu spät.«

Marie verschränkte ihre Arme und sah Lucy herausfordernd an. »Du hast in der U-Bahn gelesen.«

Lucy schüttelte den Kopf.

»Du hast die richtige Haltestelle verpasst«, setzte Marie dazu. Wieder schüttelte Lucy den Kopf.

»Zeig deine Tasche«, forderte Marie und winkte mit der rechten Hand. Lucy sah sie schuldbewusst an.

»Ich habe also recht«, triumphierte Marie. »Wie oft habe ich dir gesagt: Lass die Bücher zu Hause. Beinahe jeden Morgen verpasst du deine Station. Und dann kommst du an wie ein abgehetztes Kaninchen. Schau dir bloß deine Haare an.« Marie angelte eine Haarbürste aus einem Schubfach ihres Schreibtisches. »Bring das in Ordnung.«

»Sieht doch sowieso keiner.«

»Klar«, widersprach Marie. »Deine geliebten Bücher.«

»Wenn du zu Hause und nicht immer bei Chris schlafen würdest, dann wäre ich auch pünktlich«, protestierte Lucy noch, während Marie sie in Richtung Toilette schob.

»Das könnte dir und Jules so passen«, erwiderte Marie. »Chris und ich sind in seiner Wohnung besser aufgehoben. Da können wir machen, was wir wollen.« Sie grinste Lucy an, die daraufhin die Augen verdrehte.

Eine halbe Stunde später, Lucy war gerade dabei, im Lesesaal Bücher einzusortieren, kam Marie hereingeschlichen.

»Du sollst zu Mr. Barnes kommen. Sofort«, flüsterte sie.

Lucy sah sie erschrocken an. »Hat er gesagt, was er will?«

Marie zuckte mit den Schultern. »Mir hat der Drache nichts verraten.«

Drache nannten die Angestellten der Bibliothek die Vorzimmerdame von Mr. Barnes, die passenderweise den Namen Drake trug. Er hatte sie mitgebracht, als er vor sechs Wochen seinen neuen Posten angetreten hatte. Sie war, wenn das möglich war, noch unbeliebter als Mr. Barnes selbst.

Eingeschüchtert lief Lucy durch die Flure zum Verwaltungsbereich der Bibliothek. Dass Mr. Barnes sie zu sich beorderte, war bisher noch nie vorgekommen. Sie hoffte inständig, dass er sie nicht entlassen würde. Außer dass sie zu oft zu spät kam, hatte sie sich bisher nichts zuschulden kommen lassen. Und schließlich blieb sie abends zum Ausgleich oft länger, als sie eigentlich musste.

Vor einer der alten hohen Holztüren, die den Flur säumten, blieb sie stehen und klopfte. Lucy konnte nicht hören, ob sie zum Eintreten aufgefordert worden war, also drückte sie die Türklinke hinunter. Vorsichtig warf sie einen Blick in den Raum, der sich als Empfangszimmer entpuppte.

Ms. Drake saß hinter einem Schreibtisch und machte ihrem Spitznamen alle Ehre, vorausgesetzt es hatte Drachen mit violett angehauchter Dauerwelle gegeben. Demonstrativ sah sie auf die Uhr, wohl um klarzumachen, dass Lucy getrödelt hatte.

Trotzdem stand sie ohne einen weiteren Kommentar auf und klopfte an eine Tür, die von ihrem Zimmer in ein weiteres führte. Sie wechselte ein paar gemurmelte Sätze mit jemandem in dem Raum dahinter, ehe sie sich Lucy zuwandte, um sie mit einer Handbewegung in das Zimmer zu scheuchen.

Mr. Barnes thronte hinter seinem riesigen Schreibtisch und hatte den Kopf über ein Dokument gebeugt, sodass alles, was Lucy von ihm sehen konnte, seine Glatze war. Nervös trat sie näher.

Der Mann ignorierte ihre Begrüßung und schrieb eifrig weiter. Lucy sah sich vorsichtig um. Irgendwie hatte sie in dem Büro eines Bibliotheksdirektors Bücher erwartet. Hier gab es zwar Schränke und Regale, aber die waren hauptsächlich mit Aktenordnern gefüllt. Außerdem verunzierten ein paar ausgesprochen nichtssagende Bilder die Wände.

»Gefallen Sie Ihnen?«, durchbrach die Stimme von Mr. Barnes, die für einen Mann viel zu hoch war, die Stille. Jetzt erst bemerkte Lucy, dass das Kratzen des Stiftes verstummt war. »Meine Frau hat sie gemalt«, erklärte er, stand auf und bedeutete Lucy, vor ihm Platz zu nehmen.

Er selbst lehnte sich gegen seinen Schreibtisch und griff nach Lucys Hand. Seine folgenden Worte legten nahe, dass das eine väterliche Geste sein sollte, und Lucy musste den Impuls unterdrücken, ihre Hand zurückzuziehen.

»Sie sind sehr jung«, stellte er dann fest, als wäre das neu für ihn. »Gerade erst achtzehn.«

Lucy verzichtete auf eine Erwiderung, schließlich hatte er bei ihrer Geburtstagsrunde vor zwei Wochen mindestens drei Stückchen Kuchen gefuttert. Er ließ sie los, um sich wieder zu setzen. Verstohlen wischte Lucy ihre Hand an der Hose ab. Sie fühlte sich feucht an.

»Eigentlich wähle ich die Studenten, die bei uns arbeiten dürfen, persönlich aus«, führte er seinen Monolog fort und Lucy hörte deutlich Unwillen aus seiner Stimme heraus. »Und natürlich hätte ich jemanden mit mehr Erfahrung vorgezogen. Aber als die Frau Staatssekretärin bei mir anrief und darum bat, dass Sie auch unter meiner Leitung weiterhin hier arbeiten dürfen, konnte ich schlecht Nein sagen.«

Lucy verstand nur Bahnhof. Welche Staatssekretärin? Sie kannte keine Staatssekretärin. Wie auch? Madame Moulin, die Leiterin des Kinderheimes, in dem Lucy aufgewachsen war, musste dahinterstecken. Sie hatte ihr den Job besorgt.

»Lange Rede, kurzer Sinn.«

Lucy konzentrierte sich wieder auf ihr Gegenüber.

»Sie werden ab heute im Archiv arbeiten. Miss Olive nimmt in nächster Zeit einen längeren Urlaub. Sie werden sie vertreten und bei der Gelegenheit dafür sorgen, dass die Bücher aus dem Archiv in unser Computersystem eingepflegt werden. Meine Vorgängerin hat diese Aufgabe sträflich vernachlässigt. Ich möchte, dass jedes einzelne Buch in dem Verzeichnis auftaucht. Haben Sie das verstanden?«

War ja nicht besonders schwer, dachte Lucy und nickte. Dann wartete sie auf weitere Erklärungen, doch er nahm wortlos seinen Stift in die Hand und vertiefte sich wieder in seine Unterlagen. Nervös rutschte sie auf ihrem Stuhl hin und her. Sollte sie aufstehen und gehen?

»Sie können gehen. Marie soll Sie nach unten bringen. Richten Sie ihr das aus«, sagte Mr. Barnes und winkte sie zur Tür hinaus.

Damit war Lucy entlassen. Schnell beeilte sie sich, zum Eingangsbereich zurückzukommen. Sie brauchte dringend einen Kaffee.

»Marie«, rief sie ihrer Freundin zu, als sie am Infoschalter ankam. Diese sah bei Lucys aufgeregtem Tonfall alarmiert auf.

»Er hat mich ins Archiv versetzt.«

»Wie bitte?«

»Er hat mich ins Archiv versetzt«, wiederholte Lucy.

«Der meint es echt nicht gut mit dir«, antwortete Marie und sah sie bekümmert an.

Lucys Herz rutschte ihr in die Hose.

»Es ist gruselig da unten«, flüsterte Marie zur Erklärung und beugte sich über den Tresen. »Manche glauben, dass es da spukt. Das Archiv gibt es schon ewig. Es würde mich nicht wundern, wenn da das ein oder andere Skelett verstaubt.«

Lucy sah Marie verunsichert an. Sie hatte diesen Geschichten, die unter den Angestellten erzählt wurden, bisher keine Beachtung geschenkt. Im Archiv selbst war sie allerdings noch nie gewesen.

»Du willst mich auf den Arm nehmen«, sagte sie.

Doch Marie sah sie Unheil verkündend an. »Ich bringe dich runter, dann wirst du schon sehen.«

Lucy folgte Marie quer durch die Bibliothek, bis diese vor einer hohen, alten Tür stehen blieb.

»Das Tor zur Unterwelt«, eröffnete sie Lucy und lachte nervös. Dann griff sie beherzt nach der Klinke und zog die Tür auf. Ein misstönendes Knarren durchbrach die Stille.

Vor Lucy tat sich ein dunkler Gang auf, der in die Tiefe führte. Unwillkürlich musste sie an mittelalterliche Burgen und Folterkeller denken. Glücklicherweise wurde die steinerne Treppe, wenn auch schummrig, von elektrischem Licht erhellt. Die Luft, die jetzt den Gang hinunterwehte, wirbelte winzige Staubpartikel auf, die kurz funkelten, verharrten und dann auf die abgetretenen Steinstufen niedersanken. Lucy stellte sich vor, dass die Luft sie jeden Tag ein Stück weiter nach unten wehte. Sie würden es nie wieder ans Tageslicht schaffen.

Marie trat auf die oberste Stufe und bedeutete Lucy, ihr zu folgen. Hinter den beiden fiel die Tür mit lautem Getöse ins Schloss. Lucy zuckte zusammen und setzte vorsichtig einen Schritt vor den anderen. Die Treppe war steil. Um nicht zu fallen, umfasste sie mit einer Hand das Geländer. Es fühlte sich kalt und rau unter ihren Fingern an.

Am Fuß der Treppe trat sie neben Marie, die dort auf sie gewartet hatte. Ihre Augen rundeten sich vor Erstaunen bei dem Anblick, der sich ihr bot. Das Gewölbe, das sich vor ihr ausbreitete, schien kein Ende zu nehmen. Links und rechts des Aufgangs erstreckten sich rohe in das Erdreich geschlagene Wände. Auch der Boden bestand aus vom Alter fleckig gewordenen abgewetzten Steinquadern. Die hohen Bücherborde, die vor ihr aufragten, bogen sich unter ihrer Last. Neugierig trat Lucy an das vorderste Regal heran. Doch Marie griff ihren Arm und zog sie weiter. Zielsicher lief sie voran und Lucy folgte ihr notgedrungen durch das Gewirr schmaler Gassen. Doch ihre Aufmerksamkeit wurde zunehmend von den Schätzen, die hier verborgen lagen, in Beschlag genommen. Sie machte sich los und blieb stehen.«Ich komme gleich nach«, rief sie Marie, die weitereilte, hinterher.

Tief sog sie den Duft ein, der das Labyrinth der Regale erfüllte. Sie liebte diesen Geruch. Beinahe war es, als würde sie die Bäume riechen, aus deren Holz die unzähligen Blätter der Bücher gefertigt waren. Sie wusste, dass hier auch deutlich ältere Bücher aufbewahrt wurden, als die, die sich vor ihr in dem Regal befanden. Das Pergament dieser jahrhundertealten Exemplare war aus Tierhäuten und Lumpen gewonnen worden. Der Einfallsreichtum der Menschen schien unerschöpflich gewesen zu sein, wenn es darum gegangen war, Erkenntnisse, Gedanken und Gefühle niederzuschreiben.

Der Duft der Farben der Bilder, mit denen die Bücher verziert waren, vermischte sich mit dem dunklen Aroma der Tiere, die ihr Leben für das Leder der Einbände gegeben hatten. Ganz schwach meinte sie den Geruch des Rußes wahrzunehmen, aus dem früher die Tinte hergestellt worden war. Wie viele Schreiber und Drucker waren ihr

Leben lang damit beschäftigt gewesen, diese wertvollen Texte für die Nachwelt zu erhalten?

Aus dem Augenwinkel sah sie, dass Marie das Ende des Ganges erreicht hatte und nun abbog. Wenn sie sie aus den Augen verlor, dann würde sie sich hoffnungslos verirren. Die meterlangen Regale durchzogen das Gewölbe, immer wieder unterbrochen von Abzweigungen, die einen in eine neue Richtung lockten. Ein Menschenleben würde nicht ausreichen, um all diese Kostbarkeiten auch nur anzusehen, geschweige denn zu lesen, dachte Lucy.

Da sie keine andere Wahl hatte, lief sie Marie hinterher. Als sie das Ende des Ganges erreichte, blieb sie stehen und lauschte. Marie war nicht mehr zu sehen, doch ihre Schritte hallten laut durch die Stille. Lucy ahnte, dass sie diesen Lärm absichtlich veranstaltete, um sich Mut zu machen.

Es würde ihr nicht schwerfallen, ihr zu folgen. Wieder richtete sie ihre Aufmerksamkeit auf eins der Regale. Die meisten Bücher standen offen auf ihrem Bord. Nur einige waren, wohl um sie zusätzlich zu schützen, in Kartons verstaut. Ein Buchrücken reihte sich an den nächsten. Sorgfältig mit Signatur versehen, warteten sie geduldig darauf, dass sich ein Leser für sie interessierte. Vorsichtig zog Lucy eines der Bücher aus dem Regal. Sie strich über den Einband und schlug es auf. Staub wirbelte zwischen verblichenen Seiten hervor. Lucys Nase begann zu kribbeln. Sie stellte das Buch zurück und holte ein Taschentuch aus ihrer Jacke. Noch einmal strich sie über die Buchrücken, bevor sie sich endgültig daran machte, Marie zu folgen.

Deren Schritte waren jedoch verstummt. Lucy sah nach rechts und nach links. Um sie herum erstreckte sich das Gewirr der Gänge. Wo konnte Marie hin sein? So lange hatte sie nun auch nicht getrödelt.

Plötzlich schob sich einige Reihen weiter Maries blonder Lockenkopf zwischen zwei Regalen hervor.

»Wo bist du denn?«, rief sie mit piepsiger Stimme. »Ich hab schon befürchtet, ein Gespenst habe dich geholt.«

Lucy grinste und lief zu ihr. »Sag bloß, du hattest Angst?«

»Findest du es nicht unheimlich?«, fragte Marie zurück.

Lucy schüttelte den Kopf.

»Hhmpf«, machte Marie. »Los, komm. Je eher ich wieder oben bin, desto besser.«

Einige Minuten später blieb Marie vor einem kleinen Büro stehen, das sich an eine der Außenwände schmiegte. Sie öffnete die Tür. Die Kühle, die im Archiv die Bücher schützte, wich hier einer angenehmen Wärme. Lucy sah sich um. Der Raum hatte den Namen Büro kaum verdient. Zelle wäre angemessener, fand Lucy. Der Eindruck verstärkte sich noch durch die vielen im Raum verteilten Bücherstapel, die es ihr kaum ermöglichten, einen Fuß vor den anderen zu setzen.

Eine winzige Lampe brannte auf dem Schreibtisch, der ebenfalls mit Büchern übersät war. Es schien fast unvorstellbar, dass hier noch ein Mensch reinpassen sollte.

»Sie ist nicht da«, sagte Marie. »So ein Mist, jetzt müssen wir nach ihr suchen. Ich hab jedes Mal Angst, dass ich mich in diesem Labyrinth verlaufe und nicht mehr herausfinde.«

»Wie lange arbeitest du noch mal hier?«, fragte Lucy und grinste.

»Zwei Jahre. Das weißt du doch«, antwortete Marie.

»Na ja, ich würde denken, nach zwei Jahren kennst du alles wie deine Westentasche.«

»Für oben trifft das auch zu. Ich glaube, ich würde jedes Buch mit geschlossenen Augen finden«, lachte Marie. »Aber nach hier unten verirre ich mich fast nie. Und das ist auch gut so. Du warst doch selbst noch nicht hier, oder?«

Lucy nickte und fragte sich, warum das so war. Sie fand es eigentlich ganz anheimelnd. Doch sie wusste, dass nur wenige Menschen ihre Vorliebe für die Abgeschiedenheit und die Dunkelheit teilten. Sie war das einzige Kind im Heim gewesen, das sich bei den nächtlichen Mutproben auf den Speicher getraut und es länger dort ausgehalten hatte. Es machte ihr nichts aus. Im Gegenteil. Sie wäre glücklich gewesen, wenn ihr wenigstens einmal ein Gespenst über den Weg gelaufen wäre. Aber Fehlanzeige. Vielleicht hatte sie an diesem Ort mehr Glück.

Marie hingegen war eher ein Lichtmensch. »Miss Olive«, begann sie zu rufen. »Miss Olive. Ich habe jemanden für Sie.«

Nichts geschah. Marie seufzte auf. »Meinst du, du kannst sie ohne mich suchen?«, fragte sie. »Sie ist das Einzige, vor dem du dich hier nicht fürchten musst.«

Lucy nickte. Sie hatte bereits ein paar Mal mit Miss Olive gesprochen, wenn diese Bücher in den Lesesaal gebracht hatte, und schnell beschlossen, sie zu mögen.

Erleichterung breitete sich auf Maries Gesicht aus. »Eigentlich ist es nicht so schwer, wenn man das System verstanden hat. Hier im vorderen Bereich sind alle Regale nach dem Alphabet geordnet.« Sie wies auf den Buchstaben E, der das Regal direkt vor ihnen zierte. »Hierher musst du zurück. Geh nicht zu weit hinein. Hinten wird es deutlich komplizierter. Da findet sich maximal Miss Olive zurecht. Das Archiv ist nicht einheitlich strukturiert. Früher haben die Archivare mit einem System römischer Ziffern gearbeitet. Das ist nicht so leicht zu verstehen wie die alphabetische Ordnung. Aber ich glaube nicht, dass Miss Olive so weit nach hinten gegangen ist. Sie wird vermutlich irgendwo in der Nähe Bücher einsortieren. Also geh nicht zu tief hinein. Das Archiv reicht viel weiter, als man auf den ersten Blick vermutet.«

Lucy hörte ihr aufmerksam zu, während sie sich umsah. Neugier breitete sich in ihr aus. Die unendlichen Regalreihen, die den Raum durchzogen und sich der Kuppel entgegenstreckten, bildeten ein Labyrinth, aus dem ein uneingeweihter Besucher nie herausfinden würde, vermutete sie.

»Das System, nach dem das Archiv einmal geordnet gewesen ist, ist im Laufe der Jahrhunderte verloren gegangen«, referierte Marie weiter. »Jeder Archivar hat dem Saal seinen Stempel aufgedrückt. Überhaupt ist es falsch, von *einem* Saal zu sprechen. Neben dem Hauptraum gibt es viele kleinere und größere Räume, Nischen, manchmal Höhlen, in denen Bücher aufbewahrt werden. Es war nie genug Geld und Personal da, um das alles zu sichten«, beendete sie ihren Vortrag.

Lucy nahm sich vor, jeden Raum zu erkunden. Ihr Jagdfieber war geweckt.

Marie sah auf ihre Uhr. »Um halb eins Mittag?«, fragte sie dann.

»Nudeln?«, stellte Lucy die Gegenfrage.

Marie nickte. »Muss ich dich abholen?«

Ihr Tonfall ließ Lucy kichern.

»Ich kann nach oben kommen, wenn es dir lieber ist.«

»Dafür werde ich dir ewig dankbar sein!«, rief Marie theatralisch und trat den Rückzug an.

Nachdem ihre Schritte verklungen waren, wurde es still.

Zaghaft setzte Lucy einen Fuß in Gang F. Im Grunde war es egal, wo sie mit der Suche begann. Sie sah nach oben. Die Kuppel, die sich über ihr wölbte, war mit verblichenen Ornamenten verziert. Kein Besucher der oberirdischen Stockwerke würde unter seinen Füßen etwas derart Kunstvolles vermuten. Früher mussten die Ornamente in allen Farben des Regenbogens geleuchtet haben. Jetzt war nur noch an wenigen Stellen die einstige Pracht zu erahnen.

Die Atmosphäre des Saales hüllte Lucy ein und legte sich um sie. Während Marie so schnell wie möglich an die Oberfläche flüchtete, kam es Lucy vor, als sei sie jetzt erst richtig angekommen.

Sie wagte einen Schritt in den Gang hinein. Ihre Finger glitten über die schmalen Kisten, in denen die älteren Bücher verstaut waren. Manche davon waren mit Seidenstoffen überzogen, die oft bereits durchscheinend wirkten. Andere waren kunstvoll bemalt. Die meisten waren recht zweckmäßig mit Kanten aus Metall und einem kleinen Schild an der Vorderseite versehen, auf dem der Name des Buches stand. Es war verboten, die Schachteln zu öffnen, wie unter der Führung von Mr. Barnes fast alles verboten worden war. Lucys Gesicht verzog sich zu einer missmutigen Grimasse. Sie hatte seine Anweisungen gelesen, in denen auch das Archiv erwähnt wurde. Die Kartons sollten nur geöffnet werden, wenn tatsächlich jemand eines der Bücher benötigte. So ein Blödsinn dachte Lucy. Bücher brauchten Gesellschaft. Ließ man sie zu lange allein, wurden sie schwermütig. Lucy lächelte bei dem Gedanken. Für sie besaßen Bücher eine eigene Persönlichkeit. Mal waren sie liebenswürdig und friedlich, mal störrisch und eitel. Einem Buch musste man auf behutsame Weise begegnen, damit es seine Geheimnisse preisgab. Dann ließ es den Leser in seine Welt.

Mr. Barnes hatte keine Ahnung von Büchern. Seit er Direktor der Londoner Bibliothek war, machte ihr ihre Arbeit nur noch halb so viel Spaß.

Lucy sah zurück. In einer Nische neben der Bürotür entdeckte sie eine Taschenlampe. Sie griff danach und probierte, ob sie funktionierte.

Beherzt trat sie in die erste Regalreihe und machte sich auf die Suche nach Miss Olive. Immer tiefer lief sie in das Labyrinth hinein. Miss Olive war nirgends zu entdecken.

Das Licht an der Decke flackerte bedenklich. Offenbar war sie an einer Stelle angelangt, an der die Lampen nicht so regelmäßig gewartet wurden wie im vorderen Bereich. Lucy umklammerte die Taschenlampe fester. Marie hatte sie zwar gewarnt, sich nicht zu tief vorzuwagen. Doch sie konnte nicht umkehren. Die dunklen Gänge übten eine Anziehungskraft auf sie aus, die schwer zu erklären war. Sie blieb stehen, unschlüssig, in welche Richtung sie sich wenden sollte.

In diesem Moment hörte sie etwas. Es schien, als würde jemand leise wispern. Sie lauschte. Das Geräusch verstummte. Führte Miss Olive Selbstgespräche?

»Miss Olive?«, rief sie. Sie bekam keine Antwort.

Sie wartete eine Weile, aber alles blieb still. Sie musste sich das Wispern eingebildet haben. Langsam ging sie weiter, setzte vorsichtig einen Schritt vor den anderen und lauschte in die Stille.

Da war es wieder. Lucy hörte es deutlicher als zuvor. Sie verlangsamte ihre Schritte, blieb aber nicht stehen.

Eine Erinnerung dämmerte in ihr herauf. Etwas, das vor langer Zeit geschehen war.

****

Lucy hatte Bücher geliebt, seit sie sie auf ihrem Schoß allein hatte halten können. Stundenlang saß sie zwischen den anderen Kindern im Spielzimmer und blätterte sich durch die bunten Welten. Sie mochte nicht mit Puppen oder Autos spielen, sie wollte, dass man ihr vorlas. So wanderte sie von Schoß zu Schoß und jeder Erzieher, der eine Minute erübrigen konnte, las Lucy vor.

Dann, an ihrem fünften Geburtstag, passierte es einfach. Sie saß in ihrem Zimmer auf ihrem Bett und auf ihren

Knien ruhte ein neues Buch. Es war »*Der selbstsüchtige Riese*« von Oscar Wilde.

Sie schlug es auf und das Buch flüsterte ihr seine ersten Worte direkt in den Kopf. »*Jeden Nachmittag, wenn die Kinder aus der Schule kamen, gingen sie in den Garten des Riesen, um darin zu spielen. Es war ein großer, lieblicher Garten mit weichem, grünem Gras.*«

Lucy erinnerte sich heute noch daran, als wäre es gestern gewesen. Sie brauchte die Worte nur wiederholen. Seit diesem Tag konnte sie lesen. Das Flüstern hatte sie nur in ihrem Kopf wahrgenommen. Gewundert hatte sie sich nicht darüber. Sie hatte gedacht, dass man so lesen lernte. Erst, als sie in die Schule kam, begriff sie, dass dies ganz und gar nicht der normale Weg war.

Madame Moulin konnte sich nicht erklären, weshalb ihr Schützling plötzlich lesen konnte. Aber sie begriff schnell, dass die Bücher im Heim nicht ausreichten, um Lucys Hunger nach Worten zu stillen. Darum ging sie mit ihr in die Bibliothek des Dorfes.

An das Flüstern in ihrem Kopf, das Lucy von da an begleitete, wenn sie ein Buch aufschlug, hatte sie sich längst gewöhnt. Es war wie das Rauschen des Meeres, das immer da ist und das man doch nicht mehr hört.

Dieses Wispern hier war ähnlich und doch anders. Die Bücher sprachen nicht mit ihr. Es schien, als unterhielten sie sich miteinander. Es klang aufgeregt. Ob Miss Olive das auch hörte?

Lucy spürte einen pochenden Schmerz an ihrem Handgelenk. Sie schob den Ärmel ihres Pullovers zurück.

Ein Mal wurde sichtbar. Sie betrachtete das kleine weiße Buch, dass jemand in ihre Haut tätowiert hatte, bevor sie in das Heim gekommen war. Auch bei ihrem ersten Besuch in der Dorfbibliothek hatte dieses Zeichen sanft gepocht. Mit fünf war es ihr vorgekommen, als würden die Bücher es begrüßen. Sie hatte Madame Moulin davon erzählt, doch die hatte ihr lediglich Creme auf das Mal geschmiert. Bis heute hatte sie nicht mehr an diesen Vorfall gedacht.

Nun allerdings brachte es sich mit Nachdruck in Erinnerung. Es pochte stärker als je zuvor und das Wispern wurde immer lauter. Lucy versuchte, etwas zu verstehen. Vergeblich. Und trotzdem schien das Flüstern ihr zu gelten. Zögernd setzte sie einen Fuß vor den anderen. Das Raunen zog sie weiter, tiefer hinein in die dunklen Gänge. Lucy folgte ihm. Angst verspürte sie nicht. Sie wusste, dass die Bücher ihr etwas zeigen wollten.

Als das Mal zu brennen begann, zuckte sie zusammen. Das hatte es bisher nie getan. Sie rieb vorsichtig darüber, doch das half nicht. Sie blieb stehen und leuchtete mit der Taschenlampe auf ihr Handgelenk. Ihre Augen weiteten sich ungläubig. Das Mal verfärbte sich. Die feinen Schattierungen ließen es normalerweise aussehen wie ein altes gebundenes Buch. Nur eben schneeweiß und ohne Titel. Die Tätowierung war die Arbeit eines Meisters, das war ihr im Laufe der Jahre klar geworden. Nun verfärbten sich die zarten Striche leuchtend rot. Das ist unmöglich, dachte Lucy. Sie sah sich um. Wo war sie? Das Wispern war verstummt. Spukte es womöglich doch hier unten?

Das Buch auf ihrem Arm hämmerte. »Autsch«, entfuhr es ihr. Sie presste die linke Hand darauf, wobei ihr die Taschenlampe fast entglitt. Das war nicht normal. Hatte es sich entzündet?

Die Stille, die sich um sie herum ausbreitete, war unheimlich. Sie betrachtete die wunderschön verzierten Kartons. Ihr Blick richtete sich wie von selbst auf eine dunkelblaue Kiste, deren Seiten mit roten Ranken verziert waren. Die Kanten waren mit metallenen Ecken verstärkt und an der Vorderseite war ein Schild angebracht. »*Alfred Tennyson, Gesammelte Werke, Erstausgaben*«, entzifferte sie die fast verblichene Schrift. Lucy fand es merkwürdig, dass so ein Werk hier hinten verstaubte. Ihr Mal pulsierte auffordernd. Das Flüstern begann erneut. Von allen Seiten forderten die anderen Bücher Lucy auf, den Karton zu öffnen. Nur das Buch, das vor ihr lag, blieb still. Beherzt griff Lucy zu und zog die Kiste aus dem Regal. Sie war schwerer, als sie vermutet hatte. Vorsichtig stellte sie sie auf den Boden und ging auf die Knie. Kälte kroch in ihre Beine. Behutsam öffnete sie den Deckel. Das Buch, das vor ihr lag, verschlug ihr den Atem. Der Einband war wunderschön. Wieder fragte sie sich, weshalb dieser Schatz hier hinten aufbewahrt wurde. Sie liebte Tennysons Gedichte. *Lady of Shalott* konnte sie auswendig.

Sie nahm das Buch heraus und schlug es auf. Ihre Hände zitterten vor Aufregung. Nur mit Mühe hielt sie das unhandliche Buch fest. Nicht auszudenken, wenn es auf den Boden fiele.

Seite um Seiten blätterte sie um, eine nach der anderen – immer schneller. Was sie sah, musste ein Irrtum sein, sicherlich war jemandem ein Fehler unterlaufen. Das Buch, das sie in den Händen hielt, war vollkommen leer. Keine der Seiten enthielt auch nur einen Buchstaben. Vergilbt und von hellbraunen Schlieren durchzogen lagen sie zwischen den Deckeln. Hier fehlten die wundervollen Worte, die Tennyson einst geschrieben und mit denen er sich unsterblich gemacht hatte. Viele der Seiten wirkten zerfressen. Erst bei näherer Betrachtung erkannte Lucy, dass auch der Einband unter ihren Fingern zu zerbröseln schien.

Der Schmerz kam so plötzlich, dass Lucy zusammensackte. In heißen Wellen flutete er über sie hinweg. Sie schnappte verzweifelt nach Luft, kauerte zusammengekrümmt auf dem Boden und versuchte zu lokalisieren, woher der Schmerz kam. Nur langsam begriff sie: Der Schmerz kam aus dem Buch, das sie in den Händen hielt. Es sehnte sich nach den verlorenen Wörtern, die es nicht zu schützen vermocht hatte. Es fühlte sich an, als kämpfte es um sein Leben. Es hatte seinen Inhalt und seinen Sinn verloren und schrie seine Trauer nun hinaus. Lucy spürte die Tränen, die in ihre Augen stiegen. Der Schmerz verebbte nur langsam. Es schien ein letztes Aufbäumen gegen eine unvermeidliche Tatsache zu sein. Mechanisch schlug sie das Buch zu und legte es zurück in den Karton. Ein letztes Mal strich sie zärtlich über den Einband. Sie legte den Deckel auf und schob den Karton an die richtige Stelle zurück. Benommen machte sie sich auf den Rückweg.

Lucy hoffte, dass Miss Olive mittlerweile zurückgekommen war, wo immer sie auch gewesen sein mochte. Sie musste sie fragen, was es mit dem Buch auf sich hatte. Weshalb ein leeres Buch in dem Karton aufbewahrt wurde. Gedankenverloren zog sie ihren Pullover über das Mal. Es hatte wieder seine gewohnte Farbe angenommen und verhielt sich still.

Es dauerte eine Weile, bis Lucy zurückfand. In dem Büro saß nun eine ältere Dame am Schreibtisch – Miss Olive.

Sie war sehr klein und zart. Es war schwer vorstellbar, dass diese schmächtige Frau täglich mit Bücherstapeln hantierte. Sie sah nicht auf, als Lucy sich dem kleinen Büro näherte. Dabei hätte sie ihre Schritte hören müssen.

Zaghaft klopfte Lucy an den Rahmen der offenen Tür.

»Da bist du ja. Mr. Barnes hat mir schon heute Morgen angekündigt, dass er dich zu mir schicken würde«, sagte Miss Olive mit klarer Stimme, aber ohne den Kopf zu heben. »Hast du etwas Interessantes entdeckt?«

Lucy nickte, bevor ihr bewusst wurde, dass Miss Olive das nicht sehen konnte. Sie räusperte sich und sagte dann leise: »Ich habe etwas sehr Merkwürdiges entdeckt.«

»Nicht viele Studenten trauen es sich, hier allein herumzustreifen, und schon gar nicht, in die Regionen vorzudringen, in denen du offenbar unterwegs warst.« Endlich hob sie den Kopf und musterte Lucy. Dabei entgingen ihr ganz offensichtlich die vielen Staubflecken auf ihrer Kleidung nicht. Lucy folgte ihrem Blick und begann sich verlegen, die Hose abzuklopfen. Viel brachte es nicht.

»Sie gruseln sich, weißt du.« Dabei lachte Miss Olive und schüttelte ihren Kopf. »Du bist mutiger. Das dachte ich mir. Ich habe Mr. Barnes vorgeschlagen, dass er dich zu mir schickt.«

Lucy sah sie verwundert an. »Aber wieso?«, stammelte sie.

Miss Olive stand auf und schlängelte sich zwischen den Bücherstapeln hindurch. Selbst wenn man den altmodischen Dutt, zu dem sie ihre grauen Haare hochgesteckt hatte, dazurechnete, reichte sie Lucy gerade einmal bis zu den Schultern und Lucy war selbst nicht sonderlich groß. Aber ein Blick in ihre klaren, blauen Augen genügte, um zu wissen, dass ihre Stärke in ihrem Wesen und nicht in ihrer Körperkraft lag.

»Du hast etwas an dir, das die Bücher mögen. Ich habe es gleich gewusst, als du oben angefangen hast«, antwortete sie rätselhaft. »Also, was genau hast du entdeckt?«, fragte sie und rieb sich die kleinen, faltigen Hände.

Lucy wollte ihr von dem leeren Buch erzählen. Doch in dem Moment, in dem sie ansetzte, wusste sie nicht mehr, ob ihr ihre Fantasie nicht einen Streich gespielt hatte. Die Bücher hatten sie nicht wirklich mit ihrem Wispern zu dem Karton locken können und ihr Mal konnte sich nicht tatsächlich verfärben. Sie musste sich das eingebildet haben, eine andere Erklärung gab es nicht.

»Nun, was ist?«, forderte Miss Olive sie auf. »Sag schon.«

»Es ist Tennyson«, stotterte Lucy, der klar war, dass an Lord Tennyson im Grunde nichts merkwürdig war. Jedes Kleinkind in England kannte ihn.

Miss Olive sah sie verständnislos an.

»Vergessen sie's«, winkte Lucy eilig ab. »Ich hab zu wenig geschlafen, letzte Nacht.« Sie ließ sich auf einen Stuhl fallen.

»Tennyson«, hörte sie Miss Olives Stimme. »Wer soll das sein? Ich habe noch nie von ihm gehört. Du musst mir das Buch zeigen. Ich könnte schwören, dass ich jedes Buch hier kenne.«

Lucys Drehstuhl schwenkte herum und sie sah Miss Olive fassungslos an.

Das Buch muss die Axt sein für das gefrorene Meer in uns.

Franz Kafka

2. Kapitel

In der U-Bahn ließ Lucy sich seufzend auf einen der gepolsterten Sitze fallen. Ihre Tasche stellte sie neben sich. Dann beäugte sie die vielen unterschiedlichen Menschen, die mit ihr fuhren. Niemand schien sie zu beachten. Lucy atmete tief durch und versuchte sich zu entspannen. Sie sehnte sich nach einer heißen Dusche und ihrem Bett.

Noch nie, seit sie in London lebte, hatte sie Madame Moulin so sehr vermisst wie heute. Ihr ganzes Leben hatte sie in dem Heim verbracht. Jedenfalls den Teil ihres Lebens, an den sie sich erinnerte. Der Abschied vor einem halben Jahr war ihr schwergefallen.

Obwohl Madame Moulin mit persönlichen Liebesbezeugungen zu den ihr anvertrauten Kindern sparsam war, wusste Lucy immer, dass sie sie besonders ins Herz geschlossen hatte. Sie hatte sich jede noch so abstruse Geschichte angehört, die Lucys kindlicher Fantasie entsprungen war.

Wie gern würde sie Madame Moulin jetzt von dem merkwürdigen Vorfall berichten. Denn dass Miss Olive den englischen Nationaldichter Lord Alfred Tennyson nicht kannte, war wirklich seltsam. Sogar mehr als das: Es war einfach unmöglich.

«Next Station Covent Garden«, tönte es durch die Bahn. Lucy stand auf und trat hinaus.

Zielstrebig ging sie die Straße entlang zu ihrem Zuhause, das sie sich in dem gleichnamigen Londoner Stadtteil mit Marie und Jules teilte.

In dem halben Jahr, das sie jetzt in London lebte, waren Jules und Marie ihre besten Freundinnen geworden. Lucy war erleichtert gewesen, dass sich die beiden als so unkomplizierte Mitbewohnerinnen herausgestellt hatten. Ansonsten hätte sie sich auf die Suche nach einer neuen Bleibe machen müssen und das war in einer Stadt wie London beinahe aussichtslos. Zwar bekam sie für ihr Studium am King's College ein Stipendium, doch das wurde durch die hohe Zimmermiete beinahe aufgebraucht. Deshalb hatte Madame Moulin ihr auch den Job besorgt. Lucy hatte es kaum glauben können, als sie ihr eröffnet hatte, dass sie während ihres Studiums in der London Library arbeiten durfte. Jetzt fragte sie sich, ob die Arbeit eher Fluch oder Segen war.

Lucy erreichte ihre Straße. Alte, hohe Häuser streckten sich in den grauen Himmel. Der Duft von frischem Kuchen stieg ihr in die Nase und wie auf Kommando fing ihr Magen an zu knurren. Vor lauter Aufregung hatte Lucy die Nudeln heute Mittag kaum hinunterbekommen. Nun machte sich das bemerkbar. Ohne lange nachzudenken, betrat sie die Starbucks-Filiale an der Ecke und kaufte ein paar der verführerisch duftenden Gebäckstücke.

Vor ihrer Tür angekommen drückte sie auf die Klingel. Ihr Wohnungsschlüssel schlummerte in den Tiefen ihrer Tasche, denn sie war sich sicher, dass Jules zu Hause war.

Kurz darauf summte der Türöffner und Lucy trat ein. Ein schlaksiges Mädchen mit kurzem, braunem Haar, das in alle Himmelsrichtungen abstand, streckte den Kopf zur Wohnungstür heraus, als sie die Treppe heraufkam.

»Ich warte schon auf dich. Ich wusste nicht, wann du Schluss hast.«

»Ich konnte ein bisschen früher gehen«, erklärte Lucy.

»Magst du Tee?«, fragte Jules und wandte sich der Küchentür zu.

Lucy schüttelte den Kopf. »Ein Kaffee wäre gut. Ich habe Kuchen mitgebracht.« Wie eine Trophäe zog sie die Tüte aus ihrer Tasche.

»Soll mir recht sein«, antwortete Jules. »Ich setze Wasser auf. Was ist mit Marie? Kommt sie auch?«

Lucy streifte ihre Schuhe von den Füßen und hängte ihre Jacke an der Flurgarderobe auf.

»Ich glaube nicht«, rief sie. »Chris lungerte schon vor der Bibliothek herum, als ich ging.«

Sie ging in ihr Zimmer, um ihre Tasche abzustellen.

Der Raum hatte grüne Wände, ein Bett und eine Kommode. Ein Schreibtisch aus weißem Holz stand unter dem Fenster. Lucy warf ihre Tasche auf einen verblichenen Sessel, der Lucys unangefochtenes Lieblingsmöbelstück war. An der Wand gegenüber des Bettes hatte Maries Freund Chris lange Bretter aus dunklem Holz angebracht. Es beanspruchte die komplette Seite und war vollgestopft mit Büchern. Trotzdem konnten Marie und Lucy es nicht lassen, auf Flohmärkten oder in Antiquariaten weiter nach preiswerten Büchern zu stöbern und sie in ihren Besitz zu bringen. Sie hatten sich sogar gegen Jules durchgesetzt, und ein weiteres Bücherbord zierte nun eine Seite des Flures. Auch dort ließen sich neue Eroberungen nur noch mit viel gutem Willen unterbringen. Jules hatte sich bisher erfolgreich gegen ein Regal in ihrem Zimmer gewehrt, aber es war nur eine Frage der Zeit, bis Chris auch hier würde Hand anlegen dürfen. Da waren Lucy und Marie sich einig.

Sie trat ans Fenster, ruckelte an dem Griff und schob es nach oben. Sofort drang der Lärm der Großstadt ins Zimmer. Dann ging sie in die Küche. Jules stellte gerade einen Blumenstrauß auf den Tisch.

»Gibt es was zu feiern?«, fragte Lucy.

»Eigentlich nicht«, sagte Jules. »Aber da, wo ich herkomme, scheint um diese Jahreszeit noch die Sonne. Hier muss man sich irgendwie anders aufmuntern.«

Obwohl Jules schon seit zwei Jahren in London lebte, hörte man noch deutlich ihren amerikanischen Akzent.

Jules und Tiger, ein weißer Kater, der es sich auf dem Fensterbrett gemütlich gemacht hatte, stammten aus Arizona. Jules hatte Lucy bei ihrer Ankunft erklärt, dass sie es nicht übers Herz gebracht hatte, ohne den Kater, den sie im Alter von zehn Jahren geschenkt bekommen hatte, nach London zu gehen. Mittlerweile hatte das Tier sich genauso gut eingelebt wie sein Frauchen.

Lucy stellte sich ans Fensterbrett und begann Tiger zu streicheln. Sofort setzte ein behagliches Schnurren ein. Jules mühte sich ab, den Tisch zu decken. Alles an ihr wirkte zu groß. Ständig wedelte sie mit einem Körperteil herum und als sie Lucy, ohne sich zu ihr umzudrehen, ein paar Teller hinhielt, musste diese einige Verrenkungen vollführen, um danach greifen zu können. Sie platzierte den Kuchen auf einem davon und schob sich auf die Küchenbank, die unter dem kleinen Fenster stand. Tiger sprang ihr auf den Schoß.

Jules stellte zwei Tassen auf den Tisch und schaufelte frisch gemahlenen Kaffee hinein. Besser als nichts dachte Lucy und nahm sich vor, morgen neuen Instantkaffee zu besorgen. Der Kessel auf dem wuchtigen Gasherd begann zu pfeifen. Schwungvoll goss Jules das kochende Wasser in die Tassen. Mit viel Milch und Zucker schmeckte der Kaffee wider Erwarten gut, und Lucy begann, sich zu entspannen. Damit kam allerdings auch die Müdigkeit.

»Wie war es heute? Wieder eine Standpauke bekommen?«, fragte Jules.

»Ich war mal wieder zu spät«, berichtete Lucy zerknirscht.

»Und Mr. Barnes hat mich zur Strafe ins Archiv verbannt.«

Jules sah sie abwartend an.

»Das ist im Keller«, erklärte Lucy. »Dort wird alles aufbewahrt, was oben nicht reinpasst, und die ganz seltenen Exemplare, die nicht ausgeliehen werden dürfen und deren Benutzung nur im Lesesaal erlaubt ist.«

»Ok, und wie ist es da so?«, fragte Jules.

»Naja, es ist riesig, dunkel, ein bisschen muffig und Marie meint, dass es spukt.«

»Hat ein bisschen zu viele Bücher gelesen, die Gute, oder?«, fragte Jules verschmitzt.

Lucy zuckte mit den Schultern und rührte noch mehr Zucker in die schwarze dampfende Brühe.

»Ich habe mich ein bisschen umgesehen, und nachdem ich den ganzen Tag dort verbracht habe, muss ich zugeben – ein bisschen unheimlich ist es schon.«

Fragend sah Jules Lucy an.

»Mir ist etwas Merkwürdiges passiert«, erklärte Lucy zögernd.

»Kein Wunder, wenn du durch einen Keller schleichst«, erwiderte Jules mehr zu ihrem Kuchen als zu Lucy.

»Ich schleiche nicht«, widersprach Lucy.

Jules seufzte resigniert. »Ok, also, was ist Merkwürdiges passiert?«

»Miss Olive war nicht da, als ich nach unten kam. Also hab ich mich auf die Suche nach ihr gemacht.«

»Und da bist du allein rumgewandert?«, unterbrach Jules sie und schüttelte gleichzeitig den Kopf.

»Na ja.« Lucy machte eine Pause, nicht sicher, was sie Jules erzählen sollte. »Es war nicht schlimm, schließlich brennt überall Licht. Nicht besonders hell, aber immerhin.«

»Wenigstens etwas«, brummte Jules.

»Das klingt jetzt abgefahren, aber es kam mir so vor, als würden die Bücher sich unterhalten. Da war immer so ein Wispern.«

Jules verschluckte sich an dem heißen Kaffee und begann zu husten. Lucy klopfte ihr vorsichtig auf den Rücken.

»Was?«, fragte Jules kurze Zeit später, immer noch nach Luft schnappend. »Dein erster Tag im Verlies und du hörst Stimmen?«

Lucy sah sie verunsichert an. »Schräg, oder?«

»Das kann man so sagen. Du solltest dringend dafür sorgen, dass du wieder über Tage arbeiten kannst. Schleim dich ein bisschen ein.«

»Das wird nicht gehen«, unterbrach Lucy sie. »Miss Olive geht bald in den Urlaub.«

»Das ist doch reine Schikane«, behauptete Jules. »Die können dich nicht mutterseelenallein im Keller lassen. Du musst dich beschweren.«

»Bei wem denn?«, fragte Lucy.

Jules zuckte mit den Schultern.

In dem Moment klingelte es an der Haustür. Lucy und Jules sahen sich an.

»Kehrt die verlorene Tochter zurück?«, kicherte Jules und stand auf, um die Tür zu öffnen.

Ein paar Minuten später polterte es.

»Mädels, ihr müsst mich retten«, tönte Colins Stimme durch den Flur. Ein freudiges Lächeln breitete sich auf Lucys Gesicht aus. Colin war ihr bester Freund. Die beiden kannten sich, seit er sie auf der Grundschule vor drei Rüpeln gerettet hatte, die die Kinder aus dem Heim regelmäßig schikanierten. Die zarte Lucy schien den Jungs ein geeignetes Opfer gewesen zu sein. Als sie begannen, sie herumzuschubsen, tauchte plötzlich der ein Jahr ältere Colin auf und verprügelte zwei der Jungs. Lucy trat dem

Dritten kräftig auf den Fuß und schlug ihm dann ihre Bücher über den Kopf. Seit diesem Tag waren Colin und Lucy unzertrennlich.

Als Colin ein Jahr vor Lucy nach London zum Studium gegangen war, war sie untröstlich gewesen.

Colin trat in die Küche und grinste Lucy an. Seine blauen Augen und sein zerstrubbeltes blondes Haar strahlten um die Wette.

»Na, haben sie dich aus deiner WG geschmissen?«, vermutete Lucy. »Oder haben sie sie wegen Unordnung geschlossen?«

»Weder noch.« Colin schob Lucy auf der schmalen Bank zur Seite und angelte nach ihrem Teller. Mit einem Bissen hatte er ihren restlichen Kuchen verschlungen. »George hat eine neue Freundin, und die wollte mich zwingen zu putzen. Da habe ich erst mal das Weite gesucht.«

»Und jetzt willst du bei uns unterschlüpfen?«, fragte Jules, die im Türrahmen lehnte und Colin schelmisch angrinste.

»Ich dachte mir, ihr Mädels habt noch ein Zimmer frei und ihr braucht bestimmt einen starken Mann im Haus«, antwortete er ernsthaft.

»Wir haben schon Chris«, erinnerte ihn Lucy und rettete ihre Kaffeetasse vor seinen gierigen Händen.

»Der zählt nicht«, erklärte Colin im Brustton der Überzeugung. »Der wohnt nicht richtig hier.«

»Aber er kann Regale bauen und Schränke reparieren. Er schleppt unsere Wasserkästen hoch und macht so allerlei andere nützliche Sachen«, widersprach Jules.

Colin lachte los. »So nützlich kann ich mich gern auch machen!« Er zwinkerte Jules zu und bedachte sie mit einem anzüglichen Blick.

»Das könnte dir so passen«, sagte Jules und winkte ab. »Kein Bedarf.« Sie setzte sich wieder an ihren Platz. »Von mir aus kannst du bleiben«, murmelte sie. »Wenn die anderen beiden nichts dagegen haben.«

Colin beugte sich über den Tisch und gab Jules einen Kuss auf die Wange. »Du bist ein Schatz.« Damit stibitzte er auch Jules Kuchenrest und stopfte ihn sich in den Mund.

»Magst du einen Kaffee?«, fragte Jules resigniert.

»Wenn du mir einen machst.«

»Aber nur heute«, erklärte Jules. »Zur Begrüßung.«

Lucy wusste es besser. Colin hatte so eine unverschämt jungenhafte Art an sich, mit der er jede Frau dazu brachte, sich um ihn zu kümmern. Das funktionierte zuverlässig bei jeder, nur nicht bei ihr. Sie würde keinen Finger für ihn rühren.

Jetzt legte er einen Arm um sie.

»Wie war es heute?«, fragte er und sie kuschelte sich an ihn.

»Ich bin jetzt im Archiv. Ich hab es gerade Jules erzählt.«

Besorgt sah Colin sie an. »Ist das was Schlimmes?«

»Es ist im Keller«, mischte Jules sich ein.

»Es macht mir nichts aus, ehrlich«, versuchte Lucy zu beschwichtigen. »Zwischen den ganzen Büchern komme ich mir nicht mal einsam vor.«

»Klar, sie reden ja auch mit dir«, fiel Jules ihr ins Wort.

Colin zog seine Augenbrauen fragend nach oben.

»Neues Märchen, Prinzessin?«, fragte er. So nannte er sie, seit sie denken konnte. Oder besser gesagt, seit sie ihn gezwungen hatte, gegen Drachen, Stiefmütter oder doofe Prinzen zu kämpfen. Sie war sein Dornröschen, Schneewittchen oder Aschenputtel gewesen.

Jetzt schüttelte sie den Kopf.

»Kein Märchen. Es ist …« Sie stockte, nicht sicher, ob sie Jules und Colin von dem mysteriösen Vorkommnis erzählen sollte. Ihre Freunde sahen sie abwartend an.

»Da ist etwas Komisches passiert«, setzte sie an. »Ich habe einen der Kartons aufgemacht und …« Sie machte eine Pause.

»Was und? Was war drin?«, fragte Jules ungeduldig. »Tote Mäuse oder so was?«

Lucy schüttelte sich bei dem Gedanken.

»Die Frage ist eher, was hätte drin sein müssen.«

Wieder legte Lucy eine Pause ein und nahm Jules den frischen Kaffee ab, den sie ihr reichte. Dann sprach sie weiter.

»Auf dem Karton stand *Gesammelte Werke von Lord Alfred Tennyson*. Aber das Buch, das darin lag, war leer. Lauter leere Seiten. Sie lösten sich beinahe auf. Könnt ihr euch das vorstellen? Dabei könnte ich schwören, dass die Seiten wirklich alt waren.«

Verständnislos sah Jules sie an. »Wer soll das sein – Lord Tennyson?«

Die Antwort schockierte Lucy und sie blickte zu Colin. Aber auch der schüttelte den Kopf.

»Sag bloß, du kennst Tennyson nicht. Habt ihr in Amerika nichts von seinen Gedichten gehört? *Lady of Shalott* oder *Ulysses* sagt dir gar nichts?«, fragte sie Jules.

Dass Colin sich nicht an Tennyson erinnerte, wunderte sie weniger. Er war eben ein Mann.

Jules schüttelte den Kopf. »Sorry, aber ich hab's nicht so mit Gedichten.«

Lucy sprang auf. »Wartet kurz. Sie werden euch gefallen.« Sie lief in ihr Zimmer und kehrte kurze Zeit später mit ihrem Laptop zurück. Hoffentlich hielt ihr Akku noch. Sie hatte mal wieder vergessen, ihn am Morgen aufzuladen. Nachdem der Rechner hochgefahren war, tippte Lucy im Suchfeld *Lord Tennyson* ein. Der kleine Kreis in der Registerkarte begann, sich zu drehen.

»Zu diesem Suchbegriff keine Ergebnisse. Stattdessen suchen nach: Lord Byron«, vermeldete der Rechner. Lucy starrte auf den Bildschirm. Das war nicht möglich.

»Und?«, fragte Jules. »Was gefunden?«

In rasender Eile tippte Lucy *Tennyson + Lady of Shalott* ein. Dann versuchte sie es mit *Ulysses* und *Idylls oft the king,* immer mit dem gleichen Ergebnis – keine Treffer, und dann folgten Verweise auf ähnliche Suchbegriffe. Bei Lady of Shalott wurde immerhin auf das gleichnamige Gemälde von Waterhouse verwiesen. Es galt als dessen berühmtestes Bild und er wurde dazu durch das gleichnamige Gedicht von Alfred Lord Tennyson inspiriert. Das stand hier zwar nicht mehr, aber das wusste Lucy. Das Bild zeigte die Lady of Shalott mit traurigem Gesicht in einem Boot. Bei Ulysses zeigte der Bildschirm Ergebnisse zu dem Roman von James Joyce an. Nur zu Tennyson selbst war nichts zu finden. Lucy verstand nicht, was sie da sah.

»Das kann nicht sein«, stotterte sie. »Ich weiß doch, wer Lord Tennyson ist. Ich kenne seine Gedichte. Ich konnte *Lady of Shalott* auswendig. Schon als Kind.«

Colin musterte sie besorgt. »Und erinnerst du dich?«

Lucy setzte an, öffnete den Mund. Doch die Worte, die sie sicher hundert Mal gesprochen hatte, kamen nicht heraus. Sie fielen ihr nicht mehr ein. Es war wie verhext. Außer dem Titel und der Gewissheit, dass das Gedicht von Tennyson stammte, schien sie alles vergessen zu haben.

»War vielleicht doch nicht so gut, einen ganzen Tag im Keller zu verbringen?«, fragte Jules.

»Sieht ganz so aus«, erwiderte Lucy leise.

Colin betrachtete sie. Dann klappte er den Rechner zu und stellte ihn auf den Stuhl neben sich. Er zog Lucy näher zu sich heran und gab ihr einen tröstenden Kuss auf die Schläfe.

»Ich treffe mich heute Abend noch mit Niel und George. Möchtest du vielleicht mitkommen? Dann kommst du mal raus.«

Lucy stand auf und stellte ihren Teller ins Spülbecken. »Lieber nicht«, sagte sie. »Ich glaube, ich gehe heute früher schlafen. Sei nicht sauer.«

»Und du, Jules?«, fragte er. »Niel steht auf dich.«

Jules schüttelte den Kopf. »Ich hab mit meiner Hausarbeit noch viel zu tun. Ich mache mich lieber da ran.«

Lucy wusste, dass Jules das nur tat, um sie nicht allein zu lassen und lächelte ihr dankbar zu. »Du musst das nicht meinetwegen tun«, sagte sie.

Jules zuckte mit den Schultern. »Ich weiß.«

Tiger wuselte um Lucys Beine, als sie in ihr Zimmer ging. Sie stellte ein Glas Wasser auf ihren Nachtschrank und legte sich aufs Bett.

Tiger sprang zu ihr herauf und kuschelte sich an sie. Wenige Minuten später war sie eingeschlafen. Sie bekam nicht einmal mehr mit, dass Colin nach ihr sah und sie besorgt betrachtete. Er deckte Lucy zu und scheuchte Tiger aus dem Zimmer. »Lassen wir sie schlafen«, sagte er zu dem Kater.

****

»Willst du da wirklich wieder hin?«, fragte Jules Lucy am nächsten Morgen. Colin war noch nicht in der Küche aufgetaucht. Wahrscheinlich schlief er noch.

»Ja, klar. Wieso?«, fragte diese erstaunt zurück.

»Ich hatte nicht den Eindruck, dass dir der Tag gestern besonders gut bekommen ist. Sicher hast du einen Höhlenkoller oder so was«, erklärte Jules.

»Quatsch«, lachte Lucy sie aus. »Wahrscheinlich habe ich mir was eingebildet. Heute werde ich einfach das tun, was

Miss Olive mir sagt, und du wirst sehen, ich werde nicht wieder mit wilden Fantasien nach Hause kommen.«

»Hoffen wir's«, murmelte Jules in ihre Teetasse.

»Was machst du heute?«, fragte Lucy, um ihre Freundin auf andere Gedanken zu bringen.

»Ich bin letzte Nacht beinahe mit meiner Hausarbeit fertig geworden. So gesehen hatten deine wilden Fantasien auch was Gutes. Sonst wäre ich wohl nicht zu Hause geblieben.«

»Das hättest du nicht tun müssen«, warf Lucy ein. »Ich brauche keinen Babysitter.«

»Ach, papperlapapp. Ich sag doch – es war gut so. Heute nutze ich noch den Schwung und dann kann ich das Ding abgeben. Im Grunde bin ich dir dankbar.«

»Na gut«, sagte Lucy. »Aber dann lass uns heute Abend etwas unternehmen, ok? Ich frage Marie, ob sie mitkommen will. Ich finde, es wird Zeit, dass sie sich mal wieder um uns kümmert. Und Chris ist bestimmt froh, wenn er mal seine Ruhe hat.«

Jules grinste und nickte. Sie war sich da anscheinend nicht so sicher. »So wird's gemacht und nun los mit dir. Sonst kommst du wieder zu spät. Und vergiss nicht rechtzeitig auszusteigen«, rief sie ihr hinterher.

Miss Olive wartete am Informationsschalter auf Lucy. Sie war in ein angeregtes Gespräch mit Marie vertieft. Lucy trat zu ihnen.

»Guten Morgen«, begrüßte sie die beiden.

Miss Olive erwiderte ihren Gruß. »Ich erkläre dir heute, was du tun musst, wenn eins unserer seltenen Exemplare zur Ansicht nach oben gebracht werden soll.«

Lucy nickte und sah aus dem Augenwinkel, dass Marie ihr zuzwinkerte. Als sie und Miss Olive gerade dabei waren, den Empfangsbereich zu verlassen, stürmte ihnen eine aufgebrachte Ms. Drake entgegen.

»Was ist der denn wieder über die Leber gelaufen?«, murmelte Marie.

»Guten Morgen, Ann«, begrüßte Miss Olive sie und erntete daraufhin nur ein Schnauben. »Gutes Benehmen war noch nie ihre Stärke«, bemerkte Miss Olive und ging zielstrebig auf eine Treppe zu, die nach oben in den Lesesaal führte.

»Sie kennen sie schon länger?«, fragte Lucy erstaunt.

»Wir haben zusammen studiert«, antwortete Miss Olive knapp. »Schon damals war sie eine besserwisserische Schreckschraube«, setzte sie kurze Zeit später hinzu und lächelte ihr verschwörerisch zu. Lucy grinste zurück.

Der Lesesaal der Bibliothek war atemberaubend. Er wirkte eher wie eine Filmkulisse denn wie ein Raum, der tatsächlich täglich benutzt wurde. Unzählige kleine Tische waren hier aufgereiht, getrennt durch halbhohe Bücherregale, in denen hauptsächlich Nachschlagewerke zu finden waren. Auf allen Tischen standen altmodische kleine Lampen mit grünen Schirmen. Überhaupt war alles altmodisch, aber Lucy gefiel es so, wie es war.

»Wenn ein Leser eines unserer seltenen Exemplare bestellt, dann darf er es nur hier nutzen.« Das wusste Lucy selbstverständlich längst, trotzdem hörte sie Miss Olives Ausführungen aufmerksam zu.

»Es kommt immer wieder mal vor, dass Studenten oder Professoren eines der älteren Werke ansehen möchten. Manchmal aus eigenem Interesse, meistens aber zu wissenschaftlichen Zwecken«, erklärte Miss Olive. »Wenn sie ein Buch hier am Schalter anfordern, dann werden wir benachrichtigt und suchen das Gewünschte heraus. Die meisten wissen, dass sie die Ausleihe mindestens einen Tag früher anmelden müssen. Du wirst mich in den nächsten

Tagen begleiten, wenn ich die Bücher hochbringe. Jeder Benutzer wird genau aufgeklärt, wie er mit dem Buch zu verfahren hat. Auf keinen Fall darf ein Buch aus der Bibliothek entfernt werden. Hast du verstanden? Es könnte sein, dass manche Studenten dich dazu überreden möchten. Es ist verboten, auch wenn sie dir noch so schöne Augen machen.« Miss Olive sah Lucy streng an.

»Ich hab's verstanden«, murrte diese und kam sich vor wie in der fünften Klasse.

»Dann ist es ja gut«, lenkte Miss Olive ein. »Wir holen uns jetzt einen Kaffee und dann machen wir unten weiter.«

Lucy folgte ihr zu einem Kaffeeautomaten, der im Flur stand. Nachdem sich beide mit einem Kaffeebecher bewaffnet hatten, stiegen sie die Treppe zum Archiv hinunter.

»Vergiss nicht, wenn du morgens kommst, das Hygrometer zu kontrollieren«, wies Miss Olive sie auf einen kleinen Kasten hinter der Tür zum Archiv hin. »Jedes Mal, wenn du hereinkommst, prüfst du die Temperatur und die Luftfeuchtigkeit. Das ist sehr wichtig, da unsere Schätze sehr empfindlich auf Schwankungen reagieren.«

Lucy nickte ergeben.

«Wenn ich nicht da bin, lastet die Verantwortung für die Bücher ganz allein auf deinen Schultern«, wies Miss Olive sie zurecht, als ob sie das lautlose Stöhnen gehört hätte.

»Die Luftfeuchtigkeit darf zwischen 40 und 42 %, die Temperatur muss stabil bei 18 Grad liegen. Liegt ein Wert darüber oder darunter, benachrichtigst du sofort Mr. Barnes, verstanden?«

Dreimal begleitete Lucy Miss Olive an diesem Tag in den Lesesaal. Beim dritten Mal konnte sie den Text, den Miss Olive bei der Ausleihe vorbetete, komplett mitsprechen. Zum Glück mussten die Buchkartons nicht die steile Treppe hochgeschleppt werden. Neben dem Büro von Miss

Olive war ein kleiner Aufzug in die Wand eingelassen, der die Bücher nach oben transportierte. Lucys Aufgabe war es, die gewünschten Bücher aus den Regalen zu holen und mithilfe eines Wagens zu dem Lift zu transportieren, der sich im Lesesaal mit einem Schlüssel öffnen ließ. Diesen trug Miss Olive an einem Lederband um den Hals.

Jetzt war Lucy auch klar, weshalb Miss Olive so zierlich war. Wer mehrfach am Tag die Treppen vom Archiv in den Lesesaal zurücklegen musste, hatte keine Zeit, Fett anzusetzen. Über mangelnde körperliche Betätigung würde Lucy sich in den nächsten Wochen nicht beschweren können.

Sobald der Leser in der Bibliothek ankam, wurden Lucy und Miss Olive benachrichtigt und gingen nach oben. Neben dem Aufzug stand ein Tisch, auf dem das Buch dem Karton entnommen wurde. Selbstverständlich durfte es lediglich mit weißen Baumwollhandschuhen angefasst werden, von denen Miss Olive einen unerschöpflichen Vorrat in ihrem Büro aufzubewahren schien. Danach erfolgten die Belehrung und der Hinweis, dass das Buch spätestens nachmittags um fünf zurückzugeben sei. Alle drei Besucher des heutigen Tages waren nach dem Vortrag von Miss Olive so eingeschüchtert, dass sie die Bücher viel früher zurückgaben.

Die folgenden Tage waren für Lucy angefüllt mit Arbeit. Miss Olive weihte sie in jedes noch so kleine Detail ihrer Tätigkeit ein. Wie man die Bücher katalogisierte. Wo man sie in den riesigen unterirdischen Katakomben fand. Wer durfte die Bücher ansehen, wie wurden die Bücher wieder einsortiert, welche Bücher waren besonders wertvoll und so weiter und so fort. Lucy summte der Kopf von den vielen Informationen. In wenigen Tagen würde sie hier unten allein sein, deshalb versuchte sie, jede Kleinigkeit abzuspeichern, und hoffte, dass sie im entscheidenden Augenblick nichts vergaß.

Das Wispern der Bücher, das sie täglich begrüßte, versuchte sie standhaft zu ignorieren. Es fiel ihr nicht leicht, denn immer wenn sie sich in die Regalreihen wagte, schwoll es an und entwickelte einen unheimlichen Sog, dem sie nur schwer widerstehen konnte. Auch ihr Mal trug sein Übriges dazu bei. Es glühte und pochte, je verzweifelter die Bücher sie riefen. Doch Lucy hatte sich vorgenommen, sich nicht noch einmal verführen zu lassen. Sie fürchtete sich vor dem, was die Bücher ihr zeigen würden. Das war feige, das wusste sie. Und ein Feigling war Lucy normalerweise nicht. Aber in diesem Fall konnte man eine Ausnahme machen, befand sie. Das, was vor einigen Tagen passiert war, war einfach zu schräg gewesen.

Trotzdem hatte sie ein schlechtes Gewissen den Büchern gegenüber und wünschte sich, dass sie verstanden, weshalb sie nicht nachgab. Das war alles zu verrückt und sie wollte nichts anderes als ein normales Mädchen sein. Etwas Besonderes war sie als Waise ihre ganze Kindheit lang gewesen. Hier in London wollte sie sein wie alle anderen auch.

Bücher lesen, heißt wandern gehen in ferne Welten, aus den Stuben über die Sterne.

Jean Paul

3. Kapitel

Lucy war spät dran. Aber an einem Montag sollte dies verzeihlich sein.

Eigentlich hätte sie rennen müssen, aber als sie ihn sah, verlangsamte sie ihre Schritte. Sie konnte nicht anders. Abgehetzt strich sie sich ihre widerspenstigen roten Locken aus dem Gesicht.

Der junge Mann lehnte an dem gusseisernen Zaun, der den winzigen Park am St. James Square einrahmte, und ließ sie nicht aus den Augen. Verlegen senkte sie den Blick.

Weshalb starrte er sie so an? Sie ließ ihr Haar auf eine Seite ihres Gesichtes fallen und lugte durch diesen Vorhang neugierig zu ihm hinüber.

Er sah unverschämt gut aus. Sein weißes Hemd war am Hals aufgeknöpft, wodurch er in seinem schwarzen Anzug weit weniger steif aussah als die Geschäftsmänner, denen sie morgens in der U-Bahn begegnete. Immer noch ruhte sein Blick auf ihr.

Sie schüttelte den Kopf, der sofort schmerzhaft zu pochen begann. Der Abend im Pub mit Jules, Colin, Marie und Chris, der sich nicht hatte abwimmeln lassen, war zu lang gewesen. Sie hatte mehr Bier getrunken, als sie vertrug. Dabei mochte sie es nicht mal besonders.

Sie sollte sich beeilen und nicht fremde Männer beobachten, auch wenn dieser hier besonders nett anzusehen war. Sie lächelte und kramte in ihrer Tasche nach dem Schlüssel. Wo steckte das Ding bloß? Ein Buch, das sie mit sich herumschleppte, fiel auf die Straße. Hastig hob sie es auf. Während sie aufstand, huschte ihr Blick noch einmal zu ihm. Seine Raubvogelaugen starrten sie durchdringend an. Auf die Entfernung sahen sie kohlrabenschwarz aus. Ihre Blicke trafen sich und abrupt wandte er sich ab. Lucy steckte das Buch in die Tasche und lief zur Tür. Sie wagte nicht, sich noch einmal umzusehen. Der Typ war doch nicht so nett, wie er auf den ersten Blick gewirkt hatte, sondern eher etwas unheimlich, so düster, wie er aussah.

Sie war nicht sicher, ob Marie heute zur Frühschicht eingeteilt war. Doch das Glück war auf ihrer Seite. Sie begrüßte ihre Freundin mit einem Kuss auf die Wange und zog sie zum Kaffeeautomaten.

»Hast du heute früh mal aus dem Fenster geschaut?«, flüsterte sie ihr zu, während der Automat zu brummen begann. »Da steht ein finsterer, ziemlich attraktiver Typ. Vielleicht kennst du ihn.«

Marie zog ihre Augenbrauen in die Höhe. »Lucy, Lucy. Ich hätte geschworen, du bist ein Bücherwurm und siehe an: Wer hätte das gedacht? Da hatte meine Grandma wohl recht mit ihrem Spruch.«

Lucy grinste sie an. »Mit welchem Spruch?«

»Stille Wasser sind tief.«

Lucy lief rot an. »So ist das nicht«, versuchte sie zu protestieren. Doch Marie winkte ab. »Ich schau mir das Objekt deiner Begierde mal an. Viel Spaß im Verlies, Kleine.« Damit drehte sie sich um und ging zum Empfang zurück.

»Mach dir keine Mühe. Er ist sicher schon weg«, rief Lucy ihr hinterher.

Ms. Drake tauchte plötzlich auf. »Das ist eine Bibliothek und kein Bahnhof«, wies sie Lucy zurecht. »Mäßigen Sie Ihren Ton.«

Lucy nickte, griff nach ihrem Kaffee und eilte nach unten. Miss Olive erwartete sie ungeduldig. »Wo bleibst du bloß, Mädchen? Du weißt doch, dass heute mein letzter Tag ist. Wir haben noch enorm viel zu tun.«

»Es tut mir leid, Miss Olive«, entschuldigte Lucy sich. »Es kommt nicht wieder vor, versprochen.«

»Ja, ja«, winkte Miss Olive ab. »Ich war in meiner Jugend auch nicht gerade ein Kind von Traurigkeit. Man soll die Feste feiern, wie sie fallen. Das Ende kommt früh genug.«

Verwundert blickte Lucy Miss Olive an.

»Wir haben heute nur eine Ausleihe«, stellte Miss Olive fest. »Ich möchte, dass du das allein machst. Als Feuertaufe sozusagen. Traust du dir das zu?«

Lucy nickte. »Welches Buch ist es?«, fragte sie.

»Es ist eines der letzten Exemplare der Erstausgabe von *Alice's Adventures in Wonderland,* der ursprüngliche Titel ist *Alice's Adventures Under Ground,* das weiß natürlich kaum jemand«, antwortete Miss Olive. »Es ist eines unserer wertvollsten Stücke.«

»Und wer möchte es sehen?«

Miss Olive zeigte ihr die Karte. »Mr. Nathan de Tremaine jr.«

»Schöner Name", sagte Lucy.

»Sein Großvater war ein sehr angesehener Professor am King's College. Er lehrte dort Englische Literatur, bevor er sich vor über achtzehn Jahren auf seinen Landsitz zurückzog. Angeblich, um sich ganz der Forschung zu widmen. Aber man munkelte, dass er es getan hat, um seinen Enkel großzuziehen. Ich habe keine Ahnung, was mit den Eltern des Jungen geschehen ist.«

Lucy sah Miss Olive verwundert an. Bisher hatte sie nicht den Eindruck gehabt, dass die alte Dame zu den Frauen gehörte, die gern tratschten.

Miss Olive sah ihren Blick und beeilte sich hinzuzufügen: »Als ich ans King's College kam, war er noch dort. Wir haben ihn alle angehimmelt. Er sah unverschämt gut aus und seine Vorlesungen waren regelmäßig überfüllt. Allerdings würdigte er keine von uns eines Blickes. Sein Enkel soll ihm an Attraktivität in nichts nachstehen, habe ich gehört.« Sie lächelte verschmitzt. »Davon darfst du dich heute selbst überzeugen.«

****

Nathan lehnte immer noch an dem gusseisernen Zaun gegenüber dem Eingang der London Library und dachte nach. Die Hände hatte er in den Taschen seiner schwarzen Hose vergraben. Sie war zu spät gewesen. Schon wieder.

Er hatte sie bereits letzte Woche beobachtet. Erst hatte sie ihn nicht bemerkt, so versunken war sie in ihre Gedanken gewesen. Sie hatte etwas Faszinierendes an sich, das er sich nicht erklären konnte. Vielleicht weil sie so zerstreut und hilfsbedürftig wirkte? Als sie vorhin niedergekniet war, um das Buch aufzuheben, hatten unter dem dichten Schleier ihres roten Haares eine schmale Nase und ein sanft geschwungener Mund hervorgelugt. Sie sah aus wie jemand, der gern lachte.

Als sie ihn jedoch angeschaut hatte, und er in ihre grauen Augen geblickt hatte, war da nichts Hilfebedürftiges gewesen.

Nachdem die schwere dunkelbraune Tür des Einganges hinter ihr ins Schloss gefallen war, hob er seinen Kopf. Er blickte auf das schmale Portal, unfähig, an etwas anderes zu denken als an diese Augen – graue Augen mit silbrigen

Sprenkeln. Er hatte diese Augen schon einmal gesehen. Dass das Mädchen diese Augen hatte, war völlig unmöglich. Es konnte nicht sein.

Nathan überlegte, was er jetzt tun sollte. Er hatte das Buch, mit dem er arbeiten wollte, bereits vorbestellt. Aber nun war er nicht sicher, ob er heute damit beginnen sollte. Kurz entschlossen machte er sich auf den Heimweg.

Miss Hudson, die das Stadthaus seines Großvaters in der Queen Anne's Gate und seit drei Wochen auch ihn versorgte, blickte ihn verwundert an, als er das Haus betrat. Ohne eine Erklärung lief er die Treppe zu seinem Schlafzimmer hinauf.

Er zog die dunkelblauen Vorhänge vor das Fenster und warf sich angezogen auf sein Bett. Er starrte an die Decke. Die Augen des Mädchens manifestierten sich in seinem Kopf. Konnte das sein? War das möglich? Er versuchte sich an alles zu erinnern, was er über diese Augen wusste. Es war lange her, dass er sie zum ersten Mal gesehen hatte. Irgendwann fielen seine Augen zu und er versank in einen tiefen traumlosen Schlaf, aus dem ihn Stunden später das Klingeln seines Telefons riss.

Er setzte sich auf und fuhr sich mit den Händen durch sein schwarzes Haar und über sein Gesicht. Es dauerte einige Sekunden, bis ihm klar wurde, wo er sich befand.

Was hatte ihn geweckt? Ein Klingeln. Das Telefon läutete unnachgiebig. Er wusste sofort, wer am anderen Ende der Leitung wartete. Und er wusste auch, dass der Anrufer nicht aufgeben würde.

Das Telefon klingelte weiterhin unerbittlich. Nathan griff danach.

»Großvater?«, meldete er sich.

»Weshalb hat das solange gedauert?«, blaffte es ohne eine Begrüßung aus der Leitung.

»Ich bin eingeschlafen«, antwortete Nathan entschuldigend und ließ die darauf folgende Predigt wegen der verlorenen Arbeitszeit über sich ergehen. Er kannte sie bereits seit seiner Kindheit.

»Hat heute alles geklappt?«, fragte sein Großvater, nachdem er seinen Vortrag beendet hatte.

»Ich habe mit *Alice* begonnen.«

Es war eine Lüge und Nathan hoffte, dass sein Großvater nicht spürte, dass er ihn belog. Er würde sich morgen um das Buch kümmern.

»Gut«, sagte sein Großvater und legte ohne Abschied auf.

Obwohl das Telefonat ihn aus dem Schlaf gerissen hatte, fühlte Nathan sich ausgeruht. Er konnte sich nicht erinnern, wann er das letzte Mal mitten am Tag stundenlang geschlafen hatte. Er trat zum Fenster und zog die Vorhänge beiseite.

Erstaunt erkannt er, dass es bereits dämmerte. Die altmodischen Straßenlampen spendeten nur spärliches Licht. Er sah hinaus. Regen setzte ein und draußen begannen die Menschen, hastig ihre Schirme aufzuspannen. Der Wind zerrte an den dünnen Stäben. Viele waren nicht warm genug gekleidet, trotz der Kälte, die die Stadt langsam aber sicher überzog.

Er wandte sich ab und machte sich auf den Weg in sein Arbeitszimmer. Die Lampen tauchten den Treppenaufgang in warmes Licht. Nathan fühlte sich wohl hier. Endlich hatte er einmal ein Haus für sich allein, wenn man von Miss Hudson absah. Er war die ewigen Pensionen und Hotels leid gewesen, in denen er die letzten vier Jahre verbracht hatte. Das schmale, weiß getünchte Stadthaus in London war ein ganz besonderer Luxus.

Ein Blick auf die Uhr sagte ihm, dass Miss Hudson sich bereits in ihr Zimmer zurückgezogen hatte. Sie bewohnte zwei Räume im Souterrain des Hauses. Sicherlich hatte sie ihm in der Küche sein Abendessen warmgestellt.

Er setzte sich an den penibel aufgeräumten Schreibtisch und nahm das dicke Buch, das am Rand des Tisches lag, zur Hand. Er schlug es auf und strich über die eng beschriebenen Seiten.

Obwohl er bereits so viel Arbeit erledigt hatte, kam immer noch täglich ein Brief seines Großvaters. Und täglich bewunderte Miss Hudson, wenn sie ihm diesen überreichte, die liebevolle Zuwendung, die sie dahinter vermutete.

Nathan wusste es besser. In den Briefen stand nie ein persönliches Wort. Es waren lediglich Befehle, die er von seinem Großvater erhielt. So war es schon immer gewesen.

Er begann, mit einem altmodischen Füller die Liste in dem Buch zu vervollständigen. Titel für Titel übertrug er aus dem Brief. In die linke Spalte schrieb er den Autor des Buches. Daneben setzte er den Titel und das Erscheinungsjahr. Die letzte Spalte ließ er frei. Er würde sie erst ausfüllen, wenn seine Aufgabe erledigt war.

Er wartete einen Moment, bevor er prüfte, ob die Tinte der frischen Einträge getrocknet war, dann schlug er das Buch zu und räumte es an seinen Platz zurück.

Sein Magen knurrte und er stand auf, um in der Küche nachzusehen, was Miss Hudson vorbereitet hatte. Auch wenn ihm ihre Art, ihn zu umsorgen, auf die Nerven ging, musste man ihr zugestehen, dass sie eine ausgezeichnete Köchin war. Täglich zauberte sie ihm seine streng vegetarischen Gerichte.

Nach dem Essen ging er zurück in das Arbeitszimmer und zog das Referat hervor, auf das er sich für sein morgiges Seminar vorbereiten musste.

Sein Großvater hatte ihm erlaubt, neben seinem Studium der englischen Literatur auch Kurse in Kunstgeschichte zu belegen. Er musste sich seine Zeit gut einteilen, um seine Aufgabe erledigen zu können. Sollte er seine Pflicht vernachlässigen, würde sein Großvater ihm die zusätzlichen Kurse sofort verbieten, das wusste Nathan.

Als der Morgen dämmerte, lag Nathan bereits seit zwei Stunden wach in seinem Bett. Unentwegt musste er an ihre grauen Augen denken. Sie waren ihm bis in seine Träume gefolgt.

Er war auf dem Landsitz seines Großvaters erzogen worden. Hauslehrer unterrichteten ihn in Französisch, Deutsch, Spanisch, Latein und Altgriechisch. Außerdem in Geschichte, Geografie, Politik und Mathematik. Nur den Unterricht in Literatur, dem Fach, das sein Großvater für das wichtigste hielt, übernahm dieser persönlich. Bevor er sich ins Privatleben zurückgezogen hatte, war sein Großvater Professor für Literatur am King's College gewesen. Jeder männliche Spross der Familie de Tremaine besuchte dieses College und nicht wenige unterrichteten danach an diesem Institut.

Kontakte mit Mädchen waren unter diesen Umständen nur spärlich zustande gekommen. Selbst in den letzten vier Jahren, in denen er in der Welt herumgereist war, hatte er nur selten Zeit für eine Verabredung gehabt. Und wenn, dann hatten diese Mädchen ihm nichts bedeutet. Er widmete sich seinen Studien und seiner Arbeit. So wie sein Großvater es von ihm erwartete.

Nathan hatte seinen Großvater als kleiner Junge einmal gefragt, weshalb er seine Professur aufgegeben hatte. Schließlich wurde ihm ständig gepredigt, wie wichtig es war zu arbeiten und seinen Geist zu schulen. Dieser hatte ihn daraufhin angeschaut und die damals erst angegrauten, buschigen Brauen über seinen Furcht einflößenden schwarzen Augen zusammengezogen. Automatisch war

Nathan einen Schritt zurückgewichen. Es gab nichts Schlimmeres als den Zorn seines Großvaters. Dann hatte dieser mit leiser Stimme zu sprechen begonnen. Seine Worte hatten sich in Nathans Gedächtnis eingebrannt.

»Hätten deine Eltern nicht so verantwortungslos gehandelt und dich als vierjähriges Kind verlassen, hätte ich meine Karriere nicht beenden müssen. Ich konnte mich aus der Verantwortung für dich nicht davonstehlen. Also sei dir bei allem, was du tust, immer darüber im Klaren, was du mir schuldest. Was ich für dich aufgegeben habe.«

Seit diesem Tag konzentrierte Nathan sich noch stärker als vorher darauf, seinen Großvater stolz zu machen. Niemals versäumte er eine Lehrstunde oder erschien unvorbereitet im Unterricht. Lob erntete er dafür nie. Egal wie sehr er sich anstrengte, es war, als ob sein Großvater das als selbstverständlich betrachtete. Der Drang, ihn stolz zu machen, wurde trotzdem von Jahr zu Jahr größer.

Nathan verscheuchte die Erinnerungen und sah auf seine Uhr. Es war später, als er gedacht hatte. Hastig stand er auf, wusch sich und zog sich an. Er lief ins Erdgeschoss und holte seine Unterlagen aus dem Büro, bevor er sich auf den Weg in das Speisezimmer machte, wo Miss Hudson das Frühstück vorbereitet hatte. Hastig schlang er eine Portion Rührei hinunter und durchblätterte die Times, die neben seinem Teller lag. Dann nahm er sich im Hinausgehen einen Toast. Mit vollem Mund erwiderte er den Morgengruß seiner Haushälterin und eilte zur Tür hinaus. Ihr Kopfschütteln ignorierte er.

Die U-Bahn brachte ihn zur Bibliothek. Mit weit ausholenden Schritten ging er die Treppen zum Eingang des Gebäudes hinauf. Morgen würde er einen Mantel überziehen müssen, dachte er fröstelnd.

Zielstrebig ging er in den Lesesaal im oberen Stockwerk und reichte der Dame am Empfang seine Bestellnummer. Er legte ihr seinen Studentenausweis vor, der ihn als Studenten des Institutes für englische Literatur am King's College und als Assistenten des Fakultätsdirektors auswies. Nur so war es ihm möglich, an die sorgfältig unter Verschluss gehaltenen Erstausgaben der Bücher zu kommen.

Die Dame hinter dem Pult prüfte sorgfältig seine Berechtigung, bevor sie im Archiv anrief und seine Bestellung durchgab. Sie reichte ihm seinen Ausweis zurück und wies ihn an, Platz zu nehmen. Nathan setzte sich und knipste eine altmodische Tischlampe mit grünem Schirm an. Das Mobiliar des Lesesaals war seit der Eröffnung mehrmals restauriert, aber niemals erneuert worden. Nathan mochte den Geruch nach altem Holz und Politur, der der dunklen Tischplatte entströmte, die vom jahrelangen Gebrauch so blank poliert war, dass man sich fast darin spiegeln konnte.

Er schlug seine langen Beine übereinander und klopfte mit den Fingern ungeduldig auf das Holz, bis ein strenger Blick der Empfangsdame ihn an den obersten Grundsatz des Lesesaals erinnerte. Hier herrschte absolute Ruhe. Die einzigen Geräusche, die erlaubt waren, waren das Umblättern der Buchseiten und das Kratzen eines Stiftes auf Papier.

Nathans Anspannung wuchs. Weshalb dauerte das so lange? Lag es womöglich an dem Titel, den er bestellt hatte? Das Buch von Lewis Caroll war mit Sicherheit eines der wertvollsten Werke, das die Bibliothek zu bieten hatte.

In diesem Moment öffnete sich eine Tür. Ungeduldig blickte er zu dem Mädchen, das in den Saal trat und sich suchend umblickte. Er erkannte sie sofort. Sie kniff ihre Augen leicht zusammen. Das gab ihr wieder dieses hilflose

Aussehen, das in völligem Widerspruch zu dem Ausdruck ihrer grauen Augen vom gestrigen Tag stand.

Sie ging zu der Tür eines kleinen Aufzugs und schloss sie auf. Trotz ihrer Jugend schien sie genau zu wissen, was sie tat. Sie entnahm dem Aufzug das Buch, das er verlangt hatte. Es war noch einmal verpackt, denn er konnte den Einband nicht erkennen.

Das Mädchen ging mit dem sorgfältig verschnürten Paket zum Empfang. Nach einem kurzen Wortwechsel mit ihrer Kollegin kam sie zu ihm.

Sie legte das Paket vor ihm ab und sah ihn an. Er bemerkte das Aufflackern des Erkennens in ihrem Blick. Diese grauen Augen, in denen winzige silberne Pünktchen tanzten, waren von Nahem noch faszinierender als von Weitem. Nathan blickte sie finster an. Da war ganz und gar nichts Hilfloses, befand er noch einmal.

»Mein Name ist Lucy«, stellte sie sich vor und Nathan fand, dass der Name perfekt zu ihr passte. »Ich vertrete die Archivarin. Sie wollten bereits gestern kommen, Mr. de Tremaine«, sagte sie vorwurfsvoll. »Miss Olive war ein wenig ärgerlich.«

»Wo ist diese Miss Olive heute?«, fragte er knapp, ohne auf den Vorwurf einzugehen.

»Sie hatte gestern ihren letzten Arbeitstag. Sie hat einen längeren Urlaub angetreten. Ich werde sie in dieser Zeit vertreten.«

Nathan musterte Lucy mit einem kalten spöttischen Lächeln. »Sind Sie nicht etwas zu jung für so eine verantwortungsvolle Aufgabe?«

»Das wird sich herausstellen«, erwiderte Lucy schlagfertig. »Aber sollten Sie zukünftig Bücher vorbestellen, bitte ich Sie, auch zu dem vereinbarten Termin zu kommen. Ansonsten werde ich das Buch nicht ausleihen«, sagte sie streng.

Nathan wollte etwas erwidern, überlegte es sich aber im letzten Moment.

Dann konzentrierte sie sich auf das Buch.

»Wir werden das Paket gemeinsam öffnen«, begann sie und Nathan wandte seinen Blick ihren Händen zu, die den Knoten der Schnur lösten, die um das Paket gewickelt war. Zarte, feingliedrige Finger, stellte er fest. Er musste sich zwingen, seine Aufmerksamkeit dem Buch zu widmen.

»Dann prüfen wir die Unversehrtheit des Buches«, fuhr sie fort. »Wenn Sie mit Ihren Studien fertig sind, wird meine Kollegin mich rufen und wir werden gemeinsam prüfen, dass nichts beschädigt wurde und es wieder einpacken. Haben Sie alles verstanden?«

Nathan nickte und betrachtete wieder ihre Finger, die das Wachspapier, das das Buch zusätzlich schützte, auseinanderschlugen. Beinahe gleichzeitig hielten sie, angesichts des Schatzes, der vor ihnen lag, den Atem an. Nathan blickte auf und sah das verzückte Lächeln, das sich auf Lucys Gesicht ausbreitete. Ihre Blicke trafen sich. Leichte Röte überzog ihre Wangen.

»Es ist wunderschön, oder?«, stammelte sie verlegen.

»Ja, das ist es.« Nathan löste seinen Blick von ihr.

»Weltweit sind von dieser Erstausgabe nur noch 22 Exemplare erhalten«, sagte Lucy. »Ich muss Sie also bitten, besonders vorsichtig zu sein.«

Der cremefarbene Einband der Originalausgabe war mit grünen Ranken verziert, an deren Enden winzige blaue Blüten saßen. Der Titel prangte in altertümlichen Buchstaben auf der Vorderseite. Jedes einzelne Blatt der Efeuranken war liebevoll gezeichnet. Die Leerräume dazwischen waren mit gelblichen Punkten gefüllt.

Sie zog sich weiße Baumwollhandschuhe über die feingliedrigen Finger und reichte auch ihm ein Paar.

Vorsichtig zog sie das Papier zur Seite und faltete es zusammen.

»Arbeiten Sie bitte immer mit sauberen Händen«, setzte sie zu ihrer eigentlichen Belehrung an. »Bei den wertvollen Originalen müssen Sie Baumwollhandschuhe tragen. Essen, Getränke oder sonstige Flüssigkeiten sind im Lesesaal nicht erlaubt. Ich hoffe, Sie haben nichts heimlich hereingeschmuggelt.« Sie sah ihn streng an. »Draußen steht ein Kaffee- und Getränkeautomat. Dort können Sie sich bedienen, wenn Sie eine Pause machen möchten. Nahrungsmittelreste, wie Krümel, können Insekten anlocken, die die Bücher zerstören oder beschädigen. Nehmen Sie das Buch immer mit beiden Händen hoch, damit vermeiden Sie Stauchungen und Knicke im Papier. Fassen Sie das Buch immer an beiden Deckeln an und ziehen Sie niemals am Rücken. Zur genauen Betrachtung beugen Sie sich lieber über das Objekt, anstatt es hochzuheben. Sollten Sie eine Lupe benötigen, können Sie gern eine bei der Aufsicht leihen. Stapeln Sie auf keinen Fall mehrere Bücher übereinander und falten oder knicken Sie die Seiten nicht. Das betrifft besonders brüchiges und dickes Papier. Seien Sie mit bemalten und bereits geschädigten Objekten besonders sorgsam. Schlagen Sie jedes Buch behutsam auf, aber öffnen Sie es nur so weit, wie es möglich ist. Viele Bücher können aufgrund der Bindetechnik oder der gealterten Einbandmaterialien nur wenig geöffnet werden, ohne Schäden davonzutragen. Es ist nicht erlaubt, von den Werken Fotokopien anzufertigen. Haben Sie alles verstanden?«

Nathan nickte und Lucy schlug das Buch vorsichtig auf. Sie blätterte mehrere Seiten durch, bevor sie ihm das Buch hinüberschob.

Ihre Fingerspitzen berührten sich. Selbst durch die Handschuhe spürte Nathan eine unnatürliche Hitze, die durch seine Finger floss. Bilder fluteten seinen Kopf. Bilder von Büchern. Leeren Büchern. Er blickte auf. Ungläubig starrten ihre grauen Augen ihn an. Sie hatte dasselbe gesehen, erkannte er an dem verwirrten Ausdruck ihrer Augen. Der Orkan, der in seinem Inneren tobte, war jedoch für sie unsichtbar. Er senkte den Blick wieder auf das Buch. Beinahe zärtlich strich er über die aufgeschlagene Seite.

Dann stand er abrupt auf und schlug das Buch zu. »Ich komme ein anderes Mal wieder. Ich fühle mich nicht wohl«, erklärte er kurz angebunden und verließ mit großen Schritten den Lesesaal.

Verunsichert sah Lucy ihm hinterher. Dann ließ sie sich auf den Stuhl fallen, auf dem er vor wenigen Sekunden noch gesessen hatte. Sie runzelte die Stirn. Was waren das für unheimliche Bilder gewesen, die sie gesehen hatte? Das konnte sie sich nicht eingebildet haben. Etwas Rätselhaftes ging hier vor. Mittlerweile war Lucy nicht mehr sicher, ob die Arbeit für sie das Richtige war.

Sorgsam schlug sie das Buch wieder ein und verstaute es in dem Karton. Dann schickte sie es mit dem kleinen Aufzug nach unten und eilte hinaus. Die verwunderten Blicke der Lesesaalaufsicht ignorierte sie.

Marie stand am Informationsschalter, war aber glücklicherweise in ein Gespräch vertieft. Lucy wollte jetzt allein sein und sie wusste, dass Nathan de Tremaine Marie ebenso wenig entgangen war wie sein überstürzter Aufbruch.

Als sie das Archiv betrat, begrüßten die Bücher sie lauter als je zuvor. Ob Miss Olive das Summen und Wispern auch hörte? Ihr mussten die Bücher doch vertrauter sein. Sie hatte sich nicht getraut, danach zu fragen. Jetzt war es zu spät. Nun war sie allein mit den Büchern, ganze sechs Wochen lang. Das Flüstern und Wispern verstärkte sich.

Lucy beschloss, ihm zu folgen. Die letzten Tage hatte sie es erfolgreich verdrängt und den Schmerz an ihrem Handgelenk ignoriert. Nun war sie so durcheinander, dass sie es einfach geschehen ließ. Die Raubvogelaugen gingen ihr nicht aus dem Kopf.

Die Bücher lockten sie hinein in das Labyrinth der Regale. Tiefer und immer tiefer. Hier war sie bisher nie gewesen. Sie sah an einem der Regale hinauf. Es war deutlich älter als die in der Nähe ihres Büros. Allerdings schien es stabiler gebaut zu sein. Die Seitenteile des Regals waren keine einfachen Holzstreben. Diese hier bestanden aus Eisen, das mit Ornamenten kunstvoll verziert war. Mittlerweile hatte sie sich so an das Wispern gewöhnt, dass es ihr schien, als würde sie es verstehen. Es füllte ihren Kopf aus und wurde von Minute zu Minute drängender. Lucy hielt sich die Ohren zu, doch es half nichts. Als sie die Hände wieder herunternahm, schien das Wispern noch lauter und fordernder geworden zu sein.

Vorsichtig schob sie den Ärmel ihres Pullovers nach oben. Es grauste ihr vor dem, was sie sah. Das Mal pulsierte. Es war rot, wie beim letzten Mal, und trotzdem flößte es ihr diesmal nur halb so viel Angst ein. Sie hatte sich dagegen entschieden, einen Arzt aufzusuchen. Jetzt fragte sie sich, ob diese Entscheidung richtig gewesen war. Vielleicht hatte es sich tatsächlich entzündet und diese Entzündung gaukelte ihr Halluzinationen vor. Wer wusste denn, was Bakterien in einem Körper so alles anstellen konnten?

Furcht floss durch ihren Körper. Ob sie verrückt wurde?

»Alles ist gut«, flüsterten die Bücher in ihrem Kopf. »Hab keine Angst. Wir sind bei dir.« Lucy verstand die Worte dieses Mal ganz deutlich. Sie hielt sich an einem der Regale fest. Das war unmöglich. Bücher sprachen nicht. Sie wartete einen Moment, bis sie sicher war, nicht zu fallen, wenn sie losließ. Dann atmete sie tief durch. Es gab nur einen Weg, um herauszufinden, ob sie wirklich verrückt wurde. Sie musste das leere Tennyson-Buch noch einmal finden. Dann würde sie sehen, ob sie sich das alles eingebildet hatte. Sie ignorierte die Rufe der Bücher. Sollten sie noch so betteln. Sie musste sich auf der Stelle Gewissheit verschaffen.

Im Laufschritt durchquerte sie das Archiv und lief zurück in das kleine Büro. Abgehetzt öffnete sie den großen Metallschrank, in dem die Boxen mit den Karteikarten aufbewahrt wurden. Jedes Buch, das hier unten lagerte, war hier alphabetisch einsortiert, oder sollte es zumindest sein. Mit fliegenden Fingern suchte Lucy nach dem Buchstaben T. Als sie ihn im ersten Schrank nicht finden konnte, stürmte sie zu einem zweiten Metallschrank, der draußen an der Wand vor dem Büro lehnte. Sie bückte sich, um den schweren Karteikasten herauszuziehen und trug ihn in ihr Büro. Hastig klappte sie Karte um Karte um und verfluchte einmal mehr, dass es keinen Onlinekatalog für das Archiv gab. Allerdings war sie selbst mit dieser Aufgabe bisher auch nicht sehr weit gekommen und sie fragte sich, wann Mr. Barnes sie deswegen das erste Mal rügen würde. So viele Autoren mit T. Nur kein Tennyson. Mittlerweile war sie bei Ti angekommen. Lucy blätterte weiter, bis zum Ende des Kastens. Immerhin konnte es sein, dass im Laufe der Zeit jemand die Karte verstellt hatte. Doch leider war dem nicht so. Es existierte schlicht keine Karte, auf der die Werke von Tennyson vermerkt waren. Lucy ging den Kasten ein zweites Mal durch. Dann legte sie resigniert den Kopf darauf ab. Das Buch konnte sonst wo stehen. Ohne einen Hinweis würde sie es sicher nicht wiederfinden.

Sie stand auf und trug den Behälter zurück zum Schrank. Dann lief sie ziellos durch die Reihen. Die Bücher schwiegen, als würden sie abwarten.

»Also gut«, sagte sie in die Stille. »Ich finde es nicht. Wenn ihr wollt, dass ich euch helfe, dann müsst ihr mich überzeugen, dass ich mir das hier nicht einbilde.«

Lucy lauschte. Es blieb still. Sie versuchte tatsächlich, mit den Büchern zu sprechen. Sie schüttelte über sich selbst den Kopf. Das war völlig verrückt.

»Das ist nicht verrückt«, wisperten die Bücher im Chor. »Du musst uns folgen.«

»Ok«, erwiderte Lucy resigniert.

Das Raunen führte sie innerhalb weniger Minuten zu dem Karton von Alfred Tennyson. Lucy zog ihn heraus und öffnete ihn. Sie war nicht wirklich überrascht, als sie es erneut durchblätterte. Die Seiten wirkten noch brüchiger als beim ersten Mal. Nachdem sie den Karton wieder an seinen Platz gestellt hatte, lehnte sie sich gegen das Regal. Sie fühlte sich ausgepumpt.

»Komm«, hörte sie die Bücher. »Wir möchten dir noch etwas zeigen.«

»Noch etwas?«, fragte Lucy. »Ich finde, ich habe genug gesehen.« Die Stille, die ihren Worten folgte, erschien ihr traurig.

»Ist ja schon gut. Tut mir leid«, flüsterte sie. »Was ist es diesmal?«

Die Bücher führten Lucy tief in das Innere des Archivs. Lucy wusste, dass die Temperatur in allen Räumen gleich niedrig war, trotzdem erschien es ihr hier wesentlich kälter. Gänsehaut kroch durch ihren Körper, als das Wispern endlich stoppte. Wieder wusste Lucy sofort, welcher Karton es war, den die Bücher ihr zeigen wollten. Auch er verströmte diese unnatürliche Stille.

Der Karton war alt. Beinahe zu alt, als dass darin ein wertvolles Buch aufbewahrt werden konnte. Die Muster, die ihn verzierten, waren verblasst. Die ehemals feste Pappe war brüchig und von tiefen Falten durchzogen. Das kleine Schild, auf dem normalerweise der Titel des Buches stand, war verschwunden. Lucy sah auf den Boden. Nirgendwo war etwas zu sehen. Dann legte sie beide Hände auf den Karton. Was sie spürte, ließ sie zurücktaumeln. Sie atmete hektisch ein und aus.

Da war nichts. Da war nicht einmal Stille. Das war mehr als Stille – es fühlte sich tot an. Lucy spürte, wie eine Träne sich aus ihrem Auge löste, und wischte sie ärgerlich fort.

Sie griff nach dem Karton und zog ihn heraus. Er war leicht, deutlich leichter jedenfalls als der Karton von Tennyson. Lucy gruselte sich vor dem, was sie gleich sehen würde. Vorsichtig hob sie den Deckel hoch.

Man konnte die Farbe des Einbandes nur noch erahnen. Vielleicht war er dunkelbraun gewesen, vielleicht auch schwarz oder grau. Die ehemals goldenen Schriftzüge zerfielen in dem Moment, in dem sie den Karton öffnete. Ein winziger Luftzug genügte und vor Lucys Auge zerbröselte die Information. Sie verzichtete darauf, den Buchdeckel aufzuschlagen. Sie wusste, was sie dort erwartete. Nur Leere, nichts als Leere. Welches Buch mochte das gewesen sein? Es gab keine Möglichkeit für sie, das herauszufinden. Das Schlimmste war, dass niemand es vermissen würde. Langsam schloss Lucy den Deckel wieder und schob den Karton zurück.

Sie hatte keine Ahnung, was sie tun sollte.

»Was hat das alles zu bedeuten?«, fragte sie in die Stille. Sie bekam keine Antwort. »Ihr müsst mir verraten, weshalb ihr mir das alles zeigt?« Sehr leise setzte das Flüstern wieder ein. »Das musst du allein herausfinden.«

»Na super«, erwiderte Lucy.

Dann schwiegen die Bücher. Lucy ging zurück in ihr Büro, sank auf den Drehstuhl vor ihrem Schreibtisch und schwenkte gedankenverloren hin und her.

Miss Olive, Jules und Colin hatten nie von Tennyson gehört. Sie selbst hatte den Text seines bekanntesten Gedichtes vergessen und im Internet war nichts über ihn zu finden. Es schien, als hätte er nie existiert oder nur in ihrem Kopf.

Lucy schaltete den Computer aus und stand auf. Sie hatte keine Bestellungen für die nächsten zwei Stunden. Sie würde ihre Mittagspause nutzen, um herauszufinden, wer sich an Tennyson erinnerte. Ob sich überhaupt jemand an Tennyson erinnerte. Es konnte nicht sein, dass dieser Dichter so mir nichts, dir nichts aus dem Gedächtnis der Menschen verschwunden war. Lucy weigerte sich, das zu glauben.

»Ich hab was Dringendes zu erledigen, Marie«, rief Lucy ihrer Freundin im Hinausgehen zu.

Ein paar Straßen weiter befand sich einer ihrer Lieblingsbuchläden. Er war alt und der Buchhändler war ein wandelndes Lexikon. Seit sie in London lebte, war sie mehrere Male dort gewesen, um nach Büchern zu stöbern. Dort würde sie nachfragen.

Ein Glöckchen klingelte über der Tür, als Lucy den Laden betrat. Sie sah sich um. Der Buchhändler, der sie bei ihren vorherigen Besuchen bedient hatte, war nirgendwo zu sehen. Lucy ging tiefer in den Laden hinein.

»Hallo«, rief sie. »Ist jemand hier?«

»Ja, ja«, hörte Lucy eine Altmännerstimme rufen. Darauf folgten schlurfende Schritte. Sie kamen von oben. Lucy hob den Kopf. Der Buchhändler, der mindestens so alt war wie die Bücher, die er verkaufte, beugte sich über die Empore.

»Was kann ich für Sie tun, junge Dame«, fragte er freundlich.

Lucy legte ihren Kopf weiter in den Nacken. »Ich suche einen Gedichtband«, erklärte sie.

»Gedichte«, wiederholte der Mann mit Verwunderung in der Stimme. »Ich wusste nicht, dass ihr so etwas noch lest.«

Lucy konnte sich vorstellen, wen er mit *ihr* meinte.

»Wer darf es denn sein?« Etwas mühsam kämpfte er sich die Stufen zu Lucy herunter.

»Tennyson«, erkläre Lucy und sah ihn erwartungsvoll an.

»Tennyson?« Schon, dass er das als Frage formulierte, machte Lucy Angst. »Ist wohl so ein neumodischer Dichter, oder?«, fügte er hinzu.

»Eigentlich nicht«, entgegnete Lucy und ihre Stimme zitterte.

Er schien sie nicht gehört zu haben. »Das führe ich leider nicht. Ich habe vor allem Klassiker und antiquarische Bücher, Mädchen. Das müsstest du eigentlich wissen, bist doch nicht zum ersten Mal hier.«

»Nein, bin ich nicht«, stimmte Lucy zu. »Wären Sie trotzdem so freundlich und schauen mal nach?«

Umständlich nahm der Mann seine Brille von der Nase und begann sie zu putzen.

»Ich bin zwar alt, Kleine, aber meinen Bestand kenne ich immer noch in und auswendig. Und von einem Tennyson hab ich noch nie gehört. Versuch es einmal bei Waterstones. Die führen den ganzen neumodischen Kram. Vielleicht hast du da mehr Glück.«

»Danke«, brachte Lucy über die Lippen, bevor sie auf wackligen Beinen den Laden verließ. Sie hatte das dringende Bedürfnis, sich zu setzen.

Sie überlegte kurz. Irgendwo an der Kreuzung zwischen Strand und Charing Cross befand sich die Filiale der Buchhandelskette, die der alte Mann ihr empfohlen hatte. Wenn sie schnell ging, müsste sie es in zehn Minuten schaffen. Sie musste sicher sein. Ihre Hoffnung war auf einen Nullpunkt gesunken, aber sie wollte nichts unversucht lassen. Sie konnte unmöglich der einzige Mensch sein, der sich an Tennyson erinnerte.

Waterstones war das genaue Gegenteil des kleinen Antiquariats, das sie eben besucht hatte. Der Laden war hell und groß und kein Verkäufer würde behaupten, dass er das Sortiment kannte. Lucy hatte keine Lust, sich noch einmal eine Blöße zu geben. Sie sah sich nach einem freien Computerplatz um, an dem sie das Buch selbst suchen konnte.

Sie ließ sich nieder und tippte Tennyson in die Suchmaschine ein. Sie war nicht überrascht, als ein negatives Ergebnis aufflammte. Erschöpft lehnte sie sich zurück. Dann fiel ihr etwas ein. Hektisch tippte sie die Namen sämtlicher Tennysonwerke ein. Auch damit kam sie zu keinem anderen Resultat.

Wie versteinert starrte sie auf den Bildschirm.

Ein junger Mann trat zu ihr. »Ist Ihnen nicht gut?«, fragte er. »Brauchen Sie ein Glas Wasser?«

Sie sah ihn an und sah ihn doch nicht. Ihr Herz raste, ihr Mal pochte, in ihrem Magen rumorte es.

Lucy griff nach ihrer Tasche und ihrer Jacke und schob sich hastig an dem jungen Mann vorbei. Sie musste an die frische Luft. Ihr war abwechselnd heiß und kalt.

Sie rannte hinaus und ohne Rücksicht auf die Passanten zu nehmen, spurtete sie zur Bibliothek zurück. Sie jagte an Marie vorbei, die ihr verwirrt hinterher sah. Hastig lief sie die Stufen ins Archiv hinunter und flüchtete sich in ihr Büro. Fassungslos saß sie dort, zu keinem klaren Gedanken fähig, bis die Mitarbeiterin des Lesesaals anrief und ihr eine Bestellung durchgab.

Bücher sind Schiffe, welche die weiten Meere der Zeit durcheilen.

Francis Bacon

4. Kapitel

Der Hörsaal war völlig überfüllt. Das war zu Beginn des Herbstsemesters nicht anders zu erwarten gewesen. Jetzt kamen die meisten Studenten noch regelmäßig zu den Veranstaltungen, aber spätestens bis Weihnachten würde sich die Lage bessern. Lucy schob sich zwischen ihren Kommilitonen hindurch und hielt Ausschau nach einem freien Platz. Sie war froh, dass es ihr gelungen war, sich bereits in ihrem zweiten Semester für dieses Seminar einzutragen. Im Uniführer hatte sie gelesen, dass es beinahe unmöglich war, einen Platz zu bekommen. Als sie allerdings die vielen Studenten sah, die sich mit ihr in den Raum drängten, stieg in ihr die Frage auf, ob das hier überhaupt einen Sinn hatte. In der vorletzten Reihe erspähte sie einen leeren Platz. Der junge Mann, der dort saß, lächelte ihr entgegen. Lucy legte ihren Schreibblock und ihr Stifttäschchen auf das Pult und klappte den Stuhl herunter. Erst als sie saß, zog sie ihre Jacke aus. Unruhig rutschte sie auf ihrem Stuhl hin und her, froh darüber, dass ihr Nachbar sie nicht in ein Gespräch verwickelte. Die mysteriösen Begebenheiten der letzten Tage verwirrten sie. Sie hatte schlecht geschlafen und war müde und fahrig. Nervös drehte sie einen ihrer Bleistifte in der Hand.

Es war gut, dass sie heute nicht in die Bibliothek musste. Sie hatte die halbe Nacht über ihr Problem nachgegrübelt, war aber zu keinem Ergebnis gekommen. Dass die Bücher mit ihr sprachen, damit konnte sie leben. Sie musste es ja niemandem verraten. Dass sie verschwanden, war weitaus dramatischer. Wer wusste schon, wie viele leere Kartons und Bücher es in dem Archiv noch gab? Dazu kam, dass offensichtlich nicht nur die Texte, sondern sogar deren Existenz aus dem Gedächtnis der Menschen verschwanden. Nie wieder würde ein Kind ein Gedicht von Tennyson auswendig lernen. Sicher, die meisten würden nicht böse darüber sein. Lucy musste bei dem Gedanken lächeln. Es war ein trauriges Lächeln. Wie kam es, dass sie allein sich an Tennyson erinnerte? Lag es daran, dass sie das leere Buch gefunden hatte? Aber was half es schon, dass sie von ihm wusste? Selbst sie konnte sich an keines seiner Gedichte erinnern. So sehr sie sich das Hirn zermarterte, es fiel ihr keine einzige Zeile ein. Zu gern hätte sie *Lady of Shalott* aufgeschrieben. Doch es wollte ihr einfach nicht gelingen.

Vielleicht sollte sie heute doch ins Archiv gehen und nach weiteren verlorenen Büchern suchen. Allerdings musste sie noch ihr Referat weiter vorbereiten. Sie hatte einen Plan aufgestellt, wann sie in der Bibliothek und wann sie am College sein konnte. Nur mit guter Organisation war es möglich, Studium und Arbeit zu bewältigen und keines von beidem zu vernachlässigen. Sie beschloss, nach der Vorlesung in die Bibliothek zu fahren. Das Referat konnte sie notfalls auch noch nachts fertigstellen. Sie musste versuchen, noch mehr leere Kartons aufzustöbern. Die Bücher würden ihr helfen. Sie brauchte einen Überblick über das Ausmaß des Verlustes und sie musste überlegen, wer oder was dafür verantwortlich war. Sie musste herausfinden, was mit den Büchern geschehen war. Unruhig spielte sie mit dem Reißverschluss ihres Schreibtäschchens. Dann zog sie einen Haargummi heraus und band ihre wild gewordenen Locken zusammen, die ihr beim Schreiben ständig ins Gesicht fielen.

Das Seminar hätte längst beginnen müssen. Weshalb ließ Professor Wyatt sie so lange warten? Der Lärm um sie herum schien zuzunehmen. Vor ihr kicherten zwei Mädchen etwas lauter. Lucy sah auf und schob ihre dunkelbraun gerahmte Brille höher, die sie nur in den Vorlesungen und Seminaren trug. Ansonsten vermied sie es, da sie damit aussah wie die sprichwörtliche Leseratte. Marie hatte sie für diese Erklärung ausgelacht. »Aber du bist eine Leseratte, Lucy. Mit oder ohne Brille«, waren ihre Worte gewesen. »Trotzdem darf man wohl ein bisschen eitel sein«, hatte Lucy sich verteidigt.

Plötzlich wurde es um sie herum stiller. Sie sah auf und entdeckte Professor Wyatt in der Tür. Sie hatte bereits so viele seiner Bücher gelesen, dass sie ihn selbst auf einer der überfüllten Londoner Straßen erkannt hätte. Lucy runzelte ihre Stirn. Der Professor war mit einem jungen Mann in ein Gespräch vertieft. Musste das sein? Nervös sah sie auf ihre Uhr. Im selben Moment klopfte Professor Wyatt seinem Gesprächspartner väterlich auf die Schulter und betrat endlich den Hörsaal. Der junge Mann folgte ihm. Mit unbewegter Miene suchte er nach einem freien Platz. Während er sich auf den Weg zum hinteren Ende des Raumes machte, zog er sein schwarzes Jackett aus. Für jeden im Saal, wurde sein schlanker und trotzdem durchtrainierter Oberkörper sichtbar, den das weiße Hemd mehr betonte als verbarg.

Lucy biss sich auf die Lippen, als sein Blick den ihren traf. Verwundert zog er seine Augenbrauen zusammen. Er erkannte sie.

Seine schmale, schlanke Gestalt steckte wieder in einer schwarzen Anzughose und einem weißen Hemd.

Eigentlich eine untypische Kleidung für einen Studenten, dachte Lucy. Zielstrebig lief er an den voll besetzten Reihen vorbei. Lucy beugte sich über ihr leeres Blatt Papier. Als er viel zu nah an ihr vorbeiging, hielt sie den Atem an. Beinahe streifte seine Hand ihren Arm.

In diesem Moment ergriff Professor Wyatt das Wort und das Gemurmel der Studenten verstummte. Lucy wagte einen vorsichtigen Blick hinter sich. Nathan de Tremaine lehnte am Fenster und lauschte den Worten des Professors. Dabei musterte er sie mit seinem schwarzen, durchdringenden Blick.

Zwei Stunden später saß Lucy in der U-Bahn und las die Nachricht, die Colin ihr geschickt hatte. *»Ich koche, wenn du einkaufst. Jules und Marie kommen auch.«*

Das war mal wieder typisch für ihn. Sie sollte die Arbeit machen und er das Vergnügen haben. Bei dem Gedanken an Colins leckere Nudeln lief ihr jedoch das Wasser im Munde zusammen. Erst jetzt fiel ihr auf, dass sie den ganzen Tag noch nichts gegessen hatte.

Die Bücher würden wohl noch einen Tag warten müssen, verwarf sie ihren Plan.

Lucy blickte aus dem Fenster der U-Bahn. Man konnte nichts sehen, natürlich nicht. Nur die Mauern der unterirdischen Tunnel rasten an ihr vorbei. Erstaunlich schnell hatte sie sich an diese Art der Fortbewegung gewöhnt. Zu Fuß schienen in dieser Stadt nur die Touristen unterwegs zu sein. Nachdem sie ausgestiegen war, erledigte sie einige Einkäufe und eilte nach Hause.

Colin riss die Wohnungstür in dem Moment auf, in dem sie den Schlüssel ins Schloss schob.

»Endlich«, stöhnte er. »Ich hab' Hunger wie ein Bär.«

Lucy sah ihn streng an. »Ist das mein Problem?«, fragte sie und drückte ihm die Einkaufstüte in die Hand, die er sofort öffnete und neugierig hineinlugte.

»Ich finde schon«, erwiderte er frech.

»Es ging nicht schneller«, lenkte Lucy ein. »Erst kam Professor Wyatt zu spät und dann hat er auch noch kräftig überzogen.«

»Immerhin bist du drin«, erwiderte Colin. »Da kannst du froh sein.« Er studierte Wirtschaft, aber wie jedem Studenten am King's College war ihm der Ruf Professor Wyatts bekannt.

Hinter Lucy wurde ein Schlüssel ins Schloss gesteckt. Marie und Jules betraten kichernd den Flur, der für vier Menschen zu klein war.

Lucy zog ihre Augenbrauen hoch.

»Colin hat geschrieben, dass er heute kocht, das konnte ich mir nicht entgehen lassen. Chris ist wirklich in allem gut, nur leider kann er nicht kochen.«

»Na, zum Glück habe ich genug Spaghetti angeschleppt«, sagte Lucy sarkastisch und scheuchte Colin vor sich her in die Küche. »Ich wette, Chris taucht nachher auch noch auf.«

Colins Kochkünste zogen ihre Freunde an wie das Licht die Motten, dachte Lucy und wünschte, sich auch einfach in die Herzen der Menschen hineinbrutzeln zu können.

»Wie war das Seminar?«, fragte Jules, die von Colin den Auftrag bekommen hatte, Pilze zu schneiden.

»Es war übervoll. Ich weiß nicht, ob ich da noch mal hingehe«, erwiderte Lucy.

Sie nahm Teller und Besteck aus dem Schrank und begann, den Tisch zu decken.

»Ist sonst was Interessantes passiert?«, fragte Jules weiter.

»Eigentlich nicht«, antwortete Lucy. »Nur …« Sie machte eine Pause. »Ich habe dir doch gestern von Nathan de Tremaine erzählt.«

Marie, die mit einem Glas Wein am Küchenschrank lehnte, pfiff durch die Zähne.

Lucy warf ihr einen bösen Blick zu.

»Der hübsche Jüngling mit dem tollen Namen«, nickte Jules, ohne hochzusehen.

»Er war heute auch da«, erklärte Lucy. »Ich wusste zwar, dass er der neue Assistent von Professor Wyatt ist, aber ich habe nicht damit gerechnet, dass er in das Seminar kommt.«

»Macht er dich nervös?«, fragte Marie und grinste.

»Irgendwie schon«, bestätigte Lucy. »Er sieht mich so komisch an.«

»Verliebt?«, fragte Jules nach.

Lucy lachte. »Nein, so ganz bestimmt nicht. Eher wie ein Insekt, das er am liebsten aufspießen würde.«

Jules schüttelte den Kopf. »Ich schätze, da übertreibst du.«

Lucy war sich da nicht so sicher.

Colin, der sich am Gespräch der Mädchen bisher nicht beteiligt hatte, wandte sich um und griff nach der Schüssel mit den Pilzen.

»Pass bloß auf, Prinzessin«, flüsterte er Lucy viel zu laut ins Ohr. »Der Typ ist mir nicht geheuer.«

»Wieso?«, fragte Marie interessiert.

»Dem starren doch alle Mädels auf dem Campus hinterher«, antwortete Colin.

»Sagt Mädchenschwarm Nummer 1.« Jules lachte. »Angst um deinen Thron?«

Colin schnaubte empört und goss eine Dose Tomaten zu den angebratenen Pilzen. Der Duft, der durch die Küche strömte, verbreitete einen Hauch von Sommer.

Während Colin die Soße umrührte und würzte, erwiderte er grinsend: »Der kann mir doch nicht das Wasser reichen.« Die Mädchen prusteten gleichzeitig los und das Lächeln auf Colins Gesicht vertiefte sich.

»Ihr müsst zugeben, Nathan de Tremaine sieht nicht so aus, als ob er jemanden zum Lachen bringen könnte.«

»Ich schätze, er hat andere Qualitäten«, mutmaßte Marie.

Colin zog nur eine seiner dunkelblonden Augenbrauen hoch und wandte sich wieder dem Herd zu, um sich seiner Soße zu widmen.

»Innere Werte, Mädels«, resümierte er noch.

Jetzt lachten die Drei noch lauter.

«Genau das habe ich gebraucht«, sagte Jules, nachdem auch das letzte Krümelchen der Spaghetti verspeist war. »Danach lässt es sich viel besser arbeiten.«

»Was musst du noch machen?«, fragte Lucy.

»Morgen will ich zwei Hausarbeiten abgeben. Ein bisschen muss ich noch dran rumfeilen.«

»Und ich will Madame Moulin einen Brief schreiben. Es wird mal wieder Zeit«, sagte Lucy.

»Bestell ihr schöne Grüße«, erinnerte Colin sie.

»Wer wäscht ab?«, fragte Marie. Drei Augenpaare richteten sich auf sie. »Schon verstanden.«

Lucy ging in ihr Zimmer und setzte sich an ihren Schreibtisch. Gedankenverloren knabberte sie an einem Bleistift.

Sie hatte Madame Moulin viel zu berichten. Sie wusste nur nicht, wo sie anfangen sollte. Eigentlich hätte sie anrufen können, aber Lucy liebte es, ihre Gedanken auf dem Papier zu ordnen. Sie überlegte, wie viel von den Merkwürdigkeiten, die ihr in den letzten Tagen passiert waren, sie berichten konnte.

Nach kurzer Überlegung beschloss sie, Madame Moulin alles der Reihe nach zu schreiben. Schließlich hatte diese ihr den Job besorgt. Nun sollte sie ihr helfen, damit zurechtzukommen. Außerdem hatte sie Lucys Geschichten schon als Kind immer ernst genommen. Sie würde Lucy nicht für verrückt erklären.

****

Nathan tigerte in seinem Arbeitszimmer auf und ab. Er würde mit seinem Großvater über das Problem reden müssen. Denn sie war ein Problem.

Er wusste, wer sie war. Er hatte es in dem Moment gewusst, als sie ihm zum ersten Mal in die Augen geschaut hatte. Sie war die Einzige, die ihn aufhalten konnte. Aber das würde er nicht zulassen. Er musste sich etwas einfallen lassen.

Er hatte diese Augen nicht zum ersten Mal gesehen. Sein Großvater hatte ihm vor langer Zeit ein Bild mit dem Gesicht einer Frau gezeigt. Damals war er ungefähr zwölf Jahre alt gewesen. Nie zuvor hatte er eine so schöne Frau gesehen. Trotz der Ebenmäßigkeit ihrer Züge und der Feinheit ihrer Haut waren das Auffallendste an ihr ihre Augen. Grau mit silbernen Sprenkeln schauten sie ernst in die Welt. Selbst auf dem Bild schienen sie lebendig zu sein und ihn zu mustern.

»Diese Frauen sind unsere ärgsten Feinde«, waren die Worte seines Großvaters. »Präge dir diese Augen gut ein. Ich habe dafür gesorgt, dass keine von ihnen mehr übrig ist. Trotzdem müssen wir wachsam sein. Sollte dir eine Frau mit diesen Augen begegnen, dann musst du auf der Hut sein. Diese Frauen haben die Macht, uns daran zu hindern, unsere Pflicht zu tun.«

Nun hatte er in diese Augen geblickt. Er wusste, dass er seinen Großvater informieren musste, aber etwas in ihm sträubte sich dagegen. *Ich habe dafür gesorgt, dass keine von ihnen mehr übrig ist,* hatte er damals erklärt. Und bei diesen Worten war Nathan ein eiskalter Schauer über den Rücken gelaufen. Was würde passieren, wenn sein Großvater von Lucys Existenz erfuhr? Nathan hatte den Hass in seiner Stimme nie vergessen. Was hatte diese Frau seinem Großvater angetan? Was konnte das Mädchen mit den grauen Augen ihm antun? Wie sollte sie ihn hindern, seine Aufgabe zu erfüllen? Hinderte sie ihn nicht schon daran? Zwei Tage war er ihretwegen der Bibliothek ferngeblieben. Das war ihm noch nie passiert. Er schüttelte unwillig den Kopf. Das durfte er nicht zulassen. Er musste herausfinden, wer sie war. Sein Großvater hatte doch gesagt, dass es keine mehr von ihnen gab. Also musste er sich getäuscht haben. Diese Ähnlichkeit der Augen war reiner Zufall, versuchte er sich einzureden.

Sein Telefon klingelte.

»Ja?«, meldete er sich.

»Was ist mit *Alice?*«, blaffte sein Großvater ins Telefon. »Wie weit bist du mit dem Einband? Er müsste längst fertig sein.«

»Ist er auch«, log Nathan.

»Gibt es ein Problem, Junge?«

»Nein, aber dieses Buch ist etwas ganz Besonderes. Es braucht viel Zeit, jedes Detail zu kopieren.«

»Vernachlässige deine Pflichten nicht«, unterbrach sein Großvater ihn mit strenger Stimme.

»Ich gebe mir Mühe.«

»Das erwarte ich auch von dir.«

Dann ertönte das Tuten des Freizeichens und Nathan legte seufzend auf. Am liebsten hätte er das Handy ganz ausgeschaltet, doch er wusste, wie wichtig es seinem Großvater war, ihn jederzeit erreichen zu können.

Er setzte sich an den Schreibtisch und holte seinen Skizzenblock aus einem der Fächer. Langsam blätterte er die Seiten um. Unzählige Bilder von Bucheinbänden breiteten sich vor ihm aus. Welche Künstler wohl diese zahllosen Einbände geschmückt hatten, die er kopierte? Am meisten gefielen ihm die mittelalterlichen Dekors mit den Blindprägungen und Vergoldungen. Es war wichtig, dass er jedes Detail genau festhielt, damit die Künstler sie exakt nachbilden konnten. Erst wenn der Einband fertig war, konnte er mit seiner eigentlichen Arbeit beginnen. So hatten es seine Vorgänger gemacht und so würden es auch seine Nachfolger tun.

Am nächsten Morgen rief Nathan in der Bibliothek an, um *Alice* ein weiteres Mal vorzubestellen.

»Tut mir leid«, erklärte ihm die Mitarbeiterin am anderen Ende. »Ausleihen aus dem Archiv sind heute nur am Nachmittag möglich. Unsere Archivarin ist im Urlaub und das Archiv nur unregelmäßig besetzt. Ich kann Sie gern vormerken und die Vertretung ruft Sie dann zurück. Würden Sie mir Ihren Namen nennen.«

»Nathan de Tremaine«, erwiderte Nathan und bemerkte ein kurzes Zögern am anderen Ende.

»Lucy wird sich bei Ihnen melden und einen Termin vereinbaren, Mr. de Tremaine.«

»Jemand anderes kann die Ausleihe nicht vornehmen?«, fragte Nathan nach.

»Nein, nein. Leider nicht«, sagte die Stimme. »Aber keine Angst. Lucy beißt nicht.« Dann erklang ein Lachen und es wurde aufgelegt.

Nathan schüttelte den Kopf. Er würde warten, bis sie ihn zurückrief. Er konnte nur hoffen, dass sie sich nicht zu lange Zeit ließ. Sein Großvater würde misstrauisch werden, wenn er nicht bald Resultate sah. Nathan schnappte sich seine Tasche und machte sich auf den Weg zum College.

****

Lucy lief durch das Tor, das auf den Campus führte, als ihr Handy zu klingeln begann. Sie nahm ab und Maries aufgeregte Stimme erklang. »Er hat angerufen.«

»Wer hat angerufen?«, fragte Lucy mit einer Ahnung im Hinterkopf.

»Na, er. Nathan de Tremaine.«

»Und was wollte er?«, fragte Lucy alarmiert.

»Er wollte noch einmal *Alice* ausleihen. Ich habe ihm aber gesagt, dass er das nur darf, wenn du da bist.«

»Du hast was?«, fragte Lucy verwirrt.

»Ich habe ihm gesagt, dass er das Buch nur anschauen darf, wenn du da bist, um es ihm zu übergeben.«

Lucy war fassungslos. »Aber das stimmt doch nicht. Ich könnte die Ausleihe auch vorbereiten und derjenige, der im Lesesaal Dienst hat, kann es ihm übergeben. Mr. Barnes hat dieses Vorgehen extra angeordnet.«

»Ja, aber das weiß der gute Nathan nicht. Ich hielt es für besser, wenn du da bist, wenn er kommt.«

»Das glaube ich nicht!«, empörte sich Lucy.

»Ich habe gesagt, dass du ihn anrufst«, unterbrach Marie sie und legte ohne ein weiteres Wort auf.

Lucy starrte auf ihr Telefon und schüttelte bei so viel Unverfrorenheit den Kopf.

»Hallo«, sagte in diesem Moment eine Stimme hinter ihr. Gänsehaut kroch über ihre Arme.

Lucy hob den Kopf und sah in ein rabenschwarzes Augenpaar.

»Störe ich?«, fragte Nathan.

»Nein. Ich …«, stotterte Lucy.

»Ich sollte Sie anrufen«, platzte es aus ihr heraus.

Nathan nickte. »Hat Sie das so aus der Fassung gebracht?« Seine Lippen kräuselten sich leicht in den Mundwinkeln, es reichte allerdings nicht zu einem Lächeln.

Lucy spürte, dass sie rot wurde. Was bildete der Kerl sich ein?

»Ganz sicher nicht«, schnappte sie.

»Ich möchte mir *Alice* noch einmal ansehen.«

»Geht es Ihnen besser?«, fragte Lucy und musterte sein Gesicht mit der schmalen Nase und den markanten Wangenknochen.

»Ja, danke. Also, wann kann ich in die Bibliothek kommen?«, fragte er ungeduldig. Selbst das Kräuseln war wie weggeblasen.

»Ich bin heute Nachmittag dort. Ab fünfzehn Uhr. Allerdings können Sie das Buch nur bis achtzehn Uhr ansehen. Danach muss es wieder ins Archiv.«

»In Ordnung«, sagte Nathan wandte sich ab und eilte mit weit ausholenden Schritten davon.

Lucy sah ihm hinterher. Die begehrlichen Blicke einiger anderer Mädchen, die über den Campus liefen, waren nicht zu übersehen. Wenn sie wüssten, wie unfreundlich der Kerl war, würden sie ihn nicht so anschmachten, dachte sie.

Es widerstrebte ihr, ihm das Buch auszuhändigen. Allerdings konnte sie sich schlecht weigern. Er hatte alle notwendigen Formalitäten erfüllt.

Als Lucy am Nachmittag in der Bibliothek ankam und die Tür öffnete, stand Nathan bei Marie am Schalter. Die beiden waren in ein Gespräch vertieft. Lucy trat an sie heran und räusperte sich.

»Störe ich?«, fragte sie und hörte selbst, wie komisch das klang.

»Nein, gar nicht«, erwiderte Marie. »Ich habe Mr. de Tremaine nur die Zeit vertrieben. Du bist ja leider etwas zu spät.«

»Nathan bitte«, sagte er zu Marie und wandte sich Lucy zu. »Nennen Sie mich Nathan.«

»Ok, Nathan. Nun ist Lucy ja da. Gehen Sie bitte schon in den Lesesaal. Ich bin sicher, Lucy wird das Buch, auf das Sie so neugierig sind, umgehend heraufbringen.«

Lucy warf Marie einen giftigen Blick zu und drückte ihr ihre Jacke in die Hand.

»Es dauert einen kleinen Moment«, widersprach sie und schenkte Nathan ein aufgesetztes Lächeln. Dann ging sie nicht übermäßig schnell zur Tür des Archivs.

Obwohl sie sich bemühte, langsam zu sein, stand sie fünf Minuten später an Nathans Tisch und packte das Buch aus.

Viel gab es nicht zu sagen. Sie leierte ihre Belehrung herunter und reichte ihm das Buch widerwillig. Dann zog sie sich zurück.

Marie wartete im Flur auf sie. »Bist du sauer auf mich?« Ihre Mundwinkel zuckten bei der Frage.

»Kein bisschen«, antwortete Lucy kurz angebunden. Eigentlich hatte sie genug Arbeit im Archiv, aber sie wollte sich nicht zu weit von dem Buch entfernen. Nathan de Tremaine war ihr nicht geheuer. Sie überlegte, ob er schon ein einziges Mal gelächelt hatte, seit sie ihn kannte. Es fiel ihr nicht ein.

»Für einen Bücherwurm sieht er wirklich gut aus, findest du nicht?«, versuchte Marie sie aus der Reserve zu locken. Sie standen an der bleiverglasten Tür zum Lesesaal und lugten hinein. Von hier aus hatten sie einen ausgezeichneten Blick auf Nathan, der sich über das Buch beugte und darin blätterte.

»Ja, schon. Trotzdem finde ich ihn unheimlich. Oder hast du schon mal gesehen, dass er lächelt?«, fragte sie ihre Freundin.

»Mich hat er vorhin angelächelt«, versicherte ihr Marie.

Nathan beugte sich zu seiner Tasche und kramte etwas daraus hervor.

»Was tut er da?«, fragte Lucy alarmiert.

Sie sah, wie er einen Block aufschlug und einen Bleistift in die Hand nahm.

»Er zeichnet«, erklärte Marie das Offensichtliche.

»Er zeichnet?«, verdutzt sah Lucy sie an.

»Er kopiert die Einbände. Ist ja nicht verboten. Er hat es mir vorhin erzählt. Er kann das ziemlich gut. Ich habe zwar keine Ahnung, weshalb er das tut, aber sein Skizzenblock ist voll davon. Er hat ihn mir gezeigt. Wir hatten ja Zeit. Jedes Buch, das er irgendwo ausleiht, zeichnet er detailgetreu nach. Jedenfalls den Buchumschlag. Er hat bereits in verschiedenen Städten studiert und sein Skizzenblock ist äußerst umfangreich.«

Lucy war verwirrt. »Weshalb tut er das?« »Er studiert nicht nur Literatur«, sagte Marie. »Er belegt noch Kurse in Kunstgeschichte. Vermutlich benutzt er die Skizzen dafür. Er ist einer von denen, die alles ganz genau nehmen. Also, wenn du mich fragst …« Sie machte eine Pause und wartete, dass Lucy sie ansah. »Er sieht zwar gut aus, aber mir wäre er zu vergeistigt.«

»Wie meinst du das?«

»Ich bitte dich. Ein Mann, der Bucheinbände abzeichnet und uralte Bücher liest – geht's langweiliger?«

Lucy zuckte mit den Schultern. Sie konnte sich Schlimmeres vorstellen.

»Wie alt ist er eigentlich? Weißt du das?«, fragte sie weiter, doch Marie schien es nicht gehört zu haben.

»Ich muss wieder arbeiten«, sagte sie, als von unten die Klingel ertönte und anzeigte, dass sie am Empfang gebraucht wurde. »Und du? Willst du hier festwachsen? Er klaut es schon nicht.«

Lucy stand ihre Besorgnis offenbar ins Gesicht geschrieben. »Ich glaub', ich geh noch mal rein und schaue nach, ob alles in Ordnung ist.«

»Wenn du meinst.« Marie zuckte mit den Schultern. »Aber ich warne dich. Es wird ihm nicht gefallen.« Auf dem obersten Treppenabsatz drehte sie sich noch einmal um. »Ach so, er ist übrigens zweiundzwanzig.« Marie klimperte mit ihren Augen. »Also perfekt für dich.«

»Sicher ist sicher«, antwortete Lucy, ohne auf die anzügliche Bemerkung einzugehen. Sie stieß die Tür zum Lesesaal auf. Dann schlängelte sie sich an den Regalen und Tischen vorbei, an denen noch andere Besucher saßen und in ihre Bücher vertieft waren. Leise trat sie hinter Nathan. Er war so in seine Arbeit versunken, dass er Lucy gar nicht bemerkte. Neugierig warf sie einen Blick über seine Schulter. Eine kupferne Haarsträhne löste sich aus ihrem Zopf und strich über seine Wange.

Erschrocken sah Nathan auf. Seine schwarzen Augen glänzten fiebrig. Lucy schien es, als ob er aus einer fremden Welt zurückkehrte. Es war beinahe, als würde er sie nicht erkennen.

Sie fuhr zurück. »Entschuldigung«, stammelte sie. »Ich wollte nicht stören. Ich wollte nur sehen, ob alles in Ordnung ist.«

»Ich mag es nicht, wenn ich während meiner Arbeit gestört werde«, knurrte Nathan. »Ich kann wohl erwarten, in Ruhe gelassen zu werden, oder?«

»Ja, klar«, antwortete Lucy. »Es ist nur … Sie lesen ja gar nicht?«

»Steht hier irgendwo, dass ich lesen muss?« Er sah sich demonstrativ um.

Lucy, die sich darauf besann, dass in dem Lesesaal eigentlich nicht gesprochen werden durfte, flüsterte zurück: »Nein, natürlich nicht. Was machen Sie denn da eigentlich?«

»Ich glaube nicht, dass Sie das was angeht«, flüsterte Nathan etwas lauter zurück. »Und jetzt lassen Sie mich weiterarbeiten. Viel Zeit habe ich ja nicht. Ich wünsche, nicht noch einmal gestört zu werden.«

Die Lesesaalaufsicht kam mit leisen Schritten auf die beiden zu. Lucy sah Nathan böse an. »Ich habe mich doch entschuldigt. Man wird ja wohl mal fragen dürfen.« Sie sah auf ihre Uhr. »Noch zwei Stunden«, fauchte sie, wandte sich ab und ging.

Mit schnellen Schritten rannte sie ins Archiv. So ein Blödmann dachte sie. Was bildete er sich ein? War doch schließlich nicht sein Buch. Sie war dafür verantwortlich. Was, wenn er aus Versehen einen Strich auf den Einband machte? Am Fuß der Treppe begrüßte sie erneut das Wispern der Bücher, das immer mehr anschwoll, als sie durch die Regalreihen stürmte. Lucy ignorierte es und lief in ihr Büro. Die Tür schlug sie hinter sich zu und sperrte damit die Bücher aus. Erst jetzt spürte sie, dass ihr Mal stärker pulsierte. Nicht auch das noch, dachte sie. Nicht noch ein verlorenes Buch. Sie konnte sowieso nichts tun. Sie hatte keine Ahnung, was mit den verschwundenen Büchern geschehen war, nicht einmal, wann es geschehen war. Es konnte einen oder hundert Tage her sein, dass die Texte verloren gegangen waren. Es konnte im Grunde hundert Jahre her sein. Tennyson hatte seine Gedichte in der Mitte des 19. Jahrhunderts geschrieben. Wann die Originalausgabe mit den gesammelten Werken in die Bibliothek gekommen war, ließ sich für Lucy nicht mehr nachvollziehen. Wie also, um Himmels willen, sollte sie herausfinden, wann der Text abhandengekommen war? Andererseits hatte sie die Gedichte noch gelernt. Alle Kinder ihrer Klasse hatten sie gelernt. Damals hatte man noch von der Existenz seiner Bücher gewusst. Weiter kam sie nicht. Egal wie oft sie das Problem in ihrem Kopf hin und her wälzte. Sie war den Büchern keine Hilfe, da konnten sie wispern, wie sie wollten. Sie brachten sie nur um den Verstand.

Lucy betete, dass sie *Alice* unversehrt zurückbekommen würde. Unruhe nagte an ihr. Warum bloß? Sie hatte Miss Olive mehrmals geholfen, Bücher in den Lesesaal zu bringen und auszuleihen. Weshalb war sie so nervös? Sie sah auf die Uhr. Viertel nach vier. Verging die Zeit heute denn gar nicht? Lag es daran, dass sie das erste Mal ein Buch allein ausgab? Lag es an Nathan? Etwas stimmte nicht mit ihm, das spürte sie deutlich. Andererseits, Marie fand ihn ganz normal, wenn man von seinem übersteigerten Buchinteresse absah.

Lucy beschloss, sich abzulenken. Sie zog einen der Karteikästen, die in dem großen Schrank in dem Büro standen, heraus und widmete sich der langweiligen Tätigkeit, die Angaben auf den Karten in das Onlinesystem der Bibliothek einzupflegen. Wütend hämmerte sie auf die Tastatur ihres Computers ein. Immer wieder dieselbe Maske: Titel, Autor, Erscheinungsjahr, Zustand, Aufbewahrungsort, Beschaffungsdatum. Sisyphos ließ grüßen. Lucy stellte sich vor, wie sie in fünfzig Jahren hier immer noch saß, mit schlohweißem langem Haar, und die Bücher in einen dann völlig veralteten Computer tickerte. Bei dem Gedanken musste sie schmunzeln.

Während sie arbeitete, fiel ihr auf, dass ab und zu zwischen den vielen, in den unterschiedlichsten Handschriften beschriebenen Kärtchen, leere Karten steckten. Ihr Sinn war Lucy nicht klar. Zuerst dachte sie, dass es sich um ein Versehen handeln musste. Sie vermutete, dass der ein oder andere Archivar manchmal zwei Karten gegriffen hatte. Oder jemand hatte eine leere Karte in den Kasten gesteckt, um eine bestimmte Stelle damit zu markieren und vergessen, die Karte wieder herauszuziehen. Als sie nun einen Titel nach dem anderen in den Computer übertrug, kamen ihr Zweifel an dieser unschuldigen Theorie. Bisher hatte sie sechs oder sieben leere Karten gefunden. Allerdings war sie auch noch nicht weit gekommen. Sie war immer noch bei dem Buchstaben B. Lucy lehnte sich zurück, und starrte auf die Suchmaske ihres Computers, die leicht flimmerte. Die Buchstaben verschwammen vor ihren Augen, während sich eine Idee in ihrem Kopf manifestierte. Dann sprang sie auf und war mit zwei Schritten aus dem Büro. Mit zitternden Fingern öffnete sie den Schrank und suchte nach dem Kasten mit dem Buchstaben T. Sie zog ihn heraus und trug ihn ins Büro. Langsam blätterte sie die Karten durch. Zwischen John Taylor, dem »Water Poet«, und William Makepeace Thackerays »*Jahrmarkt der Eitelkeiten*« wurde sie fündig. Dort steckte eine vergilbte Karte mit eingerissenen Rändern. Lucy zog sie heraus und wendete sie hin und her. Sie war leer. Das musste Tennysons Karte sein. Eine andere Erklärung gab es nicht. Vielleicht würde sie nun herausfinden, welche Bücher noch verschwunden waren. Vielleicht würde sie sich erinnern können.

Das Klingeln des Telefons unterbrach Lucy in ihren Überlegungen. Sie ging in ihr Büro zurück und nahm den Hörer ab.

»Ja?«

»Du kannst dein Buch wiederhaben. Mr. de Tremaine ist fertig«, teilte ihr die Lesesaalaufsicht mit.

»Ich komme«, antwortete Lucy mechanisch, legte auf und ging nach oben.

Nathan saß an seinem Tisch und sah ihr entgegen. »Alles in Ordnung?«, fragte er, als sie bei ihm ankam.

»Ja, sicher. Warum?«

»Sie sehen aus, als hätten Sie einen Geist gesehen. Sie sind ganz blass.«

War ihm seine Unfreundlichkeit abhandengekommen? Unwillig schüttelte Lucy ihren Kopf und griff nach dem Buch. Unerwartet machte sich ihr Mal bemerkbar. Automatisch griff sie danach und rieb es vorsichtig. Es half nicht. Sein Blick folgte jeder ihrer Bewegungen.

Sie ging um den Tisch herum und zog ihre Handschuhe aus der Hosentasche. Nathan stand auf und bot ihr seinen Platz an. Mit einem Nicken bedankte sie sich, setzte sich und begann das Buch zu inspizieren. Es war genauso perfekt wie zuvor. Ihre Sorge war unbegründet gewesen. Sie atmete tief ein.

»Beruhigt?«, fragte Nathan und Lucy entging der spöttische Unterton in seiner Stimme nicht.

»Ja«, erwiderte sie, fest entschlossen, sich nicht provozieren zu lassen. Behutsam schlug sie das Buch in das Papier ein, band das Paket zusammen und stand auf. Nathan ragte vor ihr auf, wich jedoch nicht zurück, um sie durchzulassen.

Sie roch sein Eau de Toilette. Es war ein angenehmer Duft. Beinahe herbstlich.

»Ich würde es mir in ein paar Tagen gern noch einmal anschauen«, sagte er.

Alarmiert sah Lucy ihn an und presste das Buch an sich. Seine Augen glitzerten. Eine Welle des Schmerzes raste durch ihr Handgelenk.

»Autsch!« Lucy drückte mit der anderen Hand auf das Mal. Das Buch rutschte ihr aus dem Arm. Nathan fing es geistesgegenwärtig auf.

»Was ist?«, fragte Nathan.

Ohne nachzudenken, schob Lucy den Ärmel ihres Pullovers hoch. Erschrocken betrachtete sie das Mal. Das kleine Buch pulsierte rot auf ihrer Haut. Blutrot.

Ängstlich betrachtete Lucy die Stelle, bevor sie sie hastig wieder bedeckte. Dann sah sie zu Nathan. Er war zurückgewichen und sein Gesicht war weiß wie eine Wand.

»Das ist nicht ansteckend«, versuchte Lucy zu erklären. »Es ist nur ein Mal. Allerdings weiß ich nicht, was mit ihm los ist«, fügte sie hinzu.

»Ich muss gehen«, sagte Nathan und legte das Buch auf den Tisch zurück. Sein Abgang glich einer Flucht.

Lucy sah ihm verdutzt hinterher. Dann warf sie wieder einen Blick auf das Mal. Das Pulsieren wurde von Sekunde zu Sekunde schwächer und auch diese gruselige rötliche Färbung verschwand in Windeseile. Sie griff nach dem Buch, verstaute es in seinem Karton und schickte es mit dem Aufzug hinunter. Unten angekommen entnahm sie den Karton dem Aufzug und stellte ihn auf ihrem Schreibtisch ab. Hier konnte das Buch warten, bis Nathan noch einmal kam.

Was interessierte ihn bloß so an diesem Buch? Ob Professor Wyatt einen Artikel darüber schrieb und ihn mit ausführlichen Recherchen beauftragt hatte? Das wäre immerhin eine Erklärung.

Lucy packte ihre Sachen zusammen und zog ihre Jacke an. Erschöpft machte sie sich auf den Heimweg.

Lesen heißt durch fremde Hand träumen.

Fernando Pessoa

5. Kapitel

Nathan verließ die Bibliothek im Laufschritt. Das konnte nicht sein. Gut, bereits ihre Augen hatten ihn stutzig werden lassen. Aber er hatte es nicht wahrhaben wollen. Sein Großvater hatte ihm versichert, dass es keine mehr gab. Und ausgerechnet dieses zierliche Mädchen sollte eine von ihnen sein? Es erschien ihm unmöglich. Sie wirkte harmlos, wenn man von ihrer Kratzbürstigkeit absah. Und doch hatte sie, schon als er sie das erste Mal gesehen hatte, seine Aufmerksamkeit geweckt. Von Nahem sah sie der Frau auf dem Bild beängstigend ähnlich.

Und das Mal war eindeutig. Es ließ jeden Zweifel daran, wer sie war, verschwinden. Was wusste sie, fragte er sich. Weshalb überließ sie ihm das Buch? Etwas passte da nicht zusammen.

Jetzt musste er mit seinem Großvater über das Problem reden.

In der Queen Anne's Gate angekommen, griff er zum Telefon. Er wählte die vertraute Nummer und wenige Sekunden später hörte er die Stimme seines Großvaters.

»Was willst du?«, fragte dieser unwirsch.

»Wir haben ein Problem«, erklärte Nathan, wissend, dass er seinen Großvater bei seinen Studien störte. Batiste de Tremaine hatte einen festen Tagesablauf.

Aber darauf konnte er heute keine Rücksicht nehmen.

»Was soll das für ein Problem sein?«

Nathan schwieg einen Moment.

»Eine Hüterin«, antwortete er dann langsam.

Am anderen Ende breitete sich Stille aus.

»Bist du dir ganz sicher?«, kam es durch die Leitung.

»Ja.«

»Hat sie dich erkannt?«

»Ich denke nicht.«

»Du wirst morgen mit dem ersten Zug herkommen. Wir werden das Problem lösen, bevor es zu einem wird.«

»Ich habe morgen ein wichtiges Seminar, Großvater«, wandte Nathan ein. »Genügt es nicht, wenn ich am Wochenende komme?«

»Keine Widerrede. Ich erwarte dich morgen Mittag in meinem Büro.« Mit diesen Worten legte er auf.

Nathan sah auf den Hörer in seiner Hand. Kam es wirklich auf die zwei Tage an? Doch er war es gewohnt zu gehorchen. Er holte seinen Laptop hervor und schrieb Professor Wyatt eine Mail, in der er erklärte, dass dringende private Umstände ihn zu seinem Großvater riefen. Der Professor würde ihm keine Vorwürfe machen. Er und sein Großvater waren beinahe ein ganzes Leben lang befreundet.

Dann buchte er eine Fahrkarte und druckte sie aus. Der Frühzug ging um sieben. Gegen Mittag würde er eintreffen.

Die fünfstündige Zugfahrt nutzte Nathan, um die Zeichnung des Buchdeckels von *Alice* fertigzustellen. Die Handwerker, die damit beauftragt wurden, eine originalgetreue Nachbildung anzufertigen, mussten sich hundertprozentig auf Nathans Entwurf verlassen können. Es war wichtig, dass er jedes Detail genau festhielt. Der Einband von *Alice* war von schlichter Schönheit. Wenn der Buchbinder mit seiner Arbeit fertig war, würde ein Maler seines Großvaters den Einband entsprechend seiner

Vorlage verzieren. Oftmals waren die Hüllen der Bücher deutlich prachtvoller, so dass die Hilfe von Goldschmieden oder Schnitzern notwendig war. Sein Großvater verpflichtete für diese Arbeiten Meister aus aller Welt. Gerade mittelalterliche Einbände verlangten hohe Sorgfalt bei der Ausarbeitung. Früher war es häufig vorgekommen, dass die Vorlagen nicht exakt genug gewesen waren. Dann konnte die eigentliche Aufgabe nicht erfüllt werden und alle Vorarbeit war umsonst gewesen. Nathan war so ein Fehler noch nie unterlaufen. Im Grunde machte ihm das Kopieren der Buchdeckel die größte Freude.

Kurz bevor der Zug sein Ziel erreichte, war Nathan mit seiner Arbeit fertig. Vorsichtig schob er das Blatt in eine Folie und verstaute sie in seiner Tasche.

Am Bahnhof wartete der Chauffeur seines Großvaters auf ihn.

»Harold, schön dich zu sehen«, begrüßte Nathan ihn. »Wie geht es dir?«

»Sehr gut, Nathan. Danke. Wir sollten uns beeilen«, fügte er hinzu. »Dein Großvater war heute früh sehr ungnädig.«

»Ist er das nicht immer?«, antwortete Nathan und setzte sich in den Wagen, während Harold seinen Koffer verstaute. Eine Tätigkeit, die ihn einer Antwort enthob.

Harold brachte ihn zu dem Wohnsitz, den Nathans Vorfahren im 16. Jahrhundert erbaut hatten, und der seitdem ununterbrochen von seiner Familie bewohnt wurde. Weit abgelegen an der Küste Cornwalls war er ein hervorragender Rückzugsort, wo die de Tremaines seit Jahrhunderten ungestört ihre Interessen verfolgen konnten.

Als das Auto vor dem ausladenden Portal zum Stehen kam, wandte sich Harold zu Nathan um. »Dein Großvater erwartet dich in seinem Büro«, erklärte er. »Er bat mich, dir auszurichten, dass er dich sofort sehen will. Ich werde dein Gepäck auf dein Zimmer bringen. Sofia wird sich um alles Weitere kümmern. Sie freut sich sehr, dich zu sehen.«

Der alte Chauffeur, der schon bei seinem Großvater gearbeitet hatte, bevor Nathan zu ihm gekommen war, lächelte ihm aufmunternd zu. Nathan kannte dieses Lächeln. Ohne Worte hatte Harold bereits früher versucht, ihn vor den Gesprächen mit seinem Großvater aufzumuntern. Nathan lächelte zurück und stieg aus. Das kleine Schloss war auf einem Hügel erbaut, so dass man den freien Blick bis zum Horizont genießen konnte. Kurz blickte Nathan auf das Meer hinaus und sog tief den vertrauten Duft nach Salz und Sand ein.

Dann lief er mit schnellen Schritten die steinerne Treppe zum Portal des Schlosses hinauf. Auf sein Klopfen hin wurde von einem Mädchen, das die altmodische Kleidung eines Dienstmädchens trug, geöffnet. Nathan nickte ihr zu und eilte zu der Treppe, die zum Büro seines Großvaters führte. Im Laufe der Jahrhunderte war sie von den vielen Menschen, die sie benutzt hatten, abgetreten worden. Die Steinstufen schimmerten im Licht der Mittagssonne, das durch die bleiverglasten, großen Fenster hereinfiel.

Die Wände des Aufganges waren gesäumt mit Bildern seiner Vorfahren. Missbilligend blickten sie auf ihn herab, als er an ihnen vorbeilief. Nathan schenkte weder ihnen noch der Einrichtung des Foyers besondere Aufmerksamkeit. Schließlich kannte er das Haus seit seiner frühen Kindheit.

Hätte ein Besucher in das von seiner Umwelt durch hohe, undurchdringliche Hecken und Zäune abgeschirmte Gelände eindringen können, hätte er kaum gewusst, was eindrucksvoller war: das alte, riesige Haus mit seinen vier Wehrtürmen, der große gepflegte Park, der es umgab, oder die prunkvolle Inneneinrichtung, die im Laufe der Jahrhunderte von der Familie angeschafft worden war.

Vor der Tür blieb Nathan stehen und atmete tief durch. Trotz seiner zweiundzwanzig Jahre war ihm immer noch unbehaglich zumute, wenn er diesen Raum betrat. Zwar ängstigte er sich nicht mehr wie als kleiner Junge, aber noch nie war er mit einem guten Gefühl eingetreten. Nun verstärkte sich dieses Gefühl unerklärlicherweise. Unwillig schüttelte er den Kopf.

Er klopfte und wartete einen Moment, bevor er eintrat. Zu seinem Erstaunen fand Nathan seinen Großvater nicht hinter dem riesigen Schreibtisch vor. Sein Blick wanderte durch den Raum, glitt über die dunklen Bücherregale und die lederne Sitzgruppe. Sir Batiste de Tremaine stand an einem der großen, von dunkelgrünen Samtvorhängen eingerahmten Fenster und sah in den Garten hinaus. In all den Jahren, die Nathan bei ihm gelebt hatte, war so etwas noch nie vorgekommen. Er kannte ihn nur arbeitend hinter dem Schreibtisch. Zwei schwarze Doggen hoben bei Nathans Eintreten den Kopf und begannen zu knurren. Diese Tiere waren unverzichtbare Begleiter seines Großvaters und mit ihrer Größe mindestens ebenso Furcht einflößend wie ihr Herr. Ein Blick von ihm genügte, die Kreaturen zum Schweigen zu bringen.

Nathan trat neben ihn.

»Du kommst spät«, warf sein Großvater ihm vor.

»Ich habe den ersten Zug genommen«, erwiderte Nathan und sah in den Garten hinunter. Zwei Gärtner mühten sich auf dem akkurat gemähten Rasen ab, dem herbstlichen Laub Herr zu werden. Sehr erfolgreich waren sie nicht, da der stürmische Wind, der unablässig wehte, es ihnen nicht leicht machte.

»Unfähiges Pack«, murmelte Batiste de Tremaine und begab sich auf seinen Stock gestützt zu seinem Schreibtisch.

Mühsam setzte er sich. Die Hunde waren ihm gemächlich gefolgt und legten sich zu seinen Füßen nieder. Dass er selbst für diese kurze Strecke einen Stock benötigte, erschreckte Nathan. Vermutlich machte ihm seine Gicht zu schaffen. Doch der alte Mann hasste es, auf den Verfall seines Körpers aufmerksam gemacht zu werden, deshalb verkniff Nathan sich einen Kommentar. Früher war Batiste ein staatlicher, großer Mann gewesen. Nun, mit über siebzig Jahren, forderte das Alter seinen Tribut. Sir Batiste de Tremaine hatte sich nie geschont in seinem Bemühen, der Aufgabe, die seine Familie so lange erfüllte, gerecht zu werden.

Abwartend sah Nathan seinen Großvater an. Dieser schätze es nicht, wenn sein Gegenüber sprach, ohne dazu aufgefordert worden zu sein.

»Nimm Platz, Junge.« Batiste de Tremaine wies auf einen Sessel, der vor dem Schreibtisch stand.

«Erzähl mir von ihr«, forderte er dann.

Nathan war klar, wen er mit *ihr* meinte, doch als er in die kalten schwarzen Augen seines Großvaters sah, sträubte sich etwas in ihm, zu viel von Lucy preiszugeben. Er fragte sich, ob es klug gewesen war, seinem Großvater von ihr zu erzählen. Jetzt war es für diese Überlegung allerdings zu spät. Sorgfältig wog er ab, bevor er sprach.

»Ihr Name ist Lucy. Lucy Guardian.«

Sein Großvater nickte abwesend. »Dieses Natterngezücht ist schlimmer als räudige Katzen. Ich frage mich, wie viele Leben sie noch haben«, fügte er hinzu und Nathan schauderte bei seinem Tonfall, der vor Hass zu glühen schien. Trotzdem zitterte die Stimme des alten Mannes. Wenn es nicht absolut unmöglich gewesen wäre, hätte Nathan vermutet, genauso viel Angst wie Hass in dieser Stimme zu hören.

Bei dem Wort Katzen hatten die Hunde ihre Köpfe gehoben und zu knurren begonnen. Batiste de Tremaine beruhigte sie, indem er ihnen auf den Kopf klopfte.

»Weiter«, blaffte er Nathan dann an.

»Sie arbeitet in London in der Bibliothek. Sie ist dort als Hilfskraft eingestellt. Außerdem studiert sie am King's College Literaturwissenschaften.«

»Und sie ist dir erst jetzt aufgefallen?« Sein Großvater musterte ihn durchdringend.

»Ja«, antwortete Nathan und erwiderte seinen Blick fest. Eins hatte er gelernt: Wandte er seinen Blick zu früh ab, vermutete der Großvater, dass er log. Wandte er ihn zu spät ab, warf dieser ihm mangelnden Respekt vor. Die Zeit des Blickkontaktes musste genau bemessen sein.

»Ich bin erst seit drei Wochen in London, wie hätte sie mir da auffallen sollen? Sie arbeitet als Urlaubsvertretung für Miss Olive im Archiv«, verteidigte sich Nathan.

»Woher weißt du, dass sie eine Hüterin ist?«

»Sie trägt das Mal«, antwortete Nathan und beobachtete die Reaktion seines Großvaters. Er hatte sich erstaunlich gut unter Kontrolle, lediglich das Mahlen seiner Wangenmuskeln verriet seine Anspannung.

»Die Augen?«, fragte er dann gepresst.

»Grau mit silbernen Sprenkeln. Genau dieselben Augen, wie die Frau auf dem Bild sie hatte, das du mir gezeigt hast. Und dasselbe kupferrote Haar.«

»Du hast es dir gemerkt«, stellte sein Großvater fest und zum ersten Mal klang so etwas wie Anerkennung in seinen Worten mit.

Der Eindruck verschwand sofort wieder, als sein Großvater sich zu Nathan vorbeugte und ihn fest ansah. »Sie darf dich nicht daran hindern, deine Aufgabe zu erfüllen.«

Nathan nickte. »Ich werde mich nicht aufhalten lassen.«

»Das liegt nicht mehr in deiner Hand. Du weißt nicht, welche Kraft eine machtvolle Hüterin haben kann.«

»Wie eine machtvolle Hüterin wirkt sie eigentlich nicht«, erwiderte Nathan und sah Lucy vor sich.

»Hat sie dich erkannt?«

Erstaunt sah Nathan seinen Großvater an. »Wie sollte sie?«

»Wer immer sie dort hingeschickt hat, wird nicht so dumm gewesen sein, sie nicht vor einem de Tremaine zu warnen«, entgegnete Batiste. »Sie muss deinen Namen kennen.«

»Dann ist sie eine begnadete Schauspielerin«, erwiderte Nathan. »Ich bin mir sicher, dass ich für sie lediglich ein normaler Besucher war.«

»Wenn du dich da nicht täuschst. Darauf können wir uns nicht verlassen. Du musst herausfinden, was sie weiß. Ihre Mutter hat mir das Leben zu Hölle gemacht.« Er versank in brütendes Schweigen. »Ich frage mich, wie sie es geschafft haben, das Kind vor mir zu verbergen«, überlegte er dann laut.

Interessiert sah Nathan seinen Großvater an. Dieser dachte jedoch nicht daran, Nathan mehr zu erzählen.

»Wie soll ich herausfinden, was sie weiß?«, fragte er dann. »Soll ich ihr hinterherspionieren oder einen Detektiv auf sie ansetzen?«

»Wie alt ist sie? Achtzehn, neunzehn?«, fragte Batiste de Tremaine und Nathan fragte sich, wie er Lucys Alter so genau kennen konnte.

»Ja, in etwa.«

»Verabrede dich mit ihr«, befahl er. »Führe sie aus. Flirte mit ihr. Verführe sie. Du kannst es und du weißt es. Keine Frau wird dir widerstehen können. Was auch immer nötig ist, du wirst es tun. Finde heraus, woher sie kommt und was sie weiß. Das sollte für dich kein Problem sein.«

Nathan glaubte, sich verhört zu haben. »Ich habe wichtigere Dinge zu tun«, widersprach er steif.

Sein Großvater fuhr mit einer Geschwindigkeit, die Nathan dem gebrechlichen Körper nicht zugetraut hätte, nach vorn. »Du wirst mir gehorchen«, schrie er. Speicheltröpfchen flogen durch die Luft. »Du wirst dieses Problem aus der Welt schaffen. Wenn sie ihre Macht erst erkannt hat, wird sie dich daran hindern, jemals wieder deiner Aufgabe nachzukommen. Bete zu Gott, dass es dafür nicht zu spät ist.«

Nathan wich in seinem Sessel zurück und ließ den Zorn seines Großvaters über sich ergehen. Die Doggen waren aufgesprungen und bauten sich vor ihm auf. Ein Wort seines Großvaters und die Bestien würden ihn in Stücke reißen, da war er sicher.

»Ich werde tun, was du verlangst«, erklärte Nathan.

»Das erwarte ich auch«, erwiderte Batiste. »Du kannst jetzt hinaufgehen und dir überlegen, wie du vorgehen möchtest. Ich erwarte dich heute Abend zum Dinner.«

Damit war Nathan entlassen. Er stand auf und verließ den Raum. Ohne sich umzuschauen, lief er durch die langen düsteren Flure des Schlosses. Als er die Tür zu seinem Zimmer öffnete, erblickte er eine ältere Frau, die an seinem Bett die Decke richtete und das Kissen aufschüttelte. Durch das offene Fenster wehte der Duft von Mönchspfeffer herein, der im Herbst auf den riesigen Beeten des Anwesens wuchs. Flankiert wurde er von zahllosen Dahlien und Astern, die jeden Tag in Form von frischen Sträußen ihren Weg ins Haus fanden. Nathan bezweifelte allerdings, dass sein Großvater dafür einen Blick hatte.

Als sie das Knarren der Tür hörte, drehte die korpulente grauhaarige Frau sich um.

»Nathan, mein Junge«, begrüßte sie ihn. »War es sehr schlimm?« Aufmerksam musterte sie sein Gesicht. Nathan schüttelte den Kopf. »Nein, gar nicht, Sofia.«

Sie glaubte ihm nicht. Das erkannte er an dem Blick, den sie ihm zuwarf. Sie kam zu ihm und legte beide Hände auf seine Wangen. »Du warst viel zu lange nicht zu Hause«, warf sie ihm vor. Sie reichte ihm gerade bis zur Brust, aber als sie ihn umarmte, spürte er wieder das Gefühl von Geborgenheit, das ihn als Kind so oft getröstet hatte. Sofia war ihm Mutter, Großmutter und Tante gewesen. Sie war die einzige Frau, die sein Großvater in seiner Nähe duldete, und sie hatte ihr Bestes getan, um ihn vor seinen Zornausbrüchen zu schützen. Dafür würde er ihr ewig dankbar sein.

»Er meint es nicht so«, verteidigte Nathan seinen Großvater, und es erschien ihm wie ein Déjà-vu aus längst vergangenen Tagen. So oft schon hatten sie ähnliche Gespräche geführt. Zwar versuchte Sofia nie, die Autorität von Batiste de Tremaine zu untergraben, aber sie ermutigte Nathan, die Anweisungen seines Großvaters zu hinterfragen. Beiden war immer klar, dass diese Gespräche eine gefährliche Gratwanderung waren. Ein Wort von Nathan zu seinem Großvater und Sofia und ihr Ehemann Harold hätten das Haus auf der Stelle verlassen müssen. Aber Nathan wusste schon früh, dass sein Leben ohne Sofia deutlich härter sein würde.

»Ich weiß«, beschwichtigte sie ihn. »Aber du bist jetzt erwachsen. Du musst deinen eigenen Weg finden«, wandte sie ein.

»Mach dir nicht zu viele Sorgen um mich. Es ist alles in bester Ordnung.«

Sie nickte und er wusste, dass sie ihm nicht glaubte, egal was er vorbrachte.

»Mach dich frisch und komm in die Küche. Ich habe Kuchen gebacken.«

Nathan grinste sie an. »Apfel?«

»Was sonst? Ich schlage die Sahne auf und koche Tee. Wenn du runterkommst, ist alles fertig.« Dann verließ sie den Raum.

Nathan ließ sich auf das gemachte Bett fallen und schloss die Augen. Lucys Gesicht tauchte vor ihm auf. Ihre grauen Augen, ihr Mund, ihr weiches, lockiges Haar. Er riss die Augen wieder auf und wischte sich über sein Gesicht. Weshalb verfolgte ihn ihr Bild?

Hastig stand er auf und warf sein Sakko über einen Stuhl. Dann ging er in das angrenzende sorgfältig aufgeräumte Bad und wusch sich Gesicht und Hände. Seine schwarzen Augen, die denen seines Großvaters so ähnlich waren, starrten ihm aus dem Spiegel entgegen. Was hatte es mit Lucy auf sich? Die Angst in der Stimme seines Großvaters war überdeutlich gewesen. Eine Gefühlsregung, die er dem alten Mann nie zugetraut hätte. War Lucy eine Bedrohung für ihn? Er kannte die Legende der Hüterinnen. Doch sein Großvater hatte ihm all die Jahre versichert, dass es keine mehr von ihnen gab. Der Bund hatte in einem Jahrhunderte währenden Kampf seine Gegnerinnen, die sich lächerlicherweise die Hüterinnen nannten, vernichtet. So war es ihm beigebracht worden, seit er denken konnte. Trotzdem war Lucy wie aus dem Nichts aufgetaucht und das Mal kennzeichnete sie eindeutig als eine von ihnen. Nathan wandte sich ab, um Sofia zu folgen.

Der Duft des frischgebackenen Apfelkuchens strömte ihm auf dem Weg zur Küche, die sich in einem der Seitenflügel des weitläufigen Hauses befand, entgegen. Sofia und Harold saßen bereits an dem großen blankgescheuerten Tisch in der Mitte des Raumes und unterhielten sich. Der riesige Kamin knisterte und verbreitete eine wohlige Wärme. Als Nathan plötzlich im Raum stand, fuhren sie auseinander.

»Geheimnisse?«, fragte er lächelnd und sah mit Erstaunen, dass sich eine leichte Röte auf Sofias Wangen ausbreitete.

»Setz dich«, forderte sie ihn auf, um ihre Verlegenheit zu überspielen. Sie schenkte Nathan Tee in die tönerne blaue Tasse und rührte Zucker hinein. So machte sie es immer, obwohl er sie mehrfach darauf hingewiesen hatte, dass er alt genug war, um sich seinen Tee selbst zu süßen. Sie hatte immer nur gelacht und ihm das Haar verstrubbelt. Irgendwann hatte er es aufgegeben.

»Erzähl von dir, Nathan«, forderte Harold ihn auf. »Was gibt es Neues in London? Ein Mädchen vielleicht?«

Nathan winkte ab. »Ich bin viel zu beschäftigt, das wisst ihr doch.«

»Du solltest dir auch für etwas anderes Zeit nehmen, Nathan«, wandte Sofia ein. »Du bist jung. Geh aus. Amüsiere dich. Arbeit ist nicht alles.«

»Hat sich hier jeder gegen mich verschworen?«, lachte Nathan. »Großvater hat vorhin etwas Ähnliches gesagt. Ich soll mich mit einem Mädchen verabreden.« Nathan entging der wachsame Blick nicht, den Harold und Sofia miteinander tauschten. »Hat er ein spezielles Mädchen im Blick?«, fragte Sofia.

Nathan winkte ab. Die Richtung, die das Gespräch nahm, behagte ihm nicht.

»Wie geht es dem alten Herrn eigentlich wirklich?«, fragte er stattdessen. »Seine Gicht macht ihm sehr zu schaffen, oder? Er sieht krank aus.«

»Die Medikamente helfen nicht mehr so gut wie früher«, bestätigte Sofia. »Es gibt Tage, an denen er nicht einmal mithilfe des Stockes laufen kann, dann bleibt er meist im Bett. Seine Launen sind kaum zu ertragen. Nun darf er nicht mal mehr seinen geliebten Rotwein trinken, da das die Gicht fördert. Aber natürlich hält er sich nicht daran«, erklärte Sofia.

»War auch nicht zu erwarten, oder?«, antwortete Nathan. Batiste hatte schon immer selbst bestimmt, was gut für ihn war. Nathan erinnerte sich lebhaft an die Wutausbrüche seines Großvaters, wenn etwas nicht nach seinem Willen geschah. Sir Batiste de Tremaine regierte in seinem Haus wie ein Fürst. Es wunderte Nathan, dass seine Angestellten es vergleichsweise lange bei ihm aushielten. Er schrieb es der Loyalität seiner Familie gegenüber zu, und den hohen Gehältern, die sein Großvater zahlte.

Pünktlich zum Dinner fand Nathan sich im Speisezimmer ein. Große Kerzenhalter standen auf dem Tisch und unterstützten die winzigen Wandleuchten in ihrem Bemühen, die hereinsickernde Dunkelheit zu durchdringen. Draußen prasselte der Regen gegen die Fenster. Ein Geräusch, das Nathan seit Kindesbeinen vertraut war. Es regnete häufig in diesem Winkel von Cornwall. Nathan hatte oft am Fenster gestanden und den dicken Tropfen gelauscht, die vom Himmel rauschten. Sofia hatte ihm erzählt, dass er sie verstehen würde, wenn er genau hinhörte. Geklappt hatte das nie. Aber noch heute vermittelte ihm das unablässige Prasseln ein Gefühl von Heimat.

»Hast du dir überlegt, wie du vorgehen möchtest«, fragte sein Großvater, nachdem sie eine Weile schweigend gegessen hatten. Wie immer schmeckte es vorzüglich. Sofia war eine ausgezeichnete Köchin.

»Mir wird schon etwas einfallen«, entgegnete Nathan ausweichend.

»Du erinnerst dich, was ich dir über die Hüterinnen erzählt habe?«, fragte sein Großvater. »Vielleicht hätte ich dich besser darauf vorbereiten sollen«, fügte er mehr zu sich selbst hinzu. »Ich frage mich, wo sie sie in all den Jahren verborgen haben.«

Nathan wurde hellhörig. »Was meinst du damit?«

»Ich war sicher, dass diese Brut endgültig vernichtet ist.«

Er schwieg und Nathan musterte den angewiderten Zug in seinem Gesicht. »Sie haben uns überlistet. Ich habe keine Ahnung, wie ihnen das gelungen ist. Alles war genau geplant. Und doch …«

»Wovon redest du, Großvater?«, fragte er. »Wenn du möchtest, dass ich herausfinde, was sie weiß, dann musst du mir sagen, was damals passiert ist.«

Jetzt beugte Nathans Großvater sich vor. Seine Augen wirkten in dem eingefallenen Gesicht wie glühende Kohlen. »Du weißt alles, was du wissen musst. Deine Vorfahren starben, um das Vermächtnis zu schützen. Du bist ihnen verpflichtet. Du darfst nicht zulassen, dass die Hüterinnen alles zerstören. Die ganzen Jahre haben wir unsere Aufgabe erfüllt und wir werden es weiter tun. Niemand wird sich uns in den Weg stellen. Hörst du?«

Es war Nathan unmöglich, seinen Blick abzuwenden.

»Ich werde dich nicht enttäuschen, Großvater. Du kannst dich auf mich verlassen.«

Batiste nickte zufrieden. Nathan würde tun, was er ihm auftrug. Er war sich seiner Pflicht wohl bewusst.

Später, als Batiste allein war, kamen ihm Zweifel. Zweifel, ob Nathan dem gewachsen war, was vor ihm lag. Er hatte dem Jungen vieles verschwiegen. Dinge, die er zum Schutz des Vermächtnisses, das er bewahrte, hatte tun müssen. Der Bund, den seine Vorfahren vor vielen Hundert Jahren gegründet hatten, musste geschützt werden. Nur so war es ihnen möglich gewesen, über die Zeiten hinweg ihre

Bestimmung zu erfüllen. Dafür hatten er und seine Vorfahren gelebt.

Sein einziger Sohn war eine Enttäuschung gewesen. Zu spät hatte er erkannt, dass die Erziehung durch die Mutter das Kind verweichlichte. Mit seinem Enkel sollte ihm das nicht passieren, das hatte er am Tage seiner Geburt geschworen. Das Resultat konnte sich sehen lassen. Nathan erfüllte die Aufgabe bisher besser als jeder de Tremaine vor ihm. Batiste hatte ihn perfekt vorbereitet und die Mühe hatte sich gelohnt.

Nathan durfte ihn nicht enttäuschen. Irgendwann würde er den Bund führen und Aufgaben übernehmen müssen, von denen er bis jetzt nicht einmal etwas ahnte. Batiste fragte sich, wie Nathan die Wahrheit aufnehmen würde. Jahrelang hatte er ihn zu dem gemacht, was er heute war. Doch je älter Nathan wurde, umso größer wurde Batistes Besorgnis, dass der junge Mann ihm entgleiten könnte. Batiste schlug mit der Faust auf das Fensterbrett vor ihm. Nathan war sein Werk und er würde tun, was er ihm befahl. Ansonsten würde er das Problem selbst lösen müssen, so wie er es schon einmal getan hatte. Es war keine leichte Aufgabe gewesen, aber die Umstände hatten ihn dazu gezwungen. Er hatte keine Wahl gehabt.

Nathan reiste am nächsten Morgen in aller Frühe zurück nach London. Sein Großvater schlief noch und so verabschiedete Sofia ihn.

»Lass uns nicht zu lange warten, bevor du das nächste Mal kommst«, verlangte sie mehr, als dass sie bat.

»Du weißt doch, dass ich viel zu tun habe«, antwortete Nathan und erwiderte ihre Umarmung.

Harold brachte ihn zum Bahnhof und winkte ihm, als der Zug abfuhr. Nathan wusste, dass er für Harold und Sophia der Sohn war, den beide nie gehabt hatten.

Als er in London ankam, war er erleichtert, dass es zu spät war, um die Bibliothek noch aufzusuchen.

Ein Buch ist wie ein Garten, den man in der Tasche trägt.

Arabisches Sprichwort

6. Kapitel

Lucy fragte sich, wo Nathan abgeblieben war. Es war mehrere Tage her, dass sie ihn gesehen hatte. Weshalb kam er nicht wieder? Er hatte ausdrücklich gesagt, dass er *Alice* noch einmal ansehen wollte. Auch auf dem Collegegelände hielt sie vergeblich nach ihm Ausschau. Ob er krank war? Sie ließ sich sogar dazu hinreißen, nach seiner Anschrift zu suchen. Die Queen Anne's Gate war nicht weit von der Bibliothek entfernt und eine ziemlich vornehme Straße. Er wohnte dort in einem der Stadthäuser. Noch etwas, das nicht zu einem Studenten passte.

Leider hatte sie von ihrem Computer aus keinen Zugriff auf das Benutzerverzeichnis, und als sie Adresse und Telefonnummer an Maries Rechner heraussuchte, wurde sie von ihrer Freundin dabei erwischt.

»Was machst du da?«, fragte Marie und grinste übers ganze Gesicht.

»Ich wollte bloß …«, stammelte Lucy verlegen.

»Was?«

»Ich wollte ihn anrufen und fragen, wann er noch mal kommt. Sonst würde ich das Buch wegräumen«, erwiderte sie trotzig.

»Du hättest mich fragen können. Ich rufe ihn gern für dich an«, sagte Marie, immer noch schmunzelnd.

»Dann mach das«, antwortete Lucy und steckte den Zettel ein, auf dem sie sich die Adresse notiert hatte.

»Ok.«

Lucy blieb an Maries Schalter stehen und beobachtete sie, während sie die Nummer wählte. Das Freizeichen erklang eine Weile, bevor Nathan abhob.

»Nathan de Tremaine«, hörte sie seine Stimme bis zu sich.

»Ich bin es, Marie aus der Bibliothek. Ich soll dich von Lucy fragen, wann du *Alice* noch einmal sehen möchtest. Sie kann es nicht abwarten«, fügte sie hinzu.

Lucy schoss die Röte ins Gesicht. Abrupt wandte sie sich ab und stürmte davon. Wie konnte Marie es wagen, so etwas zu ihm zu sagen. Was würde er von ihr denken? Sie würde ihm nie mehr unter die Augen treten können.

Das Telefon klingelte, kaum dass sie in ihrem Büro angekommen war.

»Er hofft, dass er es übermorgen schafft«, flötete Marie in den Hörer.

****

Nathan legte auf. Es hatte begonnen, und das ohne sein Zutun. Offenbar würde die Aufgabe leichter sein als gedacht. Er hoffte, dass die Handwerker seines Großvaters den Einband von *Alice* übermorgen fertig hatten und er mit seiner Arbeit beginnen konnte. Ein nervöses Kribbeln durchfuhr seinen Körper, wie jedes Mal, wenn er mit seiner eigentlichen Aufgabe begann. Sie durfte ihn nicht aufhalten. Er musste einen Weg finden, um sie daran zu hindern. Wenn er es nicht tat, würde es sein Großvater tun. Nathan war in den letzten Tagen zu dem Schluss gekommen, dass das nichts Gutes für sie bedeuten würde. Er spürte, dass sein Großvater ihm etwas verschwieg.

Seine Nervosität verstärkte sich. Er griff nach seinem Mantel und verließ sein Zimmer. Ein Spaziergang würde ihm guttun.

Gedankenverloren lief Nathan über die Straße zum St. James Park, vorbei am Buckingham Palace, in Richtung Hyde Park. Der feine Nieselregen störte ihn nicht. Im Gegenteil. Er sorgte dafür, dass die Parks beinahe menschenleer waren. Lediglich ein paar Hundebesitzer verirrten sich bei diesem Wetter hierher.

Nathan zog sein Gesicht zwischen die Aufschläge seines Kragens. Als er aufsah, erblickte er sie. Lucy hatte unter dem Dach eines Imbisswagens, der am Eingang des Parks stand, Schutz gesucht. Er zögerte, ob er zu ihr gehen sollte. Noch hatte sie ihn nicht gesehen. Doch in diesem Moment blickte sie auf und bemerkte ihn. Es war zu spät, um ungesehen zu verschwinden. Langsam schlenderte er heran. Sie sah verfroren aus und er fragte sich, was sie bei dem Wetter hier draußen trieb.

»Ist es nicht etwas zu kalt?«, fragte er und betrachtete ihre rot gefrorenen Hände, die einen Kaffeebecher umklammerten. Ihn überkam das Verlangen, ihre Hände in seine zu nehmen und sie zu wärmen. Erbost über diesen Gedanken blitzte er sie wütend an. Lucy wich bei diesem Blick einen Schritt zurück. Nathan wandte sich ungehalten der Frau im Wagen zu und bestellte ebenfalls einen Kaffee. Währenddessen versuchte er, seiner Gefühle Herr zu werden. Das war kein vielversprechender Anfang.

Als er seinen Kaffee in der Hand hielt, wandte er sich Lucy wieder zu und lächelte nun.

»Mittagspause?«, fragte er etwas freundlicher.

Lucy nickte verunsichert.

»Eigentlich gehe ich immer zusammen mit Marie«, fühlte sie sich bemüßigt zu erklären. »Aber heute …« Sie stockte und wusste nicht weiter.

Nathan sah sie abwartend an. Er ahnte, weshalb die beiden heute nicht zusammen Pause machten. Maries anzüglicher Ton war ihm nicht entgangen.

»Ich habe vorhin mit ihr telefoniert«, half er ihr aus ihrer Verlegenheit.

Jetzt stieg Lucy leichte Röte ins Gesicht. Sie nickte.

»Ich war ein paar Tage in Cornwall«, erklärte er, »sonst hätte ich mich schon früher gemeldet.«

»Das Buch lag mir im Weg«, versuchte Lucy zu erklären. »Ich wollte wissen, ob ich es wegräumen kann. Hätte ja sein können, dass du es nicht mehr brauchst.«

Nathan nickte. »Ich muss einige Sachen darin nachschlagen. Zwei oder drei Tage benötige ich noch. Ich schreibe ein Referat über Lewis Caroll.«

Das erklärte sein Interesse wenigstens ansatzweise. Lucy war sich sicher, dass die meisten Studenten etwas aus dem Internet zusammengeschrieben hätten und sich nie die Mühe machen würden, das Buch auszuleihen.

»Und dafür kopierst du den Einband?«, fragte sie.

Nathan lächelte und schüttelte den Kopf.

«Das ist ein Hobby von mir. Hast du nichts, an dem dein Herz hängt?«

»Naja«, überlegte Lucy laut. »Bei mir waren es immer nur die Bücher. Da war nie Platz für etwas anderes.«

»Das dachte ich mir schon«, sagte Nathan langsam und löste seinen Blick von ihr. »Ich komme dann übermorgen Nachmittag«, fügte er unvermittelt hinzu und stellte seinen leeren Becher auf den Tresen. »Schönen Tag noch.« Mit diesen Worten drehte er sich um und eilte davon.

Lucy stieß hörbar den Atem aus. Etwas stimmte nicht mit dem Kerl. Sie kannte niemanden, dessen Stimmungen solchen Schwankungen unterworfen waren. In der einen Minute war er mehr als unhöflich und in der nächsten wickelte er sie mit seinem Charme ein. Jedenfalls war es nett von ihm, dass er sie nicht mit Maries peinlicher Bemerkung aufgezogen hatte.

Sie sah ihm hinterher, wie er mit langen Schritten dem Kiesweg des Parks folgte.

Die Frau hinter dem Tresen lächelte sie an.

»Ein ausgesprochen hübscher Mann«, sagte sie zu Lucy, die nur nickte und sich auf den Rückweg in die Bibliothek machte.

Der Anruf seines Großvaters kam am nächsten Tag.

»Wie weit bist du mir ihr?«, fragte er.

»Ich werde dich nicht enttäuschen«, antwortete Nathan ausweichend.

»Das weiß ich. Mich interessiert, ob du etwas über sie in Erfahrung bringen konntest.«

»Sie ist sehr verschlossen. Aber ich glaube trotzdem, dass sie nicht weiß, wer ich bin oder wer sie ist.«

»Glauben reicht mir nicht. Ich werde mich selbst um die Sache kümmern, und du schließt so schnell wie möglich die Arbeit an *Alice* ab. Der Einband ist fertig. Die Buchbinder haben hervorragende Arbeit geleistet. Erst wenn das Buch in unserem Besitz ist, können wir sicher sein, dass sie nicht weiß, wer wir sind und über welche Fähigkeiten sie verfügt.«

Nathan legte auf. Seine Hände waren feucht. Was meinte sein Großvater damit, dass er sich selbst darum kümmern wollte? Wenn er *Alice* rettete, würde Batiste ihm dann Lucy überlassen? Er wollte das Problem gern auf seine Art lösen.

Geduldig wartete Nathan am nächsten Tag im Eingangsbereich der Bibliothek darauf, dass Marie das Gespräch mit einem anderen Besucher beendete.

»Ist Lucy da?«, fragte er.

»Selbstverständlich«, antwortete Marie. »Hätte ich dir sonst den Termin gegeben?«

»Wahrscheinlich nicht«, erwiderte Nathan.

»Geh in den Lesesaal und setz dich. Ich sage ihr Bescheid. Und sei nett zu ihr. Das letzte Mal war sie ganz aufgelöst.«

Nathan lächelte. »Ich geb' mir Mühe.«

Nathans Lächeln konnte Marie nichts anhaben, dafür war sie viel zu sehr in Chris verliebt. Bei Lucy war sie da nicht so sicher. Vor zwei Tagen war sie ganz aufgelöst aus ihrer Mittagspause zurückgekommen und hatte Marie trotz ihrer kleinen Meinungsverschiedenheit sofort von dem unverhofften Zusammentreffen im Park erzählt.

Sie griff nach dem Telefonhörer und wählte die Nummer des Archivs.

»Er ist da«, verkündete sie.

»Wer?«, fragte Lucy.

»Du weißt genau, wen ich meine.« Marie stieß den Atem aus und legte auf.

Wie beim letzten Mal nahm Lucy das Buch aus dem Karton und brachte es Nathan.

Dabei entging ihr nicht, dass er sie aufmerksam musterte.

»Wie geht es dir?«, fragte er.

»Alles in Ordnung«, erwiderte sie wortkarg. Sie setzte zu ihrer Belehrung an.

Nathan unterbrach sie. »Du musst mir das nicht jedes Mal vorbeten.«

«Es ist so Vorschrift«, erwiderte sie.

Er ließ sich nicht beirren. »Ist eigentlich dein Arm wieder ok? Ich habe gestern vergessen, dich zu fragen.« Sein besorgter Blick suchte ihr Handgelenk. Das Mal war, wie immer, unter ihrem langärmeligen Pulli verborgen. Sachte pulsierte es vor sich hin. Lucy ärgerte sich, dass sie es ausgerechnet ihm gezeigt hatte. Nicht einmal Marie und Jules wussten davon.

»Wirst du zeichnen oder lesen?«, fragte sie statt einer Antwort und brach damit nach genau zwei Minuten ihr Vorhaben, nicht länger als nötig mit ihm zu kommunizieren.

»Lesen«, antwortete er knapp.

»Ich muss um vierzehn Uhr los zu meiner Vorlesung. Vorher hole ich das Buch.«

»Ok.« Nathans Stimme klang weich.

Lucy musterte ihn misstrauisch.

»Professor Wyatt?«, fragte er und Lucy nickte.

»Wir könnten zusammen hinfahren, wenn du möchtest«, schlug er vor.

Lucys Verstand sagte Nein.

»Ja, klar«, kam es über ihre Lippen. Dann wandte sie sich ab und ließ ihn allein.

Es war ein Fehler gewesen, ihm das Buch zu überlassen. Lucy wusste es in dem Moment, in dem sie es ihm gab. Aber was sollte sie tun? Sie konnte es ihm nicht wieder wegnehmen.

In Gedanken ging sie jede Episode durch, die ihr aus der Alice-Geschichte in Erinnerung geblieben war. Sie hatte das Buch nicht besonders gemocht. Die Herzkönigin war ihr zu dumm und das weiße Kaninchen zu nervtötend. Als sie später einmal las, dass Caroll seine Geschichte womöglich unter Drogeneinfluss verfasst hatte, erschien ihr das durchaus logisch. Trotzdem war das Buch für viele Menschen ein Kunstwerk. Es durfte nicht verloren gehen. Nur wie sollte sie es schützen? Wenn es diesmal unversehrt zurückkam, dann würde sie es verstecken und behaupten, es verlegt zu haben. Das schwor sie sich.

Lucy setzte sich auf ihren Schreibtischstuhl. Wie kam es eigentlich, dass sie Nathan verdächtigte, überlegte sie. Es war völlig unlogisch. Er hatte sich erst vor drei Wochen in der Bibliothek angemeldet, das hatte sie überprüft, und bisher kein anderes Werk als *Alice* ausgeliehen. Die beiden verschwundenen Bücher waren gar nicht durch seine Hände gegangen. In was steigerte sie sich da hinein? Nur weil er sich ihr gegenüber eigenartig verhielt, musste er noch lange nichts mit dem Verschwinden der Bücher zu tun haben. Er kam ja nicht mal hier herunter. Es war völlig unlogisch, ihn zu verdächtigen.

Unversehrt gab Nathan ihr das Buch einige Stunden später zurück. Lucy blätterte es durch, konnte jedoch keine Veränderung entdecken. Ihr fiel ein Stein vom Herzen.

»Ich bringe es runter und dann können wir los«, erklärte sie, deutlich gnädiger gestimmt als am Vormittag. Dem Buch war schließlich nichts geschehen.

Wenige Minuten später stand sie neben Nathan, der bei Marie auf sie wartete.

»Bereit?«, fragte er. Lucy nickte und sah auf die Uhr.

Es würde knapp werden, rechtzeitig zu Beginn der Vorlesung da zu sein.

»Viel Spaß euch beiden«, rief Marie ihnen hinterher. Ihr Ton sprach Bände. Lucy würde morgen ein ernstes Wörtchen mit ihr sprechen müssen. Sie bemerkte, dass Nathan neben ihr schmunzelte. Böse sah sie ihn an.

»Was ist?«, fragte er unschuldig und hielt ihr die Tür auf.

Kalter Wind schlug ihnen entgegen. Zum Glück behielten die grauen Wolken ihren Regen noch für sich. Lucy hoffte, dass sie es trocken bis zum King's College schafften. Wenn sie nass wurde, sah sie aus wie ein begossener Pudel. Sie sollte sich angewöhnen, einen Schirm mitzunehmen. In London konnte man schließlich jederzeit von einem Regenschauer überrascht werden.

Stumm liefen die beiden zur U-Bahn. Erst als sie nebeneinander durch das unterirdische London rasten, brach Lucy das Schweigen.

»Ist das deine einzige Veranstaltung heute?«

»Nein. Ich hab noch ein Seminar«, antwortete Nathan und wandte sich ihr zu.

»Und du?«

Lucy schüttelte den Kopf. »Ich hab danach Schluss.«

»Gehst du noch einmal in die Bibliothek?«

»Nein. Marie, unsere andere Mitbewohnerin und ich gehen ins Kino«, fügte sie hinzu, um das Gespräch nicht abreißen zu lassen.

Offenbar hatte Nathan dieselbe Intention. »Was schaut ihr euch an?«

»Ich weiß nicht. Jules ist dran, den Film auszusuchen. Wir wechseln uns immer ab und die anderen müssen mit rein, ob sie wollen oder nicht. Jules Filmgeschmack ist zugegebenermaßen etwas merkwürdig.«

»Jules?«, fragte Nathan. »Deine Freundin heißt Jules?«

»Ja. Sie kommt aus Amerika«, antwortete Lucy, als ob das den Spitznamen ihrer Freundin erklären würde. Als sie seinen verständnislosen Blick sah, beeilte sie sich hinzuzufügen: »Eigentlich heißt sie Juliana. Aber natürlich darf niemand sie so nennen.«

»Natürlich nicht«, antwortete Nathan ernst.

Doch Lucy bemerkte das Lächeln, das seine Mundwinkel umspielte.

»Das solltest du öfter tun«, entschlüpfte es ihr.

»Was?«, fragte Nathan verständnislos.

»Lächeln«, erklärte sie spöttisch. »Es steht dir besser als dieser finstere Blick.«

Die Türen der U-Bahn öffneten und schlossen sich kurze Zeit später wieder.

»Ich glaube, wir haben unsere Station verpasst«, meinte Nathan trocken.

Lucy sprang auf. »Weshalb hast du nichts gesagt? Mist, verdammter! Jetzt kommen wir zu spät.«

»Wir werden es schon schaffen. Wir müssen nur ein bisschen länger zu Fuß gehen. Die frische Luft wird dir guttun. Das ist nicht gesund, den ganzen Tag im Keller. Du bist sowieso viel zu blass.«

Misstrauisch sah Lucy Nathan an. Was ging ihn das an? Sie war schon immer zu blass gewesen. Sorgte er sich um sie? Dafür kannte er sie wohl nicht gut genug.

Als sie an der nächsten U-Bahn-Station die unzähligen Stufen hinaufliefen, sah Lucy schon vom Fuß des letzten Absatzes, dass es regnete. Der Himmel hatte sich gegen sie verschworen. Sintflutartige Regenfälle rauschten auf die Straße. Sie blieb stehen und überlegte, ob es unter diesen Umständen sinnvoll war, weiter nach oben zu steigen. Nathan zog einen winzigen Schirm aus seiner Jackentasche und spannte ihn auf.

»Darf ich?«, fragte er, und bevor Lucy antworten konnte, hatte er einen Arm um ihre Schulter gelegt und zog sie weiter.

»Wir wollen doch nicht noch später kommen«, bemerkte er spöttisch. »Außerdem ist es nicht angeraten, auf den Stufen einer Londoner U-Bahn-Station stehen zu bleiben. Die Leute könnten dich versehentlich tottreten.«

Während Lucy damit beschäftigt war, die widersprüchlichen Gefühle einzuordnen, die ihr seine Nähe bescherte, waren sie auf der Straße angekommen.

»Erste Londoner Überlebensregel«, fügte Nathan hinzu und zog sie enger an sich, als er bemerkte, dass einige Regentropfen auf ihrer Jacke gelandet waren.

Lucy musste zugeben, dass es nicht unangenehm war, so eng aneinandergeschmiegt mit ihm durch den Londoner Regen zu laufen. Jetzt war sie beinahe froh, dass sie eine Station zu weit gefahren waren und dass sie keinen eigenen Schirm besaß.

»Was ist die zweite?«, fragte sie nach einer Weile.

»Ich würde sagen, nicht zu fremden Männern unter Regenschirme zu schlüpfen.« Nathan lächelte sie wieder verschmitzt an.

»Ich bin nicht geschlüpft«, verteidigte sich Lucy empört und wollte sich losmachen.

Nathan zog sie noch näher zu sich. »Ich bin nicht fremd«, sagte er zu seiner Verteidigung.

»Nicht?«, entgegnete Lucy schnippisch.

»Nein. Du weißt, dass ich am King's College studiere. Du kennst meinen Namen, meine Adresse, meine Telefonnummer. Und du weißt, dass ich gern lese. Nein, ich würde sagen, fremd ist etwas anderes.«

»Deine Adresse und Telefonnummer kennt nur Marie«, berichtigte sie ihn.

»Wirklich?«, fragte er zweifelnd.

Lucy wich seinem Blick aus.

»Das können wir sofort ändern«, erklärte er beinahe fröhlich.

Mit diesen Worten waren sie angekommen. Vor der Tür des Gebäudes, in dem ihr Seminar stattfand, ließ Nathan Lucy los und schüttelte seinen Schirm aus.

Seiner Nähe beraubt, wurde Lucy kalt. Sie schlang ihre Arme um ihren Oberkörper.

»Kalt?«, fragte Nathan.

»Geht schon«, erwiderte sie und verdrängte den Wunsch, dass er sie wieder in seine Arme nahm.

Nebeneinander liefen sie die Treppe hinauf. Die Veranstaltung hatte bereits vor fünf Minuten begonnen.

Natürlich war Professor Wyatt diesmal pünktlich gewesen. Glücklicherweise beachtete er nur Nathan und nickte ihm zu, während er Lucy vollkommen ignorierte. Der Hörsaal war wieder völlig überfüllt, so dass ihnen nur ein Fensterbrett als Sitzgelegenheit blieb, aber immerhin funktionierte der altmodische Heizkörper, der darunter angebracht war.

Der Platz reichte gerade so für sie beide. Lucy balancierte ihren Schreibblock auf den Knien und versuchte Professor Wyatt bei seinen Ausführungen zur englischen Literaturgeschichte zu folgen. Aber Nathans Nähe machte dies beinahe unmöglich. Wieder roch sie den herben Duft seines Eau de Toilette und spürte ihn mit jeder Faser ihres Körpers. Als sie sich vorbeugte, um der Enge zu entgehen und sich Notizen zu dem Gesagten zu machen, verlor sie das Gleichgewicht und wäre beinahe von dem schmalen Brett gepurzelt. Nathan fasste sie um ihre Taille, zog sie zurück und ließ sie den Rest der anderthalb Stunden nicht mehr los. Die Mitschrift dieser Vorlesung würde sie sich von einem Kommilitonen kopieren, beschloss sie und überließ sich den Gefühlen, die Nathans Nähe in ihr auslösten.

Unangenehm war etwas anderes.

Der Vorlesungsraum leerte sich schnell. Nathan reichte Lucy ihre Jacke, die sie langsam überzog.

»Dann noch viel Spaß bei deinem Seminar. Wir sehen uns in der Bibliothek«, sagte sie.

»Ich lasse es ausfallen«, erwiderte Nathan und zog sich seinen schwarzen Mantel über.

»Weshalb?«, fragte Lucy überrascht.

Nathan deutete auf das Fenster. Draußen prasselte der Regen mit unverminderter Stärke.

»Du hast keinen Schirm«, erwiderte er. »Ich sehe es als meine Pflicht an, dich zum Kino zu begleiten. Ein echter englischer Gentleman tut so etwas«, erklärte er ernst.

Lucy verschränkte ihre Arme vor der Brust. »Du könntest mir deinen Schirm leihen«, sagte sie herausfordernd.

Nathan blickte ihr tief in die Augen. »Ich trenne mich nie von ihm«, sagte er dann in einem Tonfall, der Lucy zum Lachen brachte. So viel zu Colins Theorie.

»Na gut, du Kavalier. Da ich dich wahrscheinlich nicht abschütteln kann, erlaube ich dir, mich zu begleiten.«

»Es ist mir eine Ehre«, erwiderte Nathan. In seinen Mundwinkeln deutete sich ein winziges Lächeln an.

Weshalb war er plötzlich so nett und zuvorkommend? Keine Spur mehr von dem arroganten Kerl, der er noch vor wenigen Tagen gewesen war. Sie wurde nicht schlau aus ihm.

Lucy sah genau, dass Jules die Augen aus dem Kopf fielen, als sie und Nathan gemeinsam am Kino eintrafen. Ungeduldig trippelte Jules hin und her und wedelte mit den Karten. »Marie holt das Popcorn«, erklärte sie statt einer Begrüßung.

»Jules, das ist Nathan«, stellte Lucy ihn vor. »Er war so nett, mich zu begleiten. Ich hatte keinen Schirm«, erklärte sie umständlich.

»Nett?«, fragte Jules und musterte Nathan ungeniert.

Lucy spürte, dass sie rot wurde.

»Du musst Juliana sein.« Nathan reichte ihr seine Hand.

Jules warf Lucy einen Blick zu, der töten konnte.

»Möchtest du mit ins Kino«, fragte sie Nathan, klang dabei aber nicht im Mindesten einladend.

»Nein, keine Sorge.« Nathan grinste sie mit so entwaffnender Offenheit an, dass Jules schmunzeln musste.

»Vielleicht ein anderes Mal«, meinte sie versöhnlicher.

»Vielleicht.« Nathan wandte sich Lucy zu.

»Wir sehen uns.« Es klang wie eine Bitte.

»Gern«, antwortete sie und wünschte im selben Augenblick, dass er »morgen« hinzufügen würde.

Nathan nickte und wandte sich ab. Doch plötzlich drehte er sich um.

»Ich hab' noch was vergessen«, sagte er und zauberte einen Stift aus seiner Jacke. Er griff nach Lucys Hand und schrieb ihr seine Telefonnummer auf den Handrücken.

»Nur für alle Fälle«, erklärte er und verschwand zwischen den Passanten, die die Straße bevölkerten.

Jules sah ihm kopfschüttelnd hinterher. »Das ist also Nathan de Tremaine«, stellte sie fest. »Jetzt weiß ich auch, was Colin meinte. Wie kamst du denn zu der Ehre seiner Begleitung?«

»Zufällig besucht er mit mir dieselbe Vorlesung bei Professor Wyatt, das habe ich dir doch erzählt.«

»Du hast gesagt, dass er dich finster anschaut. Und das war gerade das Letzte, was er tat«, entgegnete Jules.

»Er war einfach nur nett«, behauptete Lucy noch einmal und hakte sich bei Jules unter. »Was gucken wir?«, fragte sie.

»*King's Speech.* Sie zeigen den Film ein letztes Mal. Lass uns reingehen, sonst verpassen wir den Anfang. Ich liebe Colin Firth. Er ist hier nicht so gut wie in *Bridget Jones,* aber besser als gar nichts.«

Marie wartete ungeduldig auf die beiden. »Wo bleibt ihr denn?« Im Arm hielt sie einen riesigen Eimer Popcorn. »Wir müssen rein.«

»Nathan de Tremaine hat unsere kleine Lucy zum Kino begleitet«, flüsterte Jules ihr ins Ohr.

»Na, da bahnt sich doch was an«, erwiderte Marie triumphierend. »Ich habe es gleich gewusst, als er zum ersten Mal in die Bibliothek kam. Ein Bücherwurm für unsere Leseratte.« Marie und Jules lachten los. Lucy schüttelte über ihre albernen Freundinnen den Kopf.

Obwohl sie Colin Firth normalerweise umwerfend fand, fiel es ihr schwer, sich auf den Film zu konzentrieren. Immer wieder schob sich Nathans Gesicht vor das von George VI. auf der Kinoleinwand.

Nach dem Film, beschlossen die drei bei ihrem Lieblingsitaliener zu Abend zu essen.

Kaum saßen sie, begann Marie mit ihrem Verhör. »Wie war es mit Nathan? Du musst uns alles genau erzählen«, forderte sie Lucy auf.

»Wie soll es schon gewesen sein? Wir sind gemeinsam U-Bahn gefahren und zum College gelaufen. Alles ganz harmlos«, wehrte Lucy ab.

»So harmlos sah es nicht aus«, warf Jules ein und tunkte ihr Brot in ein Schälchen mit Olivenöl. »Ihr wart ganz schön eng aneinandergekuschelt, würde ich sagen.«

»Der Schirm war eben klein und er wollte nicht, dass ich nass werde«, verteidigte sich Lucy schlapp.

Marie grinste sie an. »Jetzt gib doch zu, dass du ihn süß findest.«

»Er ist nett«, bestätigte Lucy. Jules und Marie sahen sie streng an.

»Ok, sehr nett.« Lucy griff nach ihrem Wasserglas und trank einen großen Schluck.

»Wann trefft ihr euch wieder?«

Konnte Jules nicht lockerlassen?

»Ich weiß nicht«, antwortete Lucy ungehalten. »Ich schätze, er wird in den nächsten Tagen in der Bibliothek aufkreuzen. Ich hoffe nur, dass er mit *Alice* fertig ist. Ich frage mich sowieso, was er an dem Buch so toll findet.«

Marie zuckte mit den Schultern. »Vielleicht ist es nur ein Vorwand, um dich zu sehen«, vermutete sie.

Jules nickte bestätigend.

»Ihr spinnt doch«, lachte Lucy und war froh, dass der Kellner in diesem Moment ihre Nudeln brachte.

Eigentlich hatte Lucy sich vorgenommen, heute Abend mit Marie und Jules über die Bücher zu sprechen, aber mit den beiden war kein vernünftiges Gespräch möglich. Nach zwei Gläsern Wein kicherten sie bloß noch vor sich hin. Sie musste sich etwas anderes überlegen und auf einen besseren Zeitpunkt warten.

****

»Nathan ist schon da«, begrüßte Marie Lucy, als diese am nächsten Nachmittag in der Bibliothek eintraf.

Lucy nickte und versuchte ihr freudiges Lächeln zu verbergen. Marie durchschaute sie trotzdem.

»Er wartet auf dich und auf *Alice*«, erklärte sie. »Ich wollte ihn nicht wegschicken, obwohl ich selbstverständlich weiß, dass er keinen Termin hat.«

Eigentlich hatte sie sich vorgenommen, das Buch zu verstecken. Jetzt geriet ihre Entscheidung ins Wanken. Schließlich war dem Buch bisher nichts passiert.

»Sag ihm, ich bringe es gleich.«

Sie stürmte in den Keller. Ihre Tasche und ihre Jacke landeten achtlos auf dem Stuhl in ihrem Büro. Sie griff nach dem Buch und zuckte gleichzeitig zurück. Ihr Mal loderte auf. Es brannte wie Feuer. Hastig riss sie den Ärmel ihrer Bluse zurück. Rot glühend leuchtete ihr das Zeichen entgegen. Es puckerte und pulsierte stärker als je zuvor. Mit weit aufgerissenen Augen starrte sie es an. Ihr Herz schlug ihr vor Angst bis zum Hals. Sie nahm ein Taschentuch, benetzte es mit Wasser aus ihrer Trinkflasche und legte es über das brennende Mal. Langsam beruhigte es sich wieder. Lucy atmete tief durch. Sie wollte Nathan nicht länger warten lassen. Vorsichtig griff sie mit der anderen Hand nach dem Buch. Der Schmerz flammte erneut auf und ließ sie schwindeln. Sie biss die Zähne zusammen und trug das Buch zum Lift.

Schweißperlen standen ihr auf der Stirn, als sie die Treppe hinaufging.

Nathan sah ihr mit besorgtem Blick entgegen, als sie, das Buch unter ihren linken Arm geklemmt, zu ihm kam.

»War der Film gestern so schlecht?«, flüsterte er und nahm ihr das Buch ab. Er griff nach einem Stuhl, der an einem der benachbarten Tische stand, und drückte Lucy darauf.

»Wieso?«, fragte Lucy und versuchte sich an einem Lächeln.

»Du siehst nicht gut aus«, erklärte Nathan. »Versteh mich bitte nicht falsch. Ich mag es, wie du aussiehst.«

Jetzt vertiefte sich Lucys Lächeln und sie senkte verlegen den Blick.

»Aber du wirkst gerade, als wärst du krank«, erklärte er. »Soll ich dich nach Hause bringen? Ich kann auch ein anderes Mal wiederkommen. Das Buch läuft schließlich nicht weg.«

Lucy schüttelte den Kopf. »Es geht schon. Es ist nur ... Es ist das Mal. Ich weiß nicht, was es hat. Es brennt fürchterlich.«

«Du solltest damit zu einem Arzt gehen«, riet Nathan nach einem Moment des Schweigens.

Lucy nickte. »Ja, vielleicht.« Dann stand sie auf und ging langsam wieder nach unten. Sie hoffte, dass Nathan nicht zu lange brauchte. Erschöpft setzte sie sich an ihren Schreibtisch und legte den Kopf auf ihre Arme. Innerhalb von Minuten war sie eingeschlafen.

Sie träumte. Bücher flogen durch ihren Traum. Manche langsam, andere schneller. Sie drehten sich, trudelten oder flogen tatsächlich, indem sie ihre Buchrücken auf und ab bewegten wie Vögel, die dem blauen Himmel entgegenstrebten. Immer wieder näherten sie sich ihrem Gesicht und zeigten ihr ihre Seiten. Manche waren leer. Auf anderen war die Schrift durchscheinend und von einigen lösten sich die Buchstaben und flogen davon. Vertrautes Wispern hallte durch ihren Traum. Die Bücher flehten sie an, ihnen zu helfen. Lucy fühlte, wie sie immer kraftloser wurde. *Ich kann doch nichts tun,* flüsterte sie. Ich weiß doch nicht, was geschehen ist. *Du musst dich erinnern,* hörte sie die Bücher in ihrem Kopf. *Erinnere dich.*

Eine Tür schlug laut ins Schloss und riss Lucy aus ihrem Traum.

»Lucy?«, hörte sie kurz darauf Marie rufen. »Ist alles in Ordnung?

Lucy stand auf, rieb sich über ihr Gesicht und trat aus dem Büro.

Mit hastigen Schritten kam Marie auf sie zu.

»Ja, klar. Was soll sein?«

»Du bist nicht ans Telefon gegangen. Ich habe es ewig klingeln lassen«, erklärte Marie vorwurfsvoll. »Da musste ich ja runterkommen. Nathan wollte schon selbst gehen. Aber selbstverständlich ist es gegen die Vorschrift.«

»Ist er schon fertig?«, fragte Lucy verständnislos und sah auf ihre Uhr. Drei Stunden. Sie konnte unmöglich drei Stunden geschlafen haben.

»Er ist ziemlich besorgt. Und wenn ich dich nicht mit ans Tageslicht bringe, kommt er womöglich noch nach unten. Mr. Barnes würde einen Herzkasper bekommen.«

»Ich komme.« Lucy folgte Marie auf wackligen Beinen. Oben vor der Tür wartete Nathan. Aufmerksam sah er sie an.

»Wir haben befürchtet, dass du ohnmächtig geworden bist oder so was«, erklärte er mit angespannter Miene.

»Alles in Ordnung. Ich habe Bücher einsortiert und das Klingeln nicht gehört. Sorry«, entschuldigte Lucy sich halbherzig. Nathan hob fragend eine seiner schwarzen Augenbrauen. Er glaubte ihr nicht.

Ihr Traum verfolgte sie immer noch. Es war lange her, dass sie etwas geträumt hatte, das so real gewesen war. *Erinnere dich.* Was bedeutete das? Sie versuchte, sich zu konzentrieren.

»Ich bringe dich nach Hause«, erklärte Nathan in einem Tonfall, der keine Widerrede duldete.

Lucy nickte schwach. »Wo ist das Buch? Wo ist *Alice*?« Erschrocken sah sie von Nathan zu Marie. »Habt ihr es einfach liegen lassen?«

Panik ergriff sie. Wie hatte sie einschlafen können? Wie hatte sie das Buch vergessen können? Bevor die beiden antworten konnten, rannte sie los.

Nathan Schritte hallten in ihrem Rücken. Vor der Tür zum Lesesaal holte er sie ein und hielt sie zurück.

»Ihm ist nichts passiert. Ich habe es bei der Aufsicht abgegeben«, erklärte er.

Lucy nickte, riss die Tür auf und stürmte hinein. Sie nahm keine Rücksicht auf die verwunderten Blicke der Besucher. Die Lesesaalaufsicht wandte sich ihr zu.

»Das Buch. Wo ist das Buch?«, fragte Lucy aufgelöst.

Die Kollegin hielt es ihr hin und Lucy riss es an sich. Hastig aber deutlich leiser ging sie zu einem leeren Tisch und schlug das Buch auf. Es war unversehrt.

»Du hast vergessen, Handschuhe anzuziehen«, sagte Nathan neben ihr. Wortlos hielt er ihr seine hin.

Sie nahm sie und streifte sie über. Seite für Seite blätterte sie um.

»Was denkst du eigentlich, was ich mit dem Buch anstelle?«, fragte er. Der Ausdruck auf seinem Gesicht, mit dem er sie bedachte, war nicht freundlich.

»Ich weiß nicht, sag du es mir«, erwiderte sie und schluckte unbehaglich.

Nathan zog wieder seine Augenbrauen in die Höhe. »Wollen wir gehen?«, fragte er dann mit mühsam unterdrücktem Zorn in der Stimme. »Oder ziehst du die Begleitung eines Buches vor?«

Lucy wurde rot. »Ich bringe es noch nach unten«, gab sie zur Antwort. Wortlos folgte Nathan ihr, nachdem sie das Buch eingepackt und in den Aufzug gelegt hatte.

»Ich warte hier«, sagte er im Foyer.

Lucy nickte.

Schweigend verließen sie etwas später die Bibliothek. Lucy wusste nicht, was sie sagen sollte. Sie wagte kaum, Nathan, der neben ihr ging, anzuschauen.

»Du musst mich nicht nach Hause bringen«, sagte sie nach einer Weile zaghaft. »Es geht mir besser. Ich schaffe das schon.«

»Ich weiß, dass ich es nicht muss. Ich tue es trotzdem.«

Wieder schwiegen beide.

In der U-Bahn nahm Nathan ihre Hand. Er schob die Bluse ein Stück nach oben und betrachtete das Mal. Es hatte seine gewohnte Farbe wieder angenommen. Vorsichtig bedeckte er es, lehnte sich zurück und sah aus dem Fenster. Lucys Hand ließ er nicht los.

Immer noch schweigend stiegen sie aus der Bahn und gingen zu Lucys Wohnung.

Sie war verwirrt. Sie sollte ihm nicht erlauben, ihre Hand zu halten. So gut kannten sie sich noch nicht. Aber sie fühlte sich außerstande, ihn loszulassen.

»Hier wohne ich«, sagte sie mit belegter Stimme, als sie vor ihrer Tür angekommen waren.

Nathan sah nach oben. »Hübsches Haus.«

Lucy räusperte sich. »Möchtest du noch mit hochkommen. Einen Kaffee oder Tee trinken?«

Sie sah ihn an.

Nathan erwiderte ihren Blick und seine Raubvogelaugen bohrten sich in ihre. »Möchtest du das denn?«

Sie nickte.

»Ein Kaffee wäre nicht schlecht.« Er folgte Lucy die Stufen nach oben.

Umständlich kramte sie nach ihrem Schlüssel.

Jules streckte ihren Kopf aus der Küchentür, als die beiden eintraten.

»Besuch?«, fragte sie überflüssigerweise.

«Wir wollten noch einen Kaffee trinken«, erklärte Lucy.

»Gerade fertig«, rief Jules und verschwand wieder. Während Lucy und Nathan ihre Jacken auszogen, klang aus der Küche das Klappern von Geschirr.

Tiger kam aus Lucys Zimmer und musterte die Neuankömmlinge.

»Das ist Tiger«, erklärte Lucy.

»Weshalb heißt er so?«, fragte Nathan, durchmaß mit wenigen Schritten den Flur und kniete sich zu dem schneeweißen Tier hinunter.

»Ich wollte damals unbedingt einen kleinen Tiger«, rief Jules aus der Küche. »Ich hatte bei einem Zoobesuch einen gesehen. Na ja, du kannst dir vorstellen, dass mir dieser Wunsch nicht erfüllt wurde. Dafür bekam ich ihn und von da an hieß er Tiger. Ich hab es nicht übers Herz gebracht, ohne ihn hierher zu kommen.«

Der Kater begann, unter Nathans Fingern zu schnurren.

»Er mag dich«, stellte Lucy verwundert fest.

»Wieso nicht?«, fragte Nathan.

»In der Regel findet er Männer nicht so toll«, erklärte sie. »Maries Freund und Colin haben regelmäßig Kratzer.«

Nathan stand auf und folgte Lucy in die Küche. Gemeinsam nahmen sie an dem kleinen Tisch Platz.

»Was studierst du?«, fragte Nathan Jules.

»Architektur«, erklärte diese, während sie aus dem alten Küchenbuffet Tassen hervorholte. »Und du?«

»Englische Literatur und Kunstgeschichte.«

»In welchem Jahr bist du?«, fragte Jules. Lucy verdrehte bei dieser neugierigen Fragerei die Augen.

»Im dritten. Ich habe vorher in Paris, Berlin und Lissabon studiert. Leider werden hier nicht alle meine Scheine anerkannt.«

Jules nickte beeindruckt.

»Schön habt ihr es«, wechselte Nathan das Thema und sah sich in der Küche um.

»Die Wohnung hat mein Vater gekauft«, erklärte Jules. »Er wollte nicht, dass ich in einem Studentenwohnheim ein Zimmer miete. Ich schätze, er kann sich zu gut daran erinnern, was während seiner Studentenzeit da so los war.« Jules kicherte.

Wieder klapperte ein Schlüssel in der Tür. »Hallo Mädels«, erklang Colins Stimme. Dann streckte er seinen Kopf zur Küchentür herein und schnupperte. »Gibt's Kuchen?«, fragte er. Lucy und Jules schüttelten gleichzeitig die Köpfe. Erst jetzt bemerkte er Nathan. Für einen winzigen Moment zog er seine Augenbrauen zusammen.

»Hi«, sagte er und reichte ihm die Hand. »Ich bin Colin.«

»Wohnst du auch hier?«, fragte Nathan. Colin nickte und griff nach Lucys Kaffeetasse. Nathan registrierte das mit einem verwunderten Blick.

»Die Mädels haben mir Asyl angeboten«, verbog Colin die Tatsachen. »Dafür bekoche ich sie.«

»Ich habe eingekauft«, erklärte Jules. »Chinesisch. Du kannst gleich anfangen zu schnipseln.«

Colin verdrehte theatralisch seine Augen. »Ich bin ihr Sklave«, behauptete er dann.

»Ich muss los.« Nathan nutzte die Gelegenheit, als Colin aufstand, um Jules Einkauf zu inspizieren.

Er wandte sich an Lucy. »Vielleicht hast du Lust, mir am Wochenende die Stadt zu zeigen?«

Lucy sah ihn an. War das sein Ernst?

Nathan wartete geduldig auf eine Antwort.

»Klar hat sie Lust«, fuhr Jules dazwischen. »Sie hockt sowieso viel zu viel in geschlossenen Räumen.«

Bevor Lucy etwas einwenden konnte, schob Jules Nathan in den Flur hinaus. »Sie ruft dich an«, hörte Lucy noch Jules' Stimme, bevor die Tür ins Schloss fiel.

»Bist du von allen guten Geistern verlassen«, warf Lucy Jules vor, als diese zurück in die Küche kam. »Vielleicht wollte ich mich gar nicht mit ihm verabreden.«

»Du wolltest«, entgegnete Jules im Brustton der Überzeugung. »Glaub mir. Ich sehe es dir an und Nathan sicher auch. Colin sag doch auch mal was.«

»Ich halte mich da raus. Ich finde sowieso, dass keiner gut genug für meine Prinzessin ist.«

Er lächelte Lucy an und begann, den Lauch klein zu schneiden.

»Er ist mir manchmal etwas unheimlich«, gestand Lucy.

»Das Einzige, was er ist, ist unheimlich gut aussehend«, widersprach Jules. »Den darfst du dir unter keinen Umständen entgehen lassen. Außerdem ist er höflich, zuvorkommend und klug.«

»Das würde ich so nicht sagen«, unterbrach Lucy sie spitz und stand auf. Sie räumte das benutzte Geschirr in die Spüle und begann abzuwaschen. Jules griff sich ein Geschirrhandtuch.

»Was genau findest du unheimlich?«, fragte Jules nach. »Und sag jetzt nicht seine rabenschwarzen Augen. Die sind nämlich nicht unheimlich, sondern umwerfend.«

Das war der geeignete Moment, um Jules von den Büchern zu erzählen. Doch nun sträubte sich alles in ihr, ihren Freunden von dem Mal, den Träumen und den wispernden Büchern zu berichten. Sie befürchtete, dass Jules und Colin sie für verrückt erklären würden. Na gut, Colin vielleicht nicht.

Aber es war verrückt. Völlig verrückt.

Deshalb zuckte sie nur mit den Schultern und antwortete nicht. Jules beließ es dabei und unterhielt sich mit Colin.

Als Lucy abends im Bett lag, wanderten ihre Gedanken zu Nathan. Er faszinierte sie, das musste sie zugeben. Wie hatte er das angestellt? Eigentlich hatte sie ihn eingebildet und hochnäsig gefunden. Und nun? Ihre widersprüchlichen Gefühle verwirrten sie. Sie musste zu viel an ihn denken.

Eigentlich hatte sie an diesem Abend noch arbeiten wollen. Nächste Woche musste sie ein Referat halten und bislang hatte sie noch nichts dafür getan. Das war völlig untypisch für sie. Auch heute hatte sie nichts Sinnvolles zustande gebracht.

Am Wochenende würden sie sich wiedersehen.

Vielleicht sollte sie ihn dann auf die Bücher ansprechen. Er konnte nichts damit zu tun haben, das stand fest. *Alice* war völlig unversehrt geblieben. Ob sie ihm vertrauen konnte? Konnte sie ihm von den verschwundenen Büchern erzählen? Sie würde es darauf ankommen lassen. Sie hoffte zudem auf eine Antwort von Madame Moulin. Merkwürdig, dass sie noch nicht zurückgeschrieben hatte. Vermutlich war sie sehr beschäftigt. Lucy musste sich in

Geduld üben. Erst einmal würde sie mit Nathan sprechen. Mit diesem beruhigenden Gedanken schlief Lucy ein.

Ein Raum ohne Bücher ist wie ein Körper ohne Seele.

Cicero

7. Kapitel

Batiste de Tremaine schäumte vor Wut. Er hatte sich nicht erklären können, woher dieses Mädchen aufgetaucht war. Heute hatte er seine Antwort bekommen. Die Unterlagen waren auf seinem Schreibtisch ausgebreitet.

Sie hatten ihn überlistet. Nicht einen einzigen Tag in den letzten Jahren hatte er vermutet, dass ihnen dies gelungen sein könnte. Aber sie hatten das Kind versteckt. Sie verbargen es rechtzeitig vor ihm und er sonnte sich all die Jahre in seinem Ruhm, die letzte Hüterin vernichtet zu haben.

Das Schicksal hatte ihm einen Strich durch die Rechnung gemacht. Doch er würde sich nicht geschlagen geben. Noch einmal entkam sie ihm nicht. Vorher musste Nathan nur herausfinden, wie viel sie wusste. Sie mussten sichergehen, dass sie tatsächlich die Letzte war. Noch einmal durfte er nicht versagen. Nathan war seine ganze Hoffnung. Er würde mehr erreichen als jeder vor ihm.

Wieder blätterte er die Unterlagen durch. Er hatte seine immer noch engen Kontakte zum King's College genutzt, um sich die Akten zu verschaffen. Niemand dort wagte es, ihm Informationen vorzuenthalten.

Sie war eine Waise. Das war allerdings keine Neuigkeit für ihn. Sie hatten sie in einem Kinderheim versteckt. Vielleicht hätte er viel früher nachforschen müssen. Wie war sie dorthin gekommen? Wie hatten sie das angestellt?

Hatten sie das Kind ausgesetzt? Er musste mehr herausfinden. Er musste wissen, was diejenigen wussten, die das Mädchen gefunden und großgezogen hatten. Er glaubte nicht, dass sie dem Kind keine Informationen über seine Herkunft und seine Fähigkeiten hinterlassen hatten.

Schwerfällig richtete er sich hinter dem Schreibtisch auf und griff nach seinem Stock.

»Sirius, Orion«, befahl er. Die beiden schwarzen Doggen richteten sich auf und folgten ihm. Mühsam brachte er den Weg zu der alten Kapelle hinter sich, die am Rande des Parks verborgen zwischen den Bäumen lag. Das kleine Gotteshaus war noch älter als das Schloss. Er zog einen verschnörkelten schmiedeeisernen Schlüssel aus seiner Jackentasche. Geräuschlos öffnete sich die alte Tür und gab den Blick ins Innere frei. Holzbänke standen zur rechten und linken Seite des Altars. Kerzen brannten darauf, die das Kreuz erhellten, das darüber an der Wand hing.

Zielsicher bahnte Batiste sich seinen Weg hinter den schmucklosen Altar. Eine schmale gewundene Treppe führte von hier aus in die Familienkrypta. Seit die de Tremaines das Schloss bewohnten, wurden sie auch hier unten begraben und bewahrten so den Schatz auch noch nach ihrem Tod.

Batiste griff an die Seite eines Sarges, der aussah, als würde er seit Menschengedenken hier stehen. Ein verborgener Mechanismus setzte sich in Gang und das steinerne Ungetüm schob sich zur Seite. Dahinter kam erneut eine Treppe mit einem kunstvoll verzierten Geländer aus Gusseisen zum Vorschein, die sich spiralförmig nach unten wand.

Die unterirdischen Hallen, in denen die Familie ihren Schatz seit der Vertreibung aus ihrer Heimat hütete, waren von Generation zu Generation tiefer in die Felsen der Küste geschlagen worden. Niemand würde ihn hier finden. Hier war er sicher.

Vorsichtig tastete Batiste sich hinunter. Es fiel ihm von Mal zu Mal schwerer. Es war an der Zeit, dass Nathan seinen Platz einnahm. Die Doggen folgten Batiste vorsichtig. Die rohen Felswände, die den Gang säumten, waren verwittert, aber sie schützten das Geheimnis zuverlässig. Und sie würden es noch lange tun. Es war seine Pflicht, dafür zu sorgen.

Am Fuß der Treppe befand sich eine weitere verschlossene Tür aus massivem Holz. Batiste öffnete sie, betrat den Saal und schnippte mit den Fingern. Fackeln flammten auf. Sie steckten in Haltern an den Wänden des riesigen Raumes und ließen ihn in warmem Licht erstrahlen. Batiste richtete sich beim Anblick des Schatzes, der hier lagerte, auf und atmete tief ein. Hier schöpfte er Kraft für seine Aufgabe. Hier konnte er sein, was er in Wirklichkeit war.

Einer der letzten Vollkommenen, ein Perfectus.

Gemächlich schritt er durch die Regalreihen, die mit Hunderten Büchern gefüllt waren. Am Kopf jeden Regals war ein goldenes Schild mit dem Namen des Vollkommenen angebracht, der diese Bücher gerettet hatte. Jede Generation hatte einen würdigen Nachfolger hervorgebracht, der den Schatz erweiterte und schwor, ihn vor der Welt zu schützen. In dem Regal, das seinen Namen trug, standen mit Abstand die meisten Bücher. Er hatte keine Mühe gescheut. Nathan würde ihn übertreffen. Doch die Aufgabe, die vor ihnen lag, war unendlich. Niemals würde es ihnen gelingen, alle Worte zu retten. Doch die wichtigsten, die bedeutendsten, waren bereits hier versammelt. Sie würden sie bewahren, bis die Menschen bereit waren, diese Worte wieder zu würdigen.

Er trat zu einem Pult, auf dem ihre neueste Errungenschaft lag und darauf wartete, gefüllt zu werden. Vorsichtig schlug er den wunderschön verzierten Buchdeckel auf. Trotz der Eile war dem Maler ein wahres Meisterstück gelungen. Batiste blätterte eine Seite nach der anderen um. Ganz zart schimmerte schon die Schrift auf den Seiten. Nur noch wenige Tage, dann war dieses Buch gerettet. Nathan las die Bücher schneller als jeder andere vor ihm. Wenn er ein Buch rettete, nahm er ihnen ihre Seele gründlicher als jeder seiner Vorgänger. Wort für Wort übertrug er es in den neuen Einband, bis der alte nur noch eine leere Hülle war. Eine Hülle, die im Laufe der Zeit zu Staub zerfiel und vergessen wurde.

Was sie taten, war brutal und doch diente es einem höheren Ziel. Einem Ziel, das ein Nichteingeweihter niemals verstehen würde. Sie, die Perfecti, waren es, die die Bücher schützten. Sie verbargen sie vor denen, die das Wissen und die Weisheit darin vernichten würden, sobald sie die Chance dazu bekamen. Sie kämpften gegen Ignoranz und Machtgier gleichermaßen. Für dieses Ziel hatten ihre Vorfahren vor Jahrhunderten den Bund gegründet und diesen trotz Verfolgung und Folter nie verraten.

»Sirius, Orion«, rief Batiste seine treuen Begleiter zu sich. Die Hunde hoben den Kopf. »Der Bund ist in Gefahr.« Aufmerksam lauschten die Tiere den folgenden Befehlen. Dann ging Batiste zum Ende des Saals und schloss eine kleine, schmale Tür auf, die verborgen hinter einem Regal lag. Die kalte Luft des Meeres drang in den Raum. Ohne ein Geräusch jagten die Hunde aus der Tür und einen steilen Weg hinauf. Er führte bis an den Strand und war in weiser Voraussicht als Fluchtweg angelegt worden. Schwarzer Rauch wehte zur Tür herein, nachdem die Tiere verschwunden waren. Batiste lächelte und schloss die Tür.

Bald würde dieses Problem gelöst sein. Schleppend verließ er den Raum. Die Fackeln hinter ihm erloschen wie von Zauberhand.

Er kehrte in sein Büro zurück und wählte Nathans Nummer. Nach dem zweiten Klingeln nahm dieser ab.

»Und? Was weiß sie?«

Nathan schwieg einen Moment.

»Ich weiß es nicht«, antwortete er dann zögernd.

»Was soll das heißen?«, brüllte Batiste in den Hörer. »Hast du nicht begriffen, worum es geht?«

»Ich bin noch nicht so weit. Bisher habe ich sie zweimal getroffen. Ich denke, sie vertraut mir. Wir treffen uns am Wochenende wieder, dann werde ich mehr wissen. Du kannst dich auf mich verlassen.«

»Das will ich hoffen«, brummte Batiste etwas versöhnlicher. »Denke daran. Sie ist die Einzige, die dir schaden kann. Ich werde herausfinden, woher sie kommt und ob noch jemand von dieser Brut existiert. Du kümmerst dich um sie. Ich gebe dir eine Woche, dann werde ich mich persönlich dieses Problems annehmen. Hast du verstanden?«

»Ja. Großvater.«

»Gut. Du bist mit *Alice* fertig«, stellte er dann fest.

»Ja. Ich bin heute fertig geworden. Bald wird es in unserer Obhut sein«, antwortete Nathan kurz angebunden.

Batiste hörte aufmerksam zu. Schwang da Unwillen in Nathans Worten mit?

»Was ist als Nächstes dran?«, fragte er versöhnlicher.

»Oscar Wilde. *Das Bildnis des Dorian Gray*.«

Batiste zog die Luft ein. »Haben sie es wieder gefunden?«

»Offensichtlich.«

»Wurde auch Zeit. Wie dieses Buch jahrelang verschollen sein konnte, war mir immer schleierhaft. Jetzt werden wir es endlich bekommen. Gib dir Mühe«, befahl er.

»Das tue ich immer, Großvater«, antwortete Nathan steif und diesmal war er es, der das Gespräch beendete.

****

Die kleine Kirche lag verlassen im Licht der aufgehenden Sonne. Vikar McLean ging mit gemessenem Schritt zur Kirchentür und schloss sie auf. Während er die wenigen Meter zum Altar zurücklegte, um ihn für die Morgenmesse vorzubereiten, schoben sich zwei schwarze Schatten durch die Tür.

Mit leisen Schritten folgten die beiden Männer, die zu den Schatten gehörten, dem Vikar.

Als dieser ein Geräusch hinter sich vernahm, drehte er sich erstaunt um. Normalerweise war er um diese Zeit allein in seiner Kirche und er genoss diese stille Zeit heute noch genauso wie vor zwanzig Jahren, als er die Gemeinde übernommen hatte.

Als er der Männer in den schwarzen Anzügen und mit kurz geschorenem Haar gewahr wurde, war er sicher, dass die beiden kein Interesse an seiner Morgenandacht hatten.

Der Moment, vor dem er sich so lange gefürchtet hatte, war gekommen. Er hatte versucht, die Gefahr zu verdrängen. All die Jahre hatte er überlegt fortzugehen. Doch er wollte Lucy nicht allein lassen. Ihre Eltern hatten sie seiner Obhut übergeben und er hatte versucht, sie zu schützen, so gut er es konnte. Unter dem Siegel der Verschwiegenheit hatte Lucys Mutter, Sophie Guardian, ihm ihr Geheimnis offenbart und ihn gebeten, es Lucy im geeigneten Moment zu erzählen. Bis heute hatte er dies nicht getan. Nun ahnte er, dass das ein Fehler gewesen war.

Sie waren viel zu früh auf ihre Spur gestoßen. Er hatte gehofft, dass sie sie nie finden würden.

»Guten Morgen, die Herren«, begrüßte er die Männer und versuchte seine Stimme fest klingen zu lassen. »Was kann ich zu so früher Stunde für Sie tun?«

»Wir sind auf der Suche nach jemandem und wir denken, dass Sie diese Person kennen«, antwortete der eine mit fast freundlicher Stimme.

»Wir suchen nach Lucy Guardian«, fuhr der andere dazwischen. »Sie ist als Waise bei Madame Moulin aufgewachsen. Allerdings besteht der begründete Verdacht, dass sie die Verwandte eines unserer Klienten ist.«

Er zückte einen Ausweis und hielt ihn Vikar McLean so nah vor die Nase, dass dieser unmöglich etwas erkennen konnte.

»Ich verstehe nicht ganz, was Sie von mir wollen. Madame Moulin kann Ihnen viel eher sagen, wo Miss Guardian sich befindet.«

»Das wird sie auch«, bestätigte der andere. »Allerdings möchten wir sichergehen, dass es sich bei Lucy Guardian um die gesuchte Person handelt. Sie haben das Kind damals gefunden?« Der Mann hatte eine merkwürdige abgehackte Sprechweise, fiel dem Vikar auf.

Er nickte. Er würde nichts preisgeben.

»Das Kind lag auf den Stufen der Kirche, stand in den Unterlagen, die uns das Vormundschaftsgericht zur Verfügung gestellt hat«, fügte einer der beiden hinzu.

Wieder nickte der Vikar.

Der Mann trat näher an ihn heran und baute sich drohend vor ihm auf. »Haben Sie das Kind bei sich aufgenommen?«, fragte er. »Hatte es etwas dabei? Haben Sie etwas Außergewöhnliches bemerkt?«

Jetzt schüttelte der Vikar den Kopf. »Das Kind lag auf den Stufen. Es war ein normaler Morgen«, begann er die Geschichte, die ihm im Laufe der Zeit so in Fleisch und Blut übergegangen war, dass er sie beinahe selbst glaubte. »Es hatte nichts bei sich, außer den Kleidern, die es trug, und der Decke, in die es eingewickelt war. Es war niemand zu sehen. Also habe ich es mit hineingenommen. Sie können sich denken, dass ich keinerlei Erfahrungen mit Kleinkindern habe. Deshalb rief ich Madame Moulin an, die schon damals das Kinderheim hier im Ort führte. Sie kam sofort und nahm das Mädchen in ihre Obhut. Sie war es auch, die die Aussetzung der Polizei meldete. Leider ist die leibliche Mutter des Kindes nie wieder aufgetaucht. Gott möge ihr diese Tat verzeihen.«

»Sie sind ganz sicher, dass das Kind nichts bei sich hatte? Irgendetwas, dass auf seine Herkunft schließen ließ?«

Vikar McLean nahm seinen ganzen Mut zusammen und sah dem Fremden in die Augen. »Da bin ich ganz sicher.«

Der Mann starrte ihn an, bis er seinen Blick abwandte.

»Ich muss Sie bitten, mich jetzt zu entschuldigen. Der Gottesdienst muss vorbereitet werden.« Seine Stimme zitterte.

Die Männer wandten sich ab und ohne ein weiteres Wort verließen sie die Kirche.

Vikar McLean ließ sich in eine der Bänke fallen. Seine flatternden Hände legte er in seinen Schoß. Er musste überlegen, was zu tun war.

Die Eingangstür knarrte und zwei der alten Damen, die regelmäßig zur Morgenandacht kamen, betraten die Kirche. Er stand auf und ging ihnen entgegen. Er würde den Gottesdienst nutzen, um sich zu beruhigen, beschloss er. Er durfte jetzt nicht überstürzt handeln. Es war immer noch seine Aufgabe, Lucy zu schützen.

Nach dem Gottesdienst rannte er zum Pfarrhaus. Eine Gangart, die einem Priester nicht angemessen war. Die alten Damen schüttelten ihre grauen Köpfe über sein Benehmen. Im Pfarrgarten sah er sich um. Die fremden Männer waren nirgendwo zu sehen. Hatten sie ihm geglaubt?

Das schwarze Auto, das auf der anderen Straßenseite von den Büschen verborgen stand, sah er nicht.

Hastig ging er ins Haus und geradewegs in sein Arbeitszimmer. Er ignorierte den dampfenden Tee, den seine Haushälterin ihm jeden Morgen auf den Tisch stellte.

Aus einem gut sortierten Regal nahm er mehrere Bücher. Dahinter kam ein kleiner Safe zum Vorschein. Er öffnete ihn mit einem Schlüssel, den er seit nunmehr siebzehn Jahren um den Hals trug. Vorsichtig hob er eine kleine Schatulle heraus, die darin verborgen war. Er durfte das Geheimnis nicht länger für sich behalten. Er öffnete das Kästchen und entnahm ihm ein Medaillon und einen Brief. Es war augenscheinlich nichts Besonderes an den Dingen und doch würden sie Lucys Leben auf den Kopf stellen. Er hätte es sich für das Mädchen anders gewünscht. Täglich betete er für sie, dass Gott sich erbarmen und ihr diese Prüfung ersparen möge. Doch Gott hatte ihn nicht erhört.

Der Vikar griff nach einem Umschlag und schrieb die Adresse des Kinderheimes darauf. Dann verfasste er eine kurze Nachricht an Madame Moulin und steckte diese mit dem Medaillon und dem alten, zerknitterten Brief in den Umschlag.

Er ging in die Küche, wo seine Haushälterin gerade sein Frühstück vorbereitete.

»Ich möchte heute nichts essen, Greta«, sagte er zu ihr und versuchte seine Stimme fest klingen zu lassen.

Erstaunt sah diese ihn an. Der Vikar liebte ihr Rührei.

»Mir geht es gut«, erklärte er. »Sie brauchen sich nicht zu sorgen. Ich hab nur einen wichtigen Termin.«

Greta nickte.

»Ich muss Sie allerdings um etwas bitten. Es ist sehr wichtig. Dieser Umschlag muss sofort zur Post. Würden Sie das für mich tun?"

»Selbstverständlich, Herr Vikar«, antwortete Greta und wischte sich die Hände an ihrer Schürze ab. Sie nahm den Brief entgegen.

»Das Kinderheim?«, fragte sie verwundert, als sie einen Blick auf die Adresse warf. »Ich kann den Brief sofort hinbringen, wenn es so eilig ist. Ich komme auf dem Weg zur Post dort vorbei.«

»Nein. Nein, bitte tun Sie das nicht«, wehrte der Vikar ab. »Im Flur liegen noch mehr Briefe und Päckchen. Bringen Sie bitte einfach alles zur Post.«

»Gut«, erklärte Greta sich zögernd bereit, obwohl ihr das Verhalten des Vikars merkwürdig erschien. Doch sie hatte gelernt, nicht zu viele Fragen zu stellen.

Vikar McLean griff nach seiner Jacke und seinem Autoschlüssel, der im Flur lag. Ohne ein Wort des Abschieds eilte er hinaus.

Greta kratzte sich am Kopf. Der Vikar verhielt sich heute sehr eigenartig. Ob jemand gestorben war? Aber das hätte sie doch längst erfahren. Sie nahm die Eier vom Herd und griff nach ihrem Korb. Sorgfältig stapelte sie die Briefe und Päckchen hinein. Dann trat sie nach draußen und verschloss die Tür. Ihr Fahrrad lehnte am Zaun. Ein Lied vor sich hin summend befestigte sie den Korb auf dem Sattel und fuhr davon. Durch den Garten schlich ein schwarzer Schatten, der die Terrassentür zum Arbeitszimmer in Sekundenschnelle aufhebelte.

Vikar McLean raste die eichengesäumte Allee entlang. Immer wieder sah er in den Rückspiegel. Er war allein auf der Straße. Inständig hoffte er, dass sein Manöver gelingen würde und Greta den Brief zur Post schaffen konnte, ohne dass es jemand bemerkte.

Der schwarze Wagen hinter ihm erschien wie aus dem Nichts. Der Vikar gab noch mehr Gas. Den ölig schimmernden Fleck auf der Fahrbahn übersah er. Der Wagen geriet ins Schleudern und drehte sich um seine eigene Achse. Er versuchte Herr der Lage zu werden, doch der Wagen gehorchte ihm nicht mehr. Verzweifelt klammerte er sich an das Lenkrad und trat auf die Bremse. Entsetzt sah er, dass eins seiner Vorderräder über die Straße rollte. Der Wagen kippte zur Seite, schlitterte auf einen der alten Bäume zu und krachte mit unverminderter Geschwindigkeit dagegen. Der Kopf des Vikars wurde zurückgeschleudert und weiße Lichter flammten in seinem Kopf auf, bevor alles um ihn herum dunkel wurde.

In Büchern liegt die Seele aller gewesenen Zeit.

Thomas Carlyle

8. Kapitel

Madame Moulin atmete tief durch. Jeder Morgen folgte demselben Ritual. Die Kinder wurden um sieben geweckt. Um halb acht gab es Frühstück, das die Erzieher, die im Heim lebten, mit ihr und den Kindern einnahmen. Um kurz nach acht verließen die Kinder das Haus. Dann endlich kehrte Ruhe ein. Madame Moulin zog sich in ihr Büro zurück und Martha, die Köchin und der gute Geist des Hauses, brachte ihr ihren geliebten Earl Grey. Bedächtig rührte sie Zucker und Milch hinein. Dann sah sie den Poststapel durch, der sich in den Tagen ihrer Abwesenheit angehäuft hatte.

Sie griff nach dem Brief, der zuoberst lag, und schlitzte ihn mit dem vergilbten elfenbeinernen Brieföffner, der schon ihrer Mutter gehört hatte, auf. Langsam entfaltete sie das Schreiben. Das Lächeln auf ihrem Gesicht wich einem verwunderten Ausdruck. Sie las den Brief ein zweites und ein drittes Mal. Dann griff sie nach dem Telefon und wählte die Nummer des Pfarrhauses. Sie ließ es mehrfach klingeln, doch am anderen Ende nahm niemand ab.

Das war so ungewöhnlich, dass Madame Moulin beschloss, nach dem Rechten zu sehen und Vikar McLean einen Besuch abzustatten. Sie musste ihm von Lucys Brief erzählen und ihn um Rat fragen.

Sie erinnerte sich deutlich an seine Worte. Es erschien ihr unmöglich, dass seit jener Nacht so viele Jahre vergangen waren.

Es hatte gestürmt und geregnet und Ralph hatte mit diesem winzigen Bündel vor ihrer Tür gestanden und sie angefleht, sich des Kindes anzunehmen. Ein Blick in die ungewöhnlichen Augen des Mädchens hatte genügt. Madame Moulin, deren oberstes Gebot es war, zu den Kindern, die sie betreute, emotionale Distanz zu wahren, wusste, dass sie dieses Mädchen lieben würde.

»Es ist möglich, dass der Tag kommt, dass dem Kind etwas Ungewöhnliches passiert, dann zögere nicht und komm zu mir«, trug er ihr auf. »Bis dahin werde ich mich von euch fernhalten und beten, dass dieser Tag nicht kommen möge.« Er strich dem Kind über die Wange und sah es mitleidig an. »Möge Gott der Herr über dich wachen, Lucy Guardian«, sagte er und eilte davon. Seitdem hatten sie jedes Gespräch über Lucy vermieden, obwohl Madame Moulin regelmäßig mit den Kindern des Hauses seinen Gottesdienst besuchte.

Es war ihr immer klar gewesen, dass es ein Geheimnis um Lucy gab, das nicht gelüftet werden sollte. Doch nun war etwas mit Lucy passiert und der Ton in dem Brief verlangte dringliche Maßnahmen.

Madame Moulin ging in die Küche, um Anweisungen für die Vorbereitung des Mittagessens zu geben. Dann holte sie ihren dunklen Mantel und schlang sich ein Tuch um Kopf und Hals. Sorgfältig schloss sie die Tür des alten Hauses. Grüner Efeu wuchs die Mauern hinauf und umrankte die Torbögen und Simse der Fenster. Der Gärtner würde die Ranken bald zurückschneiden müssen, überlegte sie, während sie die Straße zum Pfarrhaus entlanglief. Sie sah kurz auf, als eine dunkle Limousine mit getönten

Scheiben gemächlich an ihr vorbeifuhr. Da hatte sich offenbar jemand in ihr Dorf verirrt.

Vor dem Pfarrhaus blieb sie stehen und drückte auf den altmodischen Klingelknopf. Ein dumpfer Gong ertönte. Madame Moulin zog das Tuch fester um sich. Es war kalt. Der Herbst hielt jeden Tag mehr Einzug.

Greta öffnete die Tür. Aufgelöst sah sie den Gast an.

»Alles in Ordnung, Greta?«, fragte Madame Moulin. Diese schüttelte den Kopf und stammelte: »Es ist eingebrochen worden. Ich bin ganz sicher. Die Diebe haben das Arbeitszimmer des Herrn Vikar durchsucht. Ich glaube nicht, dass sie etwas gefunden haben. Der Vikar besitzt doch nichts von Wert. Aber was soll ich nur tun? Ich habe Frank angerufen. Er wird wissen, was zu tun ist.« Nervös knüllte die ältere Frau ein Küchentuch in den Händen. »Ob das richtig war? Oder hätte ich auf den Vikar warten sollen? Aber er geht nicht an sein Handy und ich bin nicht sicher, wo er ist.« Hilfe suchend sah sie Madame Moulin an.

Diese nickte, nahm Greta am Arm und schob sie ins Haus. »Das war genau richtig«, beruhigte sie die Haushälterin. »Wir trinken jetzt einen Tee und warten gemeinsam auf Frank. Er wird den Vorfall aufnehmen und seinen Vorgesetzten melden. Sorgen Sie sich nicht. Vikar McLean wird dankbar sein, dass alles erledigt ist, wenn er zurückkommt.«

»Meinen Sie wirklich«, fragte Greta unsicher. »Er mag es nicht, wenn jemand in seinem Arbeitszimmer herumstöbert. Selbst ich darf nur hinein, wenn er dabei ist. Und richtig sauber machen darf ich im Grunde auch nicht. Ich bin froh, wenn ich es schaffe, die Teeränder vom Schreibtisch zu wischen. Dann schickt er mich schon wieder hinaus.«

Greta füllte Wasser in einen altmodischen Teekessel und schaltete das Gas des Herdes an. Dabei redete sie vor sich hin. Ihrer Stimme war deutlich ihre Nervosität anzuhören. »Er war so merkwürdig heute früh. Hätte ich bloß auf meine Schwester gehört. Greta, hat sie gesagt, heute wird etwas Schlimmes geschehen. Meine Schwester hat für so etwas einen siebten Sinn, kann ich Ihnen sagen. Sie weiß immer, wenn etwas Schreckliches passiert. Aber ich habe natürlich nicht auf sie gehört. Was soll ich auch tun, der Vikar braucht schließlich sein Frühstück und da kann ich nicht einfach im Bett bleiben. Oder? Was meinen Sie?« Greta stellte drei Teetassen, ein Milchkännchen und Zucker auf ein Tablett und trug es zum Tisch. »Frank mag den Tee des Vikars sehr«, erklärte sie und Madame Moulin registrierte erstaunt, dass am Hals der älteren Frau rote Flecken erschienen.

»Was meinen Sie mit: Er war sehr merkwürdig heute früh?«, hakte sie nach.

»Er wollte seine Eier nicht«, erklärte Greta in dem Moment, als der Wasserkessel zu einem schrillen Pfeifen ansetzte. Greta griff nach einem Topflappen und drehte gleichzeitig den Gashahn am Herd zu. Sie wartete einen Moment und goss das siedende Wasser in die Teekanne.

Als sie am Tisch Platz genommen hatte, nahm Madame Moulin das Gespräch wieder auf. »Was ist daran merkwürdig? Er wird keinen Hunger gehabt haben.«

Energisch schüttelte Greta den Kopf. »Nein, nein. Er isst seine Eier immer. In all den Jahren, die ich bei ihm bin, gab es keinen Tag, an dem er das Haus ohne Frühstück verlassen hat. Und außerdem hat er mir immer gesagt, wo er hinfuhr. Nur heute nicht. Ich weiß nicht, wo er ist.« Gretas Stimme klang verzweifelt.

»Immer?«, fragte Madame Moulin skeptisch. Es erschien ihr unwahrscheinlich, dass der Vikar sich jedes Mal bei seiner Haushälterin abmeldete.

»Immer«, bestätigte Greta mit einem kräftigen Nicken. Die grauen Locken, die das derbe Gesicht umkränzten, wippten zur Bestätigung heftig auf und ab.

Schweigend saßen sich die beiden Frauen gegenüber und hingen ihren Gedanken nach. Wenige Minuten später ertönte der Gong der Tür und Greta eilte in den Flur, um Frank, dem Polizisten des Örtchens, zu öffnen. Madame Moulin griff nach der Teekanne und goss sich ein. Ein Schwall heißer, nach herben Kräutern duftender Dampf stieg auf. Im selben Moment bemächtigte sich ihrer ein ungutes Gefühl. Sie tastete nach dem Brief in ihrer Jackentasche und versicherte sich, dass er da war.

Sie trank einen Schluck Tee und beschloss, sich Greta und dem Polizisten anzuschließen. Die beiden standen im Flur und Greta erzählte gerade noch einmal ihre Geschichte.

»Ich bin nach Hause gekommen und die Terrassentür zum Arbeitszimmer stand auf«, sagte sie gerade.

»Wo warst du denn so früh«, fragte Frank und sah von seinem Notizblock auf.

»Der Vikar bat mich, einige Briefe und Päckchen zur Post zu bringen", erklärte Greta. Sie sah Madame Moulin an.

»Er hat darauf bestanden, dass ich ein Päckchen, das an Sie adressiert war, auch bei der Post aufgebe. Natürlich habe ich angeboten, es persönlich vorbeizubringen. Aber davon wollte er nichts wissen. Er bestand darauf, dass ich es aufgebe und dabei ist doch die Post heutzutage so schrecklich teuer.« Sie schüttelte den Kopf über diese Verschwendung.

Frank sah Madame Moulin an. »Haben Sie eine Ahnung, was in dem Päckchen sein könnte?«

Sie schüttelte den Kopf. »Leider nein. Ich verstehe auch nicht, weshalb er mir das Päckchen nicht einfach gebracht hat.«

Greta und Frank sahen sie an. Eine stumme Anklage lag in diesem Blick.

Dann räusperte sich Frank. »Ich würde mir gern das Zimmer ansehen«, sagte er. »Ich schlage vor, dass Sie nach Hause gehen. Ich werde später vorbeikommen.«

Madame Moulin stellte ihre Teetasse auf eine Kommode im Flur. Es war nur zu deutlich, dass man sie höflich hinauskomplimentierte.

Gedankenverloren ging sie zurück zu ihrem Heim. Was hatte Ralph ihr geschickt? Es konnte ganz harmlos sein. Es musste nichts mit Lucy zu tun haben. Trotzdem blieb ein ungutes Gefühl zurück. Sie beschloss zu warten, bis Ralph sich bei ihr meldete. Erst dann wollte sie Lucy antworten. Bei ihrem jetzigen Kenntnisstand hätte sie nicht gewusst, was sie ihr schreiben sollte.

Ralphs Brief würde wohl nicht vor morgen kommen. Bis dahin hatte sie längst mit ihm gesprochen.

****

Wieder war der Saal überfüllt, als Lucy zur Vorlesung kam. Suchend fuhr ihr Blick über die Köpfe der Studenten. Enttäuschung breitete sich in ihr aus, als sie Nathan nicht entdeckte, und sie fragte sich, ob sie nicht lieber wieder gehen sollte.

»Suchst du nach mir?«, hörte sie Nathans Stimme an ihrem Ohr.

Ein Schauer lief ihr über den Nacken. Bevor sie antworten konnte, legte er eine Hand auf ihren Rücken und schob sie zu ihrem Fensterplatz. Ihre Haut kribbelte unter der Berührung.

»Den wird uns dieses Jahr keiner streitig machen«, flüsterte er. »Es sein denn, es ist dir hier zu eng mit mir.«

Er sah sie an und Schalk blitzte in seinen Augen.

»Ich werde es überleben«, antwortete sie.

»Gut«, erwiderte Nathan und half ihr aus ihrer Jacke.

Lucy kritzelte während der Vorlesung auf ihrem Block herum und versuchte dabei, den Ausführungen Dr. Wyatts über die Bedeutung historischer Romane im viktorianischen Zeitalter zu folgen. Selbst als er begann, dies am Roman *Ivanhoe* von Walter Scott zu verdeutlichen, fiel es ihr schwer, sich zu konzentrieren. Zu deutlich spürte sie Nathan neben sich. Ob er heute noch etwas vorhatte? Sie könnte ihn fragen, ob er etwas mit ihr essen gehen wollte. Vielleicht würde es auch ein Kaffee bei Starbucks tun. Jules und Colin waren heute Abend nicht da und sie verspürte keine Lust, den Abend allein in der Wohnung zu verbringen.

Ihre Gedanken drehten sich im Kreis. Sie würde mit ihm über ihr Problem reden. Problem war vielleicht nicht das richtige Wort dafür. Vielleicht konnte er ihr helfen. Wenn es sich nur nicht so komisch anfühlen würde, wenn sie darüber nachdachte. Lucy kaute auf ihrem Stift herum.

»Mach ihn nicht kaputt«, raunte Nathan und zwinkerte ihr zu. »Er hat dir nichts getan.«

Sie hatte noch keine Zeit gehabt, andere Bücher aufzustöbern, die verschwunden waren. Aber sie war sicher, dass es weitere gab. Gleich morgen würde sie nach ihnen suchen. Zu dumm, dass die Werke in den Regalen und unterirdischen Räumen nicht alphabetisch sortiert waren. So wurde es schwierig, aufs Geratewohl zu suchen. Die leeren Karteikarten gaben ihr nur wenig Anhaltspunkte, da ja die Signatur und der Hinweis auf den

Standort der einzelnen Bände verschwunden waren. Lucy fluchte innerlich. Die Bücher mussten ihr helfen. Aber was sollte sie dann tun? Immerhin war das erst mal ein Plan, auch wenn er noch nicht hundertprozentig zu Ende gedacht war. Vielleicht fand sie ja noch eine logische Erklärung und vielleicht würde Nathan ihr dabei helfen.

»Gehen wir noch einen Kaffee trinken?«, fragte Nathan nach dem Ende der Vorlesung, während er Lucy in die Jacke half.

»Gern«, antwortete sie und band sich ihren Schal um. Sie wertete es als gutes Zeichen, dass er gefragt hatte. Starbucks war zum Glück nicht weit entfernt, doch als sie ankamen, war offensichtlich, dass sie nicht die einzigen Studenten mit dieser Idee gewesen waren. Vor dem Tresen stand eine lange Schlange.

»Da am Fenster sind zwei Barhocker frei. Wenn du dich hinsetzt, hole ich den Kaffee.«

Lucy nickte.

»Ich nehme einen Chai Latte«, rief sie ihm hinterher und drängelte sich zu den Sitzen durch.

Sie hängte ihre Jacke über den einen Hocker und setzte sich selbst auf den zweiten. Während sie die Menschen beobachtete, die draußen durch den kalten Wind liefen, rieb sie sich die Hände. Lucy hoffte, dass es noch einige schöne Sonnentage geben würde. Eigentlich mochte sie den Herbst mit seinen bunten Farben und dem nicht zu warmen und nicht zu kalten Wetter. Hauptsache, es regnete nicht ständig. Dann wurde sie melancholisch und begann sich zurückzusehnen in die Tage ihrer Kindheit.

Wenn das kalte Wetter die letzten Sonnenstrahlen vertrieb, hatte sie am liebsten auf ihrem Bett gelegen und gelesen. Oder Madame Moulin Gesellschaft geleistet. Ihr Büro war Lucy manchmal fast vorgekommen wie ein richtiges Zuhause. Der Kamin hatte geflackert und Martha hatte ihnen Tee oder heiße Schokolade gebracht. Sie redeten über alles, was Lucy bewegte. Meist waren es die Bücher, die sie gerade las. Natürlich versuchte Lucy auch, bei diesen Gelegenheiten etwas über ihre Herkunft zu erfahren. Aber Madame Moulin behauptete stets, nichts zu wissen. Lucy hatte einmal heimlich in ihrer Akte gestöbert, als Madame Moulin aus ihrem Zimmer gerufen worden war, um einen Streit zu schlichten. Sie hatte entdeckt, dass der Vikar sie zum Heim gebracht hatte. Aber sie hatte sich nie getraut, zum Pfarrhaus zu gehen und sich nach den genauen Umständen zu erkundigen. Madame Moulin konnte sie schlecht darauf ansprechen, da diese dann gewusst hätte, dass sie in ihren Unterlagen gewühlt hatte.

Scheppernd stellte Nathan zwei Tassen auf den Tisch. Dann schlängelte er sich noch mal zum Tresen und kam mit einem Teller zurück, auf dem ein riesiger Blaubeermuffin thronte. Fragend zog Lucy ihre Augenbrauen nach oben.

»Die XXL-Variante gibt's nur heute«, beantwortete Nathan ihre stumme Frage. »Es war der Letzte. Ich dachte, wir könnten ihn brüderlich teilen.«

»Meinetwegen«, sagte Lucy großzügig und spürte, dass sie sehr hungrig war. Ihr Magen knurrte.

Nathan grinste und beugte sich zu ihr. »Ich könnte noch einen Donut holen, falls du nicht satt wirst.«

Ohne zu antworten, griff Lucy nach dem Muffin und zupfte das Papier ab. Dann brach sie den Kuchen in zwei Hälften und nahm sich die größere.

Der Muffin war noch warm und butterweich, stellte sie nach dem ersten Bissen fest und bedauerte gleichzeitig, dass es nicht mehr davon gab.

«Satt?«, fragte Nathan, als Lucy sich die Finger an einer Serviette säuberte.

»Geht so«, antwortete sie.

»Ich könnte noch etwas anderes holen«, bot Nathan an.

Lucy lächelte. »Nein. Nicht nötig.« Sie rührte in ihrem Tee.

»Du bist bei deinem Großvater aufgewachsen?«, fragte sie einem plötzlichen Impuls folgend.

Nathan richtete sich auf. Er wirkte erschrocken, fand Lucy.

»Entschuldige. Ich wollte nicht indiskret sein«, beeilte sie sich zu sagen.

»Woher weißt du das?«, stellte Nathan eine Gegenfrage, ohne auf ihre Entschuldigung einzugehen.

»Miss Olive hat es mir erzählt«, gestand sie und ärgerte sich über sich selbst. Ihr war es auch nicht recht, wenn die Leute erfuhren, dass sie eine Waise war.

»Sie war Studentin bei deinem Großvater, und als er aufhörte zu lehren, war sie ziemlich enttäuscht. Sie hat mir erzählt, dass er ein außerordentlich guter Professor war.« Lucy verschwieg, dass Miss Olive gesagt hatte: *außerordentlich gut aussehend.*

»Ja, er hat sich zurückgezogen, um mich großzuziehen. Ich bin froh, dass er diese Entscheidung getroffen hat«, erklärte Nathan langsam, und musterte sie dabei durchdringend.

»Du bist bei deinen Eltern aufgewachsen«, stellte er mehr fest, als dass er fragte.

Lucy schüttelte den Kopf. Jetzt gab es kein Zurück.

»Nein«, sagte sie. »Nein, ich bin in einem Kinderheim groß geworden.«

»Deine Eltern sind tot?«, hakte Nathan nach.

Lucy zuckte mit den Schultern. »Ich habe keine Ahnung. Ich weiß nicht, wer meine Eltern sind. Ich bin auf den

Stufen einer Kirche gefunden worden.« Sie lachte freudlos auf. »Ich weiß nicht, wer mich dort abgelegt hat.«

Lucy blickte aus dem Fenster. Vor dem Geschäft lief ein kleines Mädchen an der Hand ihrer Mutter vorbei. Wie oft hatte sie sich in dem Alter gewünscht zu wissen, wer ihre Mutter war und weshalb sie sie allein gelassen hatte.

»Meine Eltern haben mich ebenfalls verlassen«, hörte sie Nathans Stimme. Lucy sah auf.

Nathan rührte Zucker in seinen Latte macchiato. »Offenbar wollten sie kein Kind. Sie haben mich bei meinem Großvater gelassen und sind verschwunden. Wir haben nie wieder von ihnen gehört. Keine Ahnung, ob ich ihnen tatsächlich so egal war, oder ob sie irgendwann ein zu schlechtes Gewissen hatten, um mich abzuholen.« Seine Stimme klang traurig, aber vor allem zornig.

»Das tut mir leid«, sagte sie leise und legte automatisch tröstend ihre Hand auf seine. »Mir nicht«, antwortete Nathan. »Ich war glücklich bei meinem Großvater.« Jetzt klang er trotzig und entzog ihr seinen Arm.

Ein wenig gekränkt umfasste sie ihren warmen Kaffeebecher.

»Macht dir die Arbeit im Archiv Spaß?«, fragte Nathan.

Lucy war erleichtert, dass er das Thema wechselte. »Ja, es gefällt mir«, antwortete sie zögernd. Sie schwieg einen Moment.

»Das klingt nach einem Aber«, hakte er nach.

Lucy nickte und überlegte, wie sie beginnen sollte.

Er sah sie aufmunternd an und es fiel ihr schwer, länger böse zu sein.

»Du warst nie in dem Archiv«, begann sie.

Nathan schüttelte den Kopf.

»Es ist gigantisch, absolut atemberaubend, aber schrecklich unübersichtlich. Gleich an meinem ersten Tag ist mir etwas sehr Ungewöhnliches passiert.« Sie machte eine Pause und überlegte, wie viel sie preisgeben konnte. Aber da er ihr Mal schon gesehen hatte, würden ihn die anderen Enthüllungen vielleicht nicht schocken.

»Was war das?«, fragte Nathan und rückte näher an sie heran.

»Viele der alten Bücher werden, wie du weißt, zu ihrem Schutz in Kartons aufbewahrt. Das ist eine übliche Vorgehensweise. Ich habe nur durch Zufall Kisten gefunden, in denen nicht das drin war, was drin sein sollte.«

Lucy beschloss, Nathan erst mal nichts über die skurrilen Umstände des Auffindens der Kisten zu berichten. »Ich frage mich jetzt, was dahintersteckt.« Es war heraus, wenn auch in Kurzfassung. Lucy atmete tief durch.

»Was meinst du, mit: *in denen nicht das drin war, was drin sein sollte*?«, hakte Nathan nach.

»Na ja. In einer Kiste war noch ein Buch drin. Aber es war leer. Leere Seiten, verstehst du? Und in einer anderen Kiste war nur Staub. Die Bücher waren verschwunden, also jedenfalls ihr Inhalt. Weg.« Bei der Erinnerung wurde Lucy kalt. »Ich glaube, dass noch mehr Bücher verschwunden sind.«

»Gibt es dafür nicht eine logische Erklärung? Hast du mit Miss Olive gesprochen?«

Lucy schüttelte den Kopf.

»Wer hat denn Zugang zu dem Archiv?«, fragte er weiter.

«Also im Grunde kann jeder der Mitarbeiter da runter gehen. Nur das tut keiner, sie glauben, da spukt es.«

Nathan grinste.

»Könnte es sein, dass Miss Olive die Bücher verschwinden lässt?«, schlug er dann leise vor.

Erschrocken sah Lucy ihn an. »Auf gar keinen Fall. Sie liebt die Bücher und was sollte sie auch damit tun?«»Keine

Ahnung. Verkaufen vielleicht? Es gibt sicher Käufer, die für alte Originalausgaben viel Geld zahlen.«

Unruhig rutschte Lucy auf ihrem Stuhl herum. Das Gespräch nahm eine Wendung, die ihr nicht gefiel. Sie mochte Miss Olive sehr. Sie musste Nathan die ganze Wahrheit erzählen.

»Was sind das für Bücher, die verschwunden sind?«, fragte er jetzt.

»Das weiß ich leider nicht genau. Nur bei einem bin ich sicher. Es ist ein Werk von Tennyson.«

Bei der Erwähnung des Dichters verzog Nathan keine Miene.

»Den anderen Titel konnte ich nicht identifizieren. Das Buch löste sich vor meinen Augen praktisch in Staub auf. Ich weiß nicht, was ich tun soll. »

Nathan stand auf und half ihr in ihre Jacke. »Also ich tippe auf Miss Olive. Du solltest sie zur Rede stellen, wenn sie zurückkommt.«

»Ja, vielleicht«, antwortete Lucy einsilbig.

»Ist da noch was anderes, das du mir erzählen möchtest?«, fragte Nathan und sah sie aufmerksam an.

Lucy schüttelte den Kopf. »Nein, sonst ist alles in Ordnung. Ich finde schon noch raus, was passiert ist.« Sie versuchte, zuversichtlich zu klingen. »Danke, dass du mir zugehört hast.«

»Immer gern«, antwortete Nathan.

Langsam schlenderten die beiden zur U-Bahn-Station. Lucy verspürte keine Lust, sich von ihm zu trennen.

Unruhig knabberte sie an ihrer Unterlippe. Sollte sie ihm jetzt die Wahrheit sagen, ihm erzählen, dass die Bücher mit ihr sprachen?

»Bleibt es bei unserer Verabredung am Wochenende?«, fragte er, als sie an den Stufen der U-Bahn standen.

»Sicher«, antwortete sie.

»Schön, ich freue mich. Ich habe noch einen Weg«, setzte er hinzu.

Dann beugte er sich vor und gab ihr zum Abschied einen Kuss auf die Wange. Dann drehte er sich um und ging davon.

Lucy sah ihm nach und ihr Herz weigerte sich, langsamer zu schlagen.

Nathan sah sich nicht noch einmal um.

Wer zu lesen versteht, besitzt den Schlüssel,
zu großen Taten, zu unerträumten
Möglichkeiten.

Aldous Huxley

9. Kapitel

Das Telefon klingelte schrill durch die Stille des Hauses. Es war spät und normalerweise erwartete Madame Moulin um diese Zeit keine Anrufe mehr.

Rasch eilte sie die Stufen zu ihrem Büro hinunter und schloss die Tür. Sie hoffte, dass keines der Kinder aufgewacht war.

Am anderen Ende meldete sich Greta. Was, um Himmels willen, wollte die Haushälterin des Vikars um diese Zeit von ihr? Doch dann hörte sie Greta schluchzen, so sehr, dass sie kaum ein Wort hervorbrachte.

»Ganz ruhig, Greta. Ich verstehe nichts, wenn Sie so weinen. Was ist los? Ist etwas passiert? Geht es dem Vikar gut?« Noch während sie diese Fragen formulierte, wurde ihr klar, dass etwas Schlimmes passiert sein musste.

Greta atmete tief durch und putzte sich geräuschvoll die Nase. »Frank ist gerade gekommen«, erklärte sie.

»Sie haben das Auto des Vikars gefunden. Er ist … er ist …« Sie begann erneut zu weinen. »Er ist tot«, brachte Greta dann heraus. Madame Moulin fühlte, dass ihr bei diesen Worten schwindelig wurde. Sie glaubte, sich verhört zu haben.

»Tot?«, fragte sie nach. »Wie meinen Sie das?«

»Er ist verunglückt. Er ist mit dem Auto gegen einen Baum geprallt. Der Wagen ist ausgebrannt, deshalb konnten sie ihn erst nicht identifizieren. Frank hat mir gleich Bescheid gegeben, als er es erfahren hat, damit ich nicht länger warten muss. Ich habe doch noch sein Abendbrot gerichtet und gewartet, dass er nach Hause kommt. Ich hatte schon den ganzen Tag so ein ungutes Gefühl. So lange war er sonst nie fort.« Die Worte gingen wieder in Weinen über.

»Ich komme schnell hinüber«, sagte Madame Moulin mit Bestimmtheit in der Stimme. »Ich bringe Sie nach Hause.« Greta wohnte nicht im Pfarrhaus und in diesem Zustand wollte Madame Moulin sie auch nicht allein nach Hause gehen lassen.

»Das ist nicht nötig. Frank ist noch hier. Er wird mich begleiten. Ich wollte Ihnen nur Bescheid sagen. Sie und der Pfarrer waren doch so gut befreundet.«

»Ja, ja. Das waren wir«, erwiderte Madame Moulin und ließ den Hörer auf die Gabel fallen.

Ralph und sie hatten sich in ihrer Jugend sehr nahegestanden. Viele Leute im Dorf hatten erwartet, dass sie heiraten würden. Aber irgendwie war es dazu nie gekommen. Ralph hatte sich in seine Studien gestürzt und nahm sein Amt deutlich ernster als seine Vorgänger. Sie erbte das Kinderheim von ihrer Mutter, die viel zu früh gestorben war. Ralph und sie sahen sich zwar noch oft, aber die Vertrautheit der Jugend war irgendwann verflogen. Trotzdem hatte er Lucy in jener Nacht zu ihr gebracht. Und jetzt war er tot. Tränen liefen ihr über die Wangen, während sie daran dachte, wie jung sie beide einmal gewesen waren. Sie hatte nie bereut, sich für die Kinder entschieden zu haben. Sie war sicher, dass auch Ralph mit seinem Leben als Vikar glücklich gewesen war. Trotzdem blieb nun, da es zu spät war, ein Gefühl in ihr zurück, etwas Wichtiges im Leben verpasst zu haben.

Mit schleppenden Schritten ging sie die Stufen zu ihren Zimmern nach oben. Morgen würde sie ins Pfarrhaus gehen und Greta bei den Vorbereitungen für die Beerdigung helfen. Das war sie Ralph schuldig.

In ihrem Zimmer angekommen, nahm sie den Brief, den Lucy ihr geschickt hatte, aus einer Kommode. Sie hatte ihn zwischen ihren Sachen verborgen. Im Büro hatte sie ihn, nach dem Einbruch bei Ralph, nicht lassen wollen. Sie faltete den Brief auseinander und setzte sich auf ihr Bett. Wort für Wort las sie ihn noch einmal, obwohl sie ihn mittlerweile fast auswendig kannte.

Liebe Madame Moulin,

ich hoffe, Ihnen und den Kindern geht es gut. Ich habe lange nicht geschrieben, aber die Arbeit in der Bibliothek nimmt mich sehr in Anspruch. Mr. Barnes, der neue Direktor, hat mich in das Archiv versetzt. Es gefällt mir sehr gut dort, aber es ist mir etwas sehr Eigenartiges passiert. Ich weiß nicht, mit wem ich darüber sprechen soll. Sie haben meinen Geschichten immer Glauben geschenkt und deshalb möchte ich Sie um Rat bitten.

Wo soll ich beginnen? Vielleicht erinnern Sie sich an unseren ersten Besuch in der Dorfbibliothek. Das Zeichen, das ich an meinem Handgelenk trage und von dem wir dachten, dass es ein Tattoo wäre, hat damals zum ersten Mal pulsiert. Nun ist es wieder geschehen und ich frage mich, ob es wirklich ein Tattoo ist. Würde eine Tätowierung so ein Eigenleben entwickeln? Es pulsiert diesmal nicht nur schwach, sondern es brennt und verfärbt sich. Es macht mir Angst.

Ich weiß, dass das Folgende sehr merkwürdig klingt, doch ich bitte Sie, mir zu glauben. Die Bücher – sie sprechen mit mir. Sie haben mich mit ihrem Wispern im Archiv zu einem Buch gelockt, in dem eigentlich Gedichte von Tennyson stehen sollten. Sie werden meine Überraschung verstehen, als ich feststellte, dass das Buch vollkommen leer war. Ich weiß nicht, ob Sie verstehen können, was ich meine. Aber das Buch, das ich in den Händen hielt, war voller Trauer. Trauer um die verlorenen Worte. Ich habe versucht, mich an »Lady of Shalott« zu erinnern. Ich wollte die Worte aufschreiben, doch sie waren fort. Niemand, egal wen ich frage, scheint sich an Tennyson zu erinnern. Das Buch ist vergessen.

Die anderen Bücher wollen, dass ich ihnen helfe (ich bin wirklich nicht verrückt geworden, machen Sie sich keine Sorgen). Sie haben mir noch ein anderes Buch gezeigt, das vor meinen Augen zu Staub zerfallen ist. Ich habe keine Ahnung, von wem es ist.

Das ist alles so unfassbar, dass ich verstehen würde, wenn Sie mir nicht glauben.

Aber Sie sind meine letzte Hoffnung. So viele Abende haben Sie mir Tennysons Gedichte vorgelesen. Sie müssen etwas von ihm in Erinnerung behalten haben. Ich weiß nicht, mit wem ich sonst darüber reden soll. Ich hoffe, bald von Ihnen zu hören.

Ihre Lucy

PS: Liebe Grüße von Colin. Ich habe noch nicht mit ihm darüber gesprochen. Also bitte rufen Sie ihn nicht an und fragen, ob ich durchgedreht bin.☺

****

Es regnete. Kein perfektes Wetter für eine Stadtbesichtigung dachte Lucy, als sie sich auf den Weg machte. Sie hatte Nathan gestern Abend angerufen und sich mit ihm am Big Ben verabredet.

Er wartete bereits dort, als Lucy angehetzt kam, und zog sie unter seinen aufgespannten Schirm.

»Puh, ich werde mir wohl angewöhnen, zu Fuß zu gehen«, stöhnte sie anstelle einer Begrüßung. »Noch eine Minute länger und ich wäre in der U-Bahn erstickt.«

»Dann würdest du noch später kommen.« Nathan lächelte und rückte ihre bunte Mütze zurecht.

Lucy sah ihn an und biss sich angesichts dieser zärtlichen Berührung, auch wenn sie nur ihrer Mütze galt, auf die Unterlippe. Verstohlen sah sie zu der Uhr, die Big Ben schmückte. Eine Viertelstunde Verspätung war für sie beinahe pünktlich.

Nathan folgte ihrem Blick. »Eigentlich heißt nur eine der fünf Glocken Big Ben, wusstest du das?«, fragte Lucy und hakte sich bei ihm unter, während sie auf den Turm zugingen. Die Wärme, die Nathan ausstrahlte, machte das eklige Wetter mehr als erträglich.

»Die Schwerste, glaube ich«, beantwortete Nathan die Frage.

Lucy sah ihn an. »Als ich herkam, dachte ich, der Name des Turmes ist Big Ben.«

»Ich schätze, das denken die meisten«, erwiderte Nathan. Lucy starrte den riesigen Turm an, als sähe sie ihn zum ersten Mal. Sie war von seiner Schönheit immer wieder aufs Neue fasziniert.

»Ganz schön beeindruckend, oder? Jetzt habe ich ihn schon so oft gesehen und trotzdem frage ich mich immer noch, wie man so etwas bauen konnte.«

»Vielleicht hättest du Architektur studieren sollen«, antwortete Nathan verschmitzt, woraufhin Lucy den Kopf schüttelte.

»Auf gar keinen Fall. Mit meinem Talent für Mathematik würde jedes Haus einstürzen, bevor jemand seinen Fuß hineinsetzt.«

Eine Windböe streifte Lucy und erinnerte sie unsanft daran, dass es Zeit war, sich eine Winterjacke zuzulegen. Die Kälte ließ sie schaudern.

Nathan grinste, legte einen Arm um sie und zog sie näher zu sich heran. »Du frierst«, erklärte er. »Wir sollten irgendwo reingehen, wo es wärmer ist.«

Lucy schmiegte sich an ihn. Sie hätte nichts dagegen gehabt, so mit ihm durch den Londoner Regen zu laufen.

»Westminster Abbey interessiert mich außerdem deutlich mehr«, erklärte er.

Geduldig reihten sie sich in die Schlange der Touristen vor der Krönungskirche ein. Es dauerte nicht lange und sie setzte ihren Fuß auf den geweihten Boden.

Wie immer wusste Lucy nicht, wo sie zuerst hinschauen sollte, auf die wunderschönen bleiverglasten Fenster, die riesigen Gewölbebögen, auf die Mosaike auf dem Fußboden, die Seitenschiffe oder die Wandverzierungen? Leider verirrte sich heute kein Sonnenstrahl durch die Fenster. Die Kathedrale wirkte düster und gespenstisch. Wenigstens waren sie nicht allein. Die vielen Touristen schoben sie die vorgegebene Route entlang.

»Lass uns die Grabmäler anschauen«, murmelte Nathan und zog sie in einen Seitenflügel.

»Meinst du, die liegen wirklich alle noch da drin?«, fragte Lucy ihn.

Nathan zuckte mit den Schultern. »Keine Ahnung. Viel wird nicht übrig sein.«

»Als ich klein war, wollte ich immer Prinzessin werden. Colin war mein Prinz.«

Nathan runzelte bei der Erwähnung des Namens die Stirn. »Die anderen Jungs haben sich manchmal lustig über ihn gemacht, aber er ertrug meine Ideen mit großer Gelassenheit.«

»Ihr steht euch sehr nah?«, fragte Nathan. »Ist er auch im Heim aufgewachsen?«

»Himmel, nein. Er lebte im Dorf. Bei seinen Eltern. Allerdings kam er jede freie Minute zu uns. Er ist wie ein großer Bruder für mich.«

»Weiß er das auch?«, fragte Nathan.

»Wie meinst du das?«

»So wie ich es sage. Er hat mich angeschaut, als wolle er mich direkt durch das Fenster aus eurer Wohnung befördern.«

Lucy lachte. »Quatsch. Denk dir nichts dabei. Das würde er nie tun. Er ist nur gern der Hahn im Korb.«

»Hoffentlich hast du recht.«

»Hast du eigentlich Geschwister?«, fragte Lucy.

Nathan schüttelte den Kopf.

Lucy wartete eine Sekunde. »Hättest du gerne welche gehabt?«, versuchte sie ihn dann aus der Reserve zu locken.

«Wusstest du, dass Queen Anne und zehn ihrer Kinder hier bestattet sind? Das wäre eine große Familie gewesen. Leider gibt es kein Grabdenkmal mehr von ihr«, erklärte er, statt auf ihre Frage zu antworten.

»Insgesamt war sie sogar siebzehn Mal schwanger«, bemerkte Lucy.

»Wirklich?«

Lucy nickte. »Ich habe in der Schule mal ein Referat über sie gehalten. Bis auf eines sind alle Kinder entweder tot geboren oder nicht sehr alt geworden. Und das eine wurde, glaube ich, nur zehn oder elf, bevor es starb.«

»Wie sie das wohl ausgehalten hat?«

»Angeblich hatte sie einen Mann, der sie sehr liebte. Vielleicht half das ein bisschen«, vermutete Lucy.

»Du bist eine Romantikerin«, zog Nathan sie auf. »Ich wette, du glaubst an die ganz große Liebe.«

»Du nicht?«, fragte sie zurück und sah ihn an.

»Klar, doch«, sagte er, blieb stehen und erwiderte Lucys Blick mit einer Intensität, die sie schaudern ließ. »In Büchern«, fügte er dann hinzu, und stupste ihr mit seinem Zeigefinger auf die Nasenspitze. Er lachte leise und ging weiter.

»Blöder Kerl«, flüsterte Lucy ärgerlich und war froh, dass er das Pochen ihres Herzens nicht hören konnte.

»Das habe ich gehört«, rief er gut gelaunt.

»Bitte etwas ruhiger«, bemerkte einer der Aufseher im roten Mantel streng.

»Entschuldigen Sie«, antwortete Nathan höflich und legte Lucy einen Arm um die Schulter.

»Ab jetzt flüstern wir nur noch«, raunte er ihr ins Ohr.

Lucy kicherte.

»Ich will noch zur Poets' Corner«, erklärte sie, nachdem sie den Rundgang fast beendet hatten.

»Weshalb?« Nathan hielt sie fest.

«Ich mag es, dass hier nicht nur gekrönte Häupter liegen, sondern auch Dichter und Romantiker«, antwortete sie und machte sich los.

Nathan folgte ihr unwillig.

Aufmerksam blickte sie sich um und ließ ihren Blick über die Denkmäler und Grabtafeln schweifen. Sie begrüßte jeden einzelnen Dichter und jede Dichterin persönlich. Dann stutzte sie und trat an eine der Wände heran. Verzweifelt versuchte Lucy, sich an ihre früheren Besuche zu erinnern. Der Letzte war schon etwas her, bestimmt mehrere Monate. Etwas fehlte.

Nathan trat hinter sie. »Was ist los, Lucy?«, fragte er alarmiert.

Lucy überlegte fieberhaft. Nathans besorgte Frage nahm sie kaum wahr. Sie wandte sich um und betrachtete die in den Boden eingelassenen Grabplatten. Es gab keinen Zweifel, die von Tennyson war verschwunden. Sie war sicher, dass er hier begraben lag. Allerdings konnte sie nicht mit Gewissheit sagen, ob sie bei ihren letzten Besuchen noch da gewesen war. Ihr Blick wanderte ganz automatisch zu der Gedenkplatte von Lewis Caroll. Er war zwar nicht in der Kirche begraben, doch trotzdem konnte hier seiner gedacht werden. Diese Platte war noch da. Lucy atmete hörbar auf.

»Würdest du mir sagen, was du hast?«, fragte Nathan ärgerlich, und zog sie zu sich herum.

Lucy sah in seine schwarzen Augen. Auf seiner Stirn hatte sich eine steile Falte gebildet. Lag da Sorge oder Zorn in seinem Blick? Weshalb reagierte er so aufgebracht? Sie nahm seine Hand von ihrem Arm.

»Es ist nichts«, sagte sie und funkelte ihn an. »Alles in Ordnung.«

Nathan glaubte ihr nicht, das konnte sie deutlich sehen.

»Lass uns was essen, die vielen Toten machen mich ganz hungrig.« Nathan schob Lucy aus der Kirche nach draußen, wo nun die Septembersonne alles in goldenes Licht tauchte und sich in den Pfützen auf der Straße spiegelte.

»Auf was hast du Appetit?«, fragte er Lucy.

»Mir egal«, antwortete sie immer noch abweisend. Nathan ahnte, was gerade schiefgelaufen war, und ärgerte sich über sich selbst, dass er mit Lucy in die Kirche gegangen war.

»Asiatisch?«, fragte er nach und erntete zur Antwort ein stummes Nicken.

»Es gibt hier um die Ecke ein kleines thailändisches Restaurant. Die Küche ist deutlich besser als in Soho. Wir könnten es dort versuchen.«

Als Lucy immer noch nicht antwortete, legte er wieder seinen Arm um ihre Schulter und zog sie einfach mit sich.

Im Restaurant angekommen platzierte die asiatische Bedienung sie an einem Tisch für zwei direkt am Fenster.

Nathan nahm Lucy ihre Jacke ab und bestellte eine Karaffe mit Wasser. Lucy machte nicht den Eindruck, als wäre sie momentan zu einer Entscheidung fähig.

»Rede mit mir, Lucy«, drang er in sie, als sie saßen. »Was ist da gerade passiert? Hat es mit deinem Mal zu tun? Tut es weh?«

»Nein. Damit hat es nichts zu tun. Es ist alles in Ordnung. Mir ist nur gerade etwas eingefallen."

»Verrätst du mir, was es ist?«, drängte Nathan weiter.

Lucy sah ihn an, als versuche sie zu ergründen, ob sie ihm trauen konnte. Nathan hielt ihrem Blick stand.

Sie sah sich um und beugte sich näher zu ihm über den kleinen Tisch.

»Ich war schon öfter in Westminster Abbey. Aber heute ist mir etwas aufgefallen.« Sie machte eine Pause, da die Bedienung mit der Wasserkaraffe an den Tisch kam. Nathan bestellte, ohne einen Blick in die Karte zu werfen, Essen für sie beide.

»Was?«, fragte Nathan mit belegter Stimme. Es hätte ihm klar sein müssen, dass es ihr auffallen würde.

»Ich habe dir nicht die ganze Wahrheit gesagt«, erklärte sie dann. »Es ist aber auch zu verrückt.« Sie schüttelte den Kopf. »Das wirst du mir nie glauben«, sagte sie dann in einem jammernden Tonfall.

»Lucy.« Nathan griff nach ihren Händen, die sie einfach nicht stillhalten konnte. »Erzähl es mir einfach.« Aufmunternd sah er sie an.

»Also gut. Ich habe dir von den Büchern erzählt, die verschwunden sind.«

Nathan nickte.

»Sie sind nicht einfach nur verschwunden. Sie sind auch vergessen.«

Nathan erschrak und umfasste Lucys Hände unwillkürlich fester. Wie hatte sie das herausgefunden? Wusste sie mehr, als er bisher vermutet hatte?

»Was meinst du damit?«, fragte er lauernd.

»Erinnerst du dich, dass ich dir erzählt habe, dass das Buch von Tennyson verschwunden ist?

Zögernd nickte Nathan.

»Und kennst du Tennyson? Kannst du ein Gedicht von ihm? Komm schon, du hast sicher eins gelernt.«

Darauf wollte sie also hinaus. Sie wollte ihn testen, doch er würde sich nicht aufs Glatteis führen lassen.

»Tennyson? Nie gehört. Wer soll das sein?«

Lucy sah ihn triumphierend an. »Siehst du, du kannst dich nicht erinnern. Niemand kann das. Ich habe es recherchiert. Nun stell dir meine Überraschung vor, als ich heute sah, dass auch das Grab Tennysons verschwunden ist. Ich bin ganz sicher, dass er in Westminster Abbey begraben war. Eigentlich hätte es gar keine Überraschung für mich sein dürfen«, fügte sie kläglich hinzu.

»Wenn das stimmt, was du mir da erzählst, weshalb kannst du dich an ihn erinnern?«, fragte Nathan, obwohl er die Antwort kannte.

Sie entzog ihm ihre Hände und antwortete resigniert: »Ich habe keine Ahnung. Ich weiß auch nur, dass es ihn gab. An seine Werke fehlt mir die Erinnerung.«

Das Essen kam, aber Lucy stocherte nur lustlos auf ihrem Teller herum.

»Vielleicht hat es doch mit dem Mal zu tun«, sagte Nathan vorsichtig.

»Wahrscheinlich«, antwortete Lucy langsam. »Früher dachte ich immer, es wäre eine Tätowierung und meine Mutter wäre eine von diesen schrägen Hippiekünstlerinnen gewesen. Wer sonst sollte ein kleines Kind tätowieren? Ich war nicht einmal ein Jahr alt, als ich ins Heim kam.

Wahrscheinlich wollte sie frei sein und ein Kind störte in diesem Leben.«

»Das erklärt nicht, weshalb es sich verändert«, wies Nathan auf das Offensichtliche hin.

»Da hast du recht. Es kann keine Tätowierung sein. Es ist etwas anderes«, stimmte Lucy ihm zu. »Nur was? Und was bezweckt es damit, dass es mal brennt, mal pulsiert oder sich verfärbt?«

Nathan antwortete nicht und widmete sich stattdessen seinem Essen.

Lucy war in Gedanken wieder in der Poets' Corner und ging die Reihe der Dichter durch, von denen sie wusste, dass sie dort begraben waren.

Mindestens noch einer fehlte. Geoffrey Chaucer – sie war sicher, dass er dort ebenfalls ein Grabmal gehabt hatte. Schließlich war er der erste Dichter gewesen, der in der Abtei beerdigt worden war. Allerdings war die Platte von Lewis Caroll noch da. Das machte Nathan über jeden Vorwurf erhaben. Sie fragte sich, wie sie ihn je hatte verdächtigen können.

»Du hältst mich nicht für überspannt oder verrückt?«, fragte sie.

»Keine Spur«, antwortete Nathan und lächelte sie liebevoll an. Ihr Herz flog ihm zu. Obwohl sie sich erst so kurze Zeit kannten, fühlte sie sich in seiner Gegenwart fast so geborgen wie bei Colin. Er würde ihr helfen. Sie musste ihm vertrauen.

»Da fehlt noch ein Grabmal. Das von Chaucer«, offenbarte sie ihm. »Ich bin ganz sicher.«

Nathan blickte sie verständnislos an.

»Sei mir nicht böse«, sagte sie dann. »Ich muss in die Bibliothek fahren und schauen, ob ich ein Werk von ihm finde. Große Hoffnung habe ich zwar nicht, aber ich weiß nicht, was ich sonst tun soll.«

»Hat das nicht bis Montag Zeit?«, fragte er. Lucy schüttelte den Kopf.

Nathan legte seine Serviette zur Seite und winkte nach der Bedienung, um zu zahlen.

»Ich lade dich ein«, sagte er knapp, als Lucy ihre Geldbörse zückte. »Und ich werde dich begleiten«, fügte er in einem Ton hinzu, der keine Widerrede duldete.

»Dann können wir nur hoffen, dass Marie noch da ist und erlaubt, dass ich dich ins Archiv schmuggele.« Sie lächelte erleichtert, dankbar dafür, dass er sie nicht allein ließ.

»Dann sollten wir uns beeilen.«

Beim Lesen guter Bücher wächst die Seele empor.

Voltaire

10. Kapitel

Der Postbote brachte den Brief des Vikars pünktlich am nächsten Tag. Kinder tobten hinter Madame Moulin durch das Haus, wie an jedem Samstagmorgen. Sie würde sie zur Ordnung rufen und ihnen erzählen müssen, dass der Vikar gestorben war. Gestern Abend hatte sie sich nicht stark genug dafür gefühlt.

Während der Postbote ihr den Brief überreichte, stammelte er sein herzliches Beileid hervor.

»Danke schön, George. Ich denke, wir werden ihn alle vermissen«, wiegelte sie ab und nahm den Brief entgegen.

In ihrem Büro angekommen, drehte sie ihn zwischen den Fingern hin und her, ehe sie sich entschloss, ihn zu öffnen. Noch immer konnte sie es nicht fassen, dass Ralph tot sein sollte. Die Kirche und das Dorf ohne ihn erschienen ihr undenkbar. Nie hatte sie darüber nachgedacht, wie es sein würde, wenn er nicht mehr da war. Er war immer Bestandteil ihres Lebens gewesen. Aber nun war er fort.

Es war etwas Hartes in dem Brief, das konnte sie deutlich fühlen. Sie griff nach ihrem Brieföffner und schlitzte ihn vorsichtig auf. Dann sah sie hinein. Zu ihrem Erstaunen fand sie ein zweites, kleineres Kuvert darin. Außerdem erblickte sie einen Zettel. Etwas funkelte sie vom Boden her an. Sie drehte den Umschlag um und kippte seinen Inhalt auf ihren Schreibtisch. Eine goldene

Kette mit einem ungewöhnlichen Anhänger fiel heraus. Das Gold war angelaufen, offenbar hatte lange Zeit niemand die Kette in den Händen gehalten. Vorsichtig griff sie nach dem Anhänger, der die Form eines kleinen Buches hatte, und stellte erstaunt fest, dass es sich um ein Medaillon handelte. Eine Gravur und winzige Edelsteine schmückten seine Oberfläche. Es sah wertvoll aus und sehr alt. Sie sah genauer hin. Dann nahm sie ein Taschentuch zur Hand und rieb über die Gravur. Ein ungewöhnlich aussehendes Kreuz kam zum Vorschein. Sie hatte so etwas noch nie gesehen. Die vier Spitzen des Kreuzes waren nicht gerade, sondern endeten in drei kleinen Punkten, die mit Bögen miteinander verbunden waren. Jeder dieser Punkte war mit einem winzigen Edelstein besetzt. Behutsam öffnete sie den Verschluss des Medaillons, gespannt, was sie zu sehen bekommen würde. Es war ein Bild. Ein Bild, wie es gewöhnlich in Medaillons zu finden war. Darauf abgebildet waren ein junger Mann und eine junge Frau. Die Ähnlichkeit mit Lucy war so verblüffend, dass Madame Moulin sofort wusste, wen sie vor sich hatte. Es mussten Lucys Eltern sein. Eine andere Erklärung gab es nicht. Nachdenklich betrachtete sie die lächelnden Gesichter. Sie sahen nicht aus wie Menschen, die ihr Kind im Stich ließen. Was war passiert, das sie zu so einem Schritt gezwungen hatte? Sie hoffte, die Antwort in dem beiliegenden Brief zu finden.

Zuerst griff sie nach dem Zettel und erkannte Ralphs regelmäßige Handschrift. Sie spürte die Tränen, die in ihr aufstiegen, bevor es ihr gelang, ein Taschentuch hervorzuziehen. Sie putzte sich die Nase und las dann die wenigen, viel zu schnell niedergeschriebenen Worte.

Liebe Madeleine, die Zeit drängt. Ich befürchte, Lucy ist in großer Gefahr. Ich hoffe, der Brief erreicht dich rechtzeitig. Du musst sie warnen. Gib ihr das Medaillon und den beiliegenden Brief. Er wird alles erklären. Öffne ihn nicht. Je weniger du selbst weißt, umso besser ist es für dich. Vergib mir. Dein Ralph

Wieder und wieder starrte sie auf die Zeilen. Was bedeutete dieses »*Lucy ist in großer Gefahr*«?

Kurz entschlossen stand sie auf und eilte zum Pfarrhaus.

Sie musste mehr herausfinden. Vielleicht konnte sie in Ralphs Arbeitszimmer nachsehen.

Auf ihr Klingeln öffnete Greta die Tür. Es war nicht zu übersehen, dass der Haushälterin der Tod des Vikars sehr naheging.

Greta winkte sie schniefend herein. »Frank ist auch gerade da«, jammerte sie. »Es sieht aus, als wäre es gar kein Unfall gewesen«, platzte es aus ihr heraus.

Madame Moulin erstarrte, noch während sie ihren Mantel auszog. »Was meinen Sie damit?«

Doch Greta winkte sie nur weiter.

Frank saß in der Küche und rührte gedankenverloren in seiner Teetasse. Als Madame Moulin eintrat, hob er den Kopf.

»Was meint Greta damit, dass es kein Unfall war?«

Bedächtig rührte Frank weiter. Madame Moulin hätte ihn am liebsten geschüttelt, doch sie wusste, dass das bei dem phlegmatischen Mann nicht helfen würde.

Dankbar nahm sie eine Teetasse von Greta entgegen.

»Erst dachten wir natürlich, dass es ein Unfall war«, setzte Frank an. »Schließlich war auf der Fahrbahn ein ziemlich großer Ölfleck. Es war durchaus denkbar, dass der Vikar darauf ins Schleudern gekommen ist.«

Er sah Madame Moulin an, als wollte er prüfen, ob sie ihm folgen konnte. Sie nickte und er sprach weiter.

»Dann kam es den Kollegen merkwürdig vor, dass der Vikar so schnell unterwegs war. Schließlich war er kein

Raser. Sein ganzes Leben hat er keinen einzigen Strafzettel bekommen.«

Greta am anderen Ende des Tisches schluchzte auf. »Er war so ein feiner Mann«, jammerte sie. »Nie hat er einer Fliege etwas zuleide getan.«

Madame Moulin tätschelte tröstend ihre Hand und wandte sich wieder an Frank. »Aber wenn er zu schnell gefahren ist, dann war es doch ein Unfall.«

»Nein, war es eben nicht. Wir müssen routinemäßig alle Unfallwagen untersuchen und dabei ist aufgefallen, dass die Radmuttern lose waren.«

»Was heißt das? Vielleicht hat er sie nicht fest genug angezogen? Wer weiß, wie alt die Muttern waren? Der Wagen war schließlich nicht der Neueste«, sagte Madame Moulin.

Nicht der Neueste war dabei ziemlich untertrieben. Ralph fuhr den Wagen seit Ewigkeiten. Sie lächelte traurig bei der Erinnerung daran, wie Ralph den Wagen als junger Mann erworben, ihr stolz vorgeführt und eine Probefahrt mit ihr gemacht hatte.

»Es ist möglich, dass Radmuttern nicht richtig festsitzen. Deshalb sollte man sie nach einem Reifenwechsel auch später noch mal kontrollieren«, belehrte Frank sie. »Aber der Vikar fuhr immer noch mit Sommerreifen. Ich habe in seiner Werkstatt nachgefragt. Er hatte erst in zwei Wochen einen Termin für den Wechsel. Es ist möglich, dass sich die Muttern an einem Rad lösen, auch nach so langer Zeit. Völlig unmöglich ist es aber, dass sie an allen vier Rädern lose sind. Da hat sich jemand dran zu schaffen gemacht. Das steht fest. Zwei der Räder haben sich während des Unfalls gelöst. Wären die Radmuttern nicht lose gewesen, wäre der Unfall deutlich glimpflicher ausgegangen.«

Er schwieg und starrte auf Madame Moulins zitternde Hände.

»Aber wenn es kein Unfall war …« Sie stockte.

»Dann war es Mord«, ergänzte Frank mitleidlos.

Greta schluchzte auf.

»Wer sollte so etwas tun?«, fragte Madame Moulin.

Frank zuckte mit den Schultern. »Wir haben das Arbeitszimmer erst einmal versiegelt und die Spurensicherung angerufen. Vielleicht hat der Einbruch etwas damit zu tun. Aus meiner Sicht müssen die Vorfälle zusammenhängen.«

Sie würde also nicht in das Zimmer gelangen, um nach weiteren Erklärungen zu suchen.

»Ist der Brief angekommen, den der Vikar Ihnen geschickt hat?«, fragte er. Sie nickte vorsichtig. »Es ging lediglich um die Organisation des nächsten Kirchenbasars.« Bei dem Entschluss, ihn zu belügen, sah sie in ihre Teetasse. Lügen hatte ihr noch nie gelegen. Doch die Umstände zwangen sie jetzt dazu. Erst Lucys Brief, dann Ralphs Zettel, der wie eine Warnung klang und nun sein Tod. Es schien ihr nicht geraten, Frank davon zu erzählen. Sie musste erst in Ruhe über alles nachdenken. Die Wahrheit konnte sie ihm immer noch später sagen.

»Kann ich ihn sehen?«, fragte Frank.

»Sicher. Kommen Sie einfach vorbei.«

»Das werde ich tun«, erwiderte er und stand auf. »Ich werde mich dann mal weiter umhören. Einen schönen Tag noch den Damen.«

Nachdem er die Küche verlassen hatte, schwiegen die Frauen eine Weile. Jede hing ihren Gedanken nach. Die Stille in dem kleinen Raum mit den dunklen Möbeln wurde lediglich durch das Schniefen unterbrochen, das Greta in regelmäßigen Abständen von sich gab.

»Sie werden mir sagen müssen, was ich tun soll, um Ihnen bei Ralphs Beerdigung zu helfen«, nutzte Madame

Moulin die Gelegenheit. Da sie nun schon einmal da war, konnte sie mit Greta auch direkt darüber reden.

Wieder schniefte Greta, bevor sie einen Zettel aus der Tasche ihrer geblümten Schürze zog.

»Ich habe schon mal aufgeschrieben, was alles zu tun ist«, erklärte sie dann und schnäuzte sich geräuschvoll.

Madame Moulin stand auf und setzte sich neben sie. Auf dem zerknitterten Zettel war in ungelenker Schrift der Ablauf der Beerdigung notiert.

»Der Bischof kommt persönlich, um die Grabrede zu halten?«, fragte sie erstaunt.

Greta nickte heftig. »Er hat heute früh gleich bei mir angerufen. Er war sehr betroffen. Er hat mich gebeten, alles vorzubereiten und gefragt, ob ich mir zutraue, das Pfarrhaus in Ordnung zu halten, bis ein Nachfolger bestellt ist.« Greta brach wieder in Heulen aus. »Ich werde für keinen anderen Vikar hier im Haus arbeiten«, stieß sie hervor.

Madame Moulin griff nach ihrer Hand und nahm den Zettel an sich. So sehr sie mit ihr fühlte, langsam verlor sie die Geduld mit Greta.

»Ich könnte mit den Kindern die Kirche schmücken«, sagte sie. »Was halten Sie davon? Die Kinder mochten Ralph sehr.«

Greta nickte. »Das wäre schön. Ich schätze, dass noch mehr Leute aus dem Dorf kommen und ihre Hilfe anbieten werden. Wenn wir die Arbeit aufteilen, dann wird der Vikar eine wunderschöne Beerdigung erhalten.« Sie sah auf und ihre Augen blitzten vor Eifer, obwohl noch Tränen in den Wimpern hingen. Im selben Moment klingelte es.

»Ich gehe schon«, sagte Madame Moulin, froh der Enge der Küche zu entkommen. Als sie die Tür öffnete, standen zwei ältere Damen aus dem Dorf vor ihr. Verwundert sahen sie sie an.

»Guten Morgen Miss Bathing, Miss Ruben. Wie geht es Ihnen?«

»Gut, gut«, stammelte die Kleinere der beiden. »Wir sind gekommen, um Greta unsere Hilfe bei der Beerdigung anzubieten«, erklärte Miss Ruben.

»Das ist nett. Ich war aus demselben Grund hier. Gehen Sie doch in die Küche. Greta kann jeden Trost und jede Hilfe gebrauchen.«

Die beiden Damen drängten sich an ihr vorbei und Madame Moulin griff nach ihrem Mantel.

»Ich muss zurück, Greta«, rief sie zum Abschied in die Küche, wo die drei Damen eifrig ihre Köpfe zusammensteckten.

Madame Moulin konnte sich denken, worüber sie sprachen. Dass Ralphs Unfall kein Unfall war, würde sich herumsprechen wie ein Lauffeuer. Sie versuchte, die neuen Informationen zu verarbeiten. Wer sollte ein Interesse daran haben, Ralph zu ermorden? Er war der friedfertigste Mensch, den sie kannte – gekannt hatte.

Es musste mit dem Brief zusammenhängen. Er hatte geschrieben, Lucy sei in Gefahr. Er hatte den Brief an dem Morgen verschickt, an dem er starb. Weshalb hatte er den Brief nicht persönlich zu ihr gebracht? Das wäre das Vernünftigste gewesen. Weshalb die Umstände mit der Post? Jetzt rannte sie fast.

Als sie das Heim erreichte, stürmte sie in ihr Büro. Der Brief lag unversehrt unter den Papieren, zwischen die sie ihn vor ihrem überstürzten Aufbruch geschoben hatte. Was sollte sie tun? Es widerstrebte ihr, Frank von dem Brief und der Warnung zu erzählen. Sie würde sich eine plausible Geschichte ausdenken müssen, wenn er kam und den Brief von ihr verlangte. Aber jetzt musste sie sich erst einmal überlegen, was sie Lucy schreiben sollte. Wie sie Lucy schützen konnte. Ralph hatte sie gebeten, den Brief, der für

Lucy bestimmt war, nicht zu öffnen. Konnte sie diesem Wunsch unter den gegebenen Umständen nachkommen, fragte sie sich. Fahrig hielt sie den Brief in den Händen. Der Umschlag war zerknittert und sah alt aus. Wie oft hatte Ralph ihn in den Händen gehabt?

Wofür sollte es nicht zu spät sein und wovor sollte sie Lucy warnen? Sie griff nach dem Brieföffner und verharrte dann. War es richtig, den letzten Wunsch eines Toten zu ignorieren? Vor allem, wenn es der Wunsch war, sie zu schützen? Sie legte den Brieföffner zurück und sah auf die Uhr. Vielleicht konnte sie Lucy in der Bibliothek anrufen. Für Briefe war die Zeit zu knapp, das spürte sie.

****

Als Nathan und Lucy die Bibliothek erreichten, packte Marie gerade ihre Sachen zusammen. Mit hochgezogenen Brauen musterte sie die beiden.

»Ich schätze, dass ihr mich nicht abholen wollt«, stellte sie fest.

Lucy schüttelte den Kopf, beugte sich über den Tresen und gab ihr einen Kuss auf die Wange.

»Wer hat jetzt Dienst?«, fragte sie dann. »Miss Stewart«, antwortete Marie. »Sie bringt nur ihre Jacke weg und ich bin gleich verschwunden«, trällerte sie. »Hast du Chris gesehen? Er wollte mich abholen.«

»Er steht draußen«, sagte Lucy, da Maries blonder, groß gewachsener Freund vor dem Eingang nicht zu übersehen gewesen war.

»Marie.« Sie sah ihre Freundin eindringlich an. »Ich muss mit Nathan ins Archiv.«

Marie zog missbilligend ihre Augenbrauen hoch und schüttelte den Kopf. »Du weißt, dass das verboten ist. Wenn es rauskommt, kriegen wir beide mächtigen Ärger.«

»Es wird nicht rauskommen, versprochen. Wir sind vorsichtig. Aber es ist dringend, und wenn du dich nicht gleich entscheidest, ist Miss Stewart zurück und dann ist es zu spät.«

Noch einmal glitt Maries Blick von Lucy zu Nathan, der so dicht hinter ihr stand, als wolle er sie vor etwas beschützen. »Na gut, in Gottes Namen. Aber veranstaltet nichts Unanständiges da unten«, sagte sie und ließ die beiden durch die Schranke.

»Auf keinen Fall.« Dabei zwinkerte Nathan ihr so zweideutig zu, dass Marie lachen musste.

»Ich rufe dich morgen an und dann musst du mir verraten, was ihr da unten getrieben habt«, drohte sie.

Doch die Tür zum Archiv war längst zugefallen.

Wenn Nathan von dem Archiv beeindruckt war, dann ließ er es sich nicht anmerken. Behutsam folgte er Lucy die steilen Stufen nach unten und zu ihrem Büro.

»Was machen wir jetzt?«, fragte er dann und Lucy konnte sich bei dem finsteren Gesicht, das er zog, des Eindrucks nicht erwehren, dass er sich unwohl fühlte.

Ob er Angst hatte? Bei dem Gedanken musste sie sich ein Grinsen verkneifen.

»Was ist?«, fragte er leise und zog seine schwarzen Augenbrauen noch enger zusammen.

»Kann es sein, dass du dich fürchtest? Du guckst so komisch.«

»Fürchten?« Er trat einen Schritt näher an Lucy heran. Sein weißes Hemd leuchtete in dem schummrigen Licht unnatürlich hell. Lucy schluckte und versuchte nach hinten auszuweichen. Leider war da nur die raue Steinwand.

Nathan stützte sich mit den Händen zu beiden Seiten ihres Kopfes ab und kam mit seinem Gesicht noch näher.

»Hier gibt es nur einen zu fürchten und der bin ich«, schnurrte er dann beinahe. Seine Lippen kitzelten ihr Ohr und Lucy wurde gleichzeitig heiß und kalt.

»Da bist du bei mir an der falschen Adresse«, erwiderte sie und tauchte unter seinen Armen hindurch.

»Da bin ich nicht so sicher.«

Lucy schnaubte angesichts seines arroganten Tonfalls, aber sie musste zugeben, dass er der Wahrheit gefährlich nahekam.

»Wir sollten uns an die Arbeit machen«, wechselte Lucy das Thema, das ihr viel zu intim zu werden drohte.

»Was soll ich tun?«, fragte Nathan.

Lucy sah sich um. Etwas war anders als sonst, etwas, das ihr jetzt erst auffiel. Die Bücher schwiegen. Sonst empfingen sie sie immer mit einem aufgeregten Wispern. Sie sah auf ihr Mal. Auch das war still. Sie wusste nicht, was das zu bedeuten hatte. Ob es an Nathan lag? Schließlich war er den Büchern fremd.

Trotzdem verwirrte sie die Ruhe.

»Ist alles in Ordnung?«, unterbrach er ihre Gedanken.

»Ja, ja«, antwortete sie zerstreut. »Wir sollten versuchen, herauszufinden, ob wir noch etwas von Chaucer entdecken«, sagte sie.

»Weißt du, wonach du suchen musst?«, fragte sie Nathan und sah ihn abwartend an.

Gleichmütig schüttelte er den Kopf. »Ich hab nie von ihm gehört«, sagte er dann.

»Er hat die Canterbury Tales verfasst, und zwar im 14. Jahrhundert. Wenn hier keine Exemplare davon lagern, fresse ich einen Besen.«

»Ich nehme dich beim Wort«, sagte Nathan und seine Mundwinkel zuckten.

»Lass uns in der Kartei nachschauen. Die ist alphabetisch sortiert. Wenn wir unter Ch nichts finden, dann weiß ich ehrlich gesagt auch nicht, was wir tun sollen.«

Lucy blätterte durch den Karteikasten. Viele Karten gab es nicht unter Ch. Da sie allerdings wusste, dass es bei den Karten mit der Ordnung nicht allzu weit her war, nahm sie eine nach der anderen heraus. Sie studierte den Namen, der darauf stand, und reichte sie Nathan, der sie nochmals aufmerksam begutachtete. Er murmelte die Namen leise vor sich hin. »Chambers, Chamier, Chatterton, Chapmann …«

Als er nach der Nächsten greifen wollte, musste er feststellen, dass Lucy innegehalten hatte. Er sah auf die Karte in ihrer Hand. Auf den ersten Blick wirkte sie leer.

»Etwas gefunden?«, fragte er.

Lucy reichte ihm das Kärtchen.

»Sie ist leer«, stellte er fest.

»Sieh genauer hin«, forderte sie ihn auf.

Nathan hielt die Karte unter das Licht der Schreibtischlampe. Tatsächlich waren noch ganz zarte Buchstaben darauf zu sehen.

»Sie verblassen mit der Zeit. Ich schätze, in einigen Wochen ist die Schrift völlig verschwunden, wie bei Tennyson. Seine Karte war vollständig leer. Erklären kann ich das leider nicht.«

»Chaucer, Geoffrey«, entzifferte er mühsam. »Canterbury Tales. Das ist es.«

Er wandte sich Lucy zu und sah, dass ihre Hände auf der Tischplatte zitterten. Die Lippen hatte sie fest aufeinandergepresst. Nathan sah die Angst in ihren Augen.

»Wir haben es gefunden, Lucy.« Er nahm ihre Hände in seine. »Das Buch ist nicht verschwunden.«

Er wusste es besser, trotzdem wollte er in diesem Augenblick nichts anderes, als sie trösten. Es war keine zwei Monate her, dass er die Ursprungsfassung von Chaucer, das sogenannte Hengwrt-Manuskript, in der walisischen Nationalbibliothek in Aberystwyth in den Händen gehalten und ausgelesen hatte.

Er fragte sich, woher dieses Gefühl für Lucy rührte. Sie sah hilflos aus. Er sollte ihr sagen, dass er es nur zum Schutz der Bücher tat. Dass sie sich nicht sorgen sollte, dass die Schätze nicht verloren waren. Vielleicht würde sie es verstehen. Vielleicht würde sie ihn sogar in seiner Aufgabe unterstützen. Sie liebten Bücher beide gleichermaßen stark.

Bevor er sich dazu durchringen konnte, stand Lucy auf.

»Wir sollten nachsehen«, sagte sie und griff nach der Karte. Im Grunde war sie schon in dem Moment sicher gewesen, dass Chaucers Werk verschwunden war, in dem sie die fast völlig ausgelöschte Karte in den Händen gehalten hatte. Mühevoll entzifferte sie die Signatur. Wie nicht anders zu erwarten, lagerte das Buch im hinteren Bereich der Bibliothek.

Mit schnellen Schritten lief sie in das Labyrinth hinein. Zielstrebig hielt sie auf einen bestimmten Teil des Archivs zu. Ab und zu blieb sie stehen, um sich zu orientieren. Immer wieder verglich sie die Signaturen an den Regalen mit denen auf dem Plan, den sie aus dem Büro mitgenommen hatte. Sie durchquerten mehrere Räume. Es entging ihr nicht, dass Nathan sich oftmals an den Türstürzen, die immer niedriger zu werden schienen, bücken musste, um sich nicht den Kopf zu stoßen.

Endlich blieb Lucy stehen und sah sich nach Nathan um. Sie waren vor einem kleinen Raum angelangt, an dessen steinernen Wänden mehrere Bücherregale standen. Lucy machte sich an der Innenseite der Wand zu schaffen.

»Mist«, murmelte sie. »Der Schalter funktioniert nicht, und ich habe vergessen, die Taschenlampe mitzunehmen.« Sie sah ihn an. »Ich fürchte, wir müssen noch einmal zurück«, erklärte sie. »Es sei denn, du möchtest hier warten.«

»Ich warte«, erwiderte Nathan gleichmütig. »Oder wäre es dir lieber, wenn ich nicht von deiner Seite weiche.«

»Die paar Minuten werde ich wohl ohne dich aushalten«, gab Lucy zurück.

»Sicher?« Nathan sah sie durchdringend an. Lucy nickte, wandte sich ab und verschwand zwischen den Regalen.

Wie machte der Kerl das bloß, fragte sie sich. Er musste sie nur mit diesen nachtschwarzen Augen ansehen, und schon schlug ihr das Herz bis zum Hals.

Das war ungesund und schließlich hatte sie ganz andere Probleme. Trotzdem war sie froh, dass er bei ihr war.

Das Wispern setzte so plötzlich ein, dass sie fast erschrak. Es klang aufgeregter als sonst. Lucy lächelte. »Da seid ihr ja«, flüsterte sie.

»Erinnere dich«, hörte sie die Bücher zurückflüstern. Immer nur diese zwei Worte.

»Ihr seid keine große Hilfe«, insistierte sie auf dem Rückweg. »Ich habe keine Ahnung, woran ich mich erinnern soll. Ihr müsst mir schon etwas mehr verraten.«

Wieder bekam sie als Antwort nur diese beiden Worte. Das Flüstern klang heute anders als sonst. Längst nicht so fordernd. Eher ängstlich befand Lucy. Es wurde leiser, je näher Lucy dem kleinen Raum wieder kam. Nathan lehnte an der Wand und hatte seine Hände in der Hosentasche vergaben und seine Schultern zusammengezogen.

»Es ist auf Dauer ziemlich kalt hier unten«, befand er. »Achtzehn Grad ist nicht gerade anheimelnd. Deshalb habe ich immer zwei Pullover an«, antwortete Lucy.

»Heute wohl nicht«, erwiderte Nathan lakonisch und sah auf die blaue Bluse, die sie trug.

»Heute hatte ich auch nicht vor herzukommen.«

»Dann sollten wir versuchen, uns zu beeilen. Mr. Barnes wäre sicherlich verwundert, wenn er uns beide am Montag hier erfroren entdecken würde. Wenn man uns hier hinten überhaupt finden würde. Er wischte mit dem Finger über eins der Regale. Eine dicke Staubschicht blieb daran hängen. »Ich schätze, hier hinten war seit Jahren niemand mehr.«

»Da hast du wahrscheinlich recht«, bestätigte Lucy. Sie knipste die Taschenlampe an und tauchte den Raum in mattes Licht. Nicht viel, aber besser als gar nichts.

Es dauerte nicht lange und sie hatten den gesuchten Karton gefunden.

Nathan nahm ihn aus dem Regal und stelle ihn auf den Boden. Beide kauerten sich davor, und während Lucy die Taschenlampe hielt, hob Nathan den Deckel an.

Ein Gedanke durchzuckte Lucy und sie legte eine Hand auf seine, um zu verhindern, dass er den Karton öffnete.

»Warte kurz«, sagte sie. »Ich muss nachdenken.«

Erwartungsvoll sah Nathan sie an.

»In dem ersten Karton, den ich gefunden habe, war das Buch von Tennyson. Beziehungsweise das, was davon übrig war. Sein Name stand noch darauf. Das Buch begann allerdings schon zu zerfallen. Die Registerkarte war komplett leer und niemand kann sich mehr an Tennyson erinnern. Das zweite Buch war schon völlig zerfallen. Ich glaube nicht, dass wir jemals herausfinden können, welches es war. Hier konnten wir wenigstens noch ein bisschen auf der Registerkarte erkennen. Ich glaube, dass das Buch noch nicht sehr lange verschwunden ist. Kannst du mir folgen?« Erwartungsvoll sah Lucy Nathan an.

»Das war nicht besonders schwer«, murrte er. »Kann ich den Karton jetzt öffnen?«

Lucy nickte und Nathan hob den Deckel.

Er nahm das Buch heraus, dessen Einband auf den ersten Blick unversehrt aussah. Es wirkte schmucklos, fand Lucy und nahm es Nathan aus der Hand. Der Einband war in der für das 17. Jahrhundert üblichen Hefttechnik mithilfe von Hanfschnüren gebunden. Eine Schlaufe aus Leder hielt das Buch außerdem zusammen. Umsichtig löste Lucy diesen Verschluss und schlug es auf.

Obwohl sie bis zu diesem Moment noch gehofft hatte, dass etwas von dem Werk zurückgeblieben war, war das, was sie sah, keine Überraschung. Trotzdem erschrak sie über den pulsierenden Schmerz, der unvermittelt durch ihren Arm raste. Genauso unvermittelt kamen die Tränen. Ihr ganzer Körper wurde vom Schmerz des Buches ergriffen. Sie begann zu zittern.

Nathan nahm das Buch und legte es zurück. Dann zog er sie von dem eiskalten Boden hoch. Sie schlang ihre Arme um seine Taille. Er hielt sie fest, bis sie sich beruhigt hatte. Immer wieder strich er über ihr Haar. Er sagte kein Wort, hielt sie nur. Sie spürte sein Herz an ihrer Brust schlagen. Ruhig und gleichmäßig, und je stärker sie sich auf diesen Rhythmus konzentrierte, umso ruhiger wurde sie selbst.

»Geht's wieder?«, hörte sie Nathans Stimme irgendwann an ihrem Ohr. Sie klang rau.

Wenn sie ja sagte, würde er sie loslassen. Im Moment war das das Letzte, was sie wollte. Trotzdem nickte sie, das Gesicht weiter an seiner Brust verborgen.

»Ich lasse dich jetzt los«, erklärte er Minuten später.

Er schob Lucy von sich und strich ihr das Haar hinter die Ohren. Dann hob er ihr Kinn und zwang sie, ihn anzusehen. Sie musste schrecklich aussehen, so verheult.

»Wir werden hier verschwinden und in Ruhe darüber sprechen, ok?«, schlug er ihr sanft vor.

Lucy nickte und ließ zu, dass er den Karton wieder an den richtigen Platz stellte. Er löschte das Licht der Taschenlampe und nahm ihre Hand.

An der Tür blieb er zögernd stehen. »So gern ich es tun würde, aber ich befürchte, wenn du mir die Führung überlässt, werden wir uns rettungslos verlaufen.«

Seine Worte entlockten ihr ein Lächeln. Ohne seine Hand loszulassen, zog sie ihn hinter sich her durch die Gänge.

Lucy öffnete die Tür, die zum offiziellen Teil der Bibliothek führte, einen Spaltbreit und sah hinaus. Nathan stand direkt hinter ihr und die Wärme seines Körpers fühlte sich nach der Kälte, die im Keller geherrscht hatte, gut an. Es dauerte einen Moment, bis niemand mehr auf dem Flur zu sehen war.

»Ich finde, wir könnten es jetzt versuchen«, flüsterte Nathan. Seufzend öffnete Lucy die Tür und ging hinaus. Miss Stewart war nicht an ihrem Platz, sodass sie die Bibliothek ungesehen verlassen konnten.

Es kommt darauf an, einem Buch im richtigen Augenblick zu begegnen.

Hans Derendinger

11. Kapitel

»London Library«, meldete sich die Stimme einer Frau, nachdem Madame Moulin die Nummer gewählt hatte.

»Ich würde gern Lucy Guardian sprechen. Ist sie heute im Haus?«, fragte sie und versuchte das Zittern in ihrer Stimme zu unterdrücken.

»Es tut mir leid«, antwortete die Frau. »Miss Guardian ist samstags nie hier. Soll ich ihr einen Zettel hinlegen, dass sie Montag zurückruft?«

»Nein, vielen Dank, das ist nicht notwendig. Ich versuche, sie auf anderem Wege zu erreichen.«

»Wie Sie möchten«, sagte die Frau und legte auf.

Wo mochte Lucy nur sein? Sie musste sie unbedingt sprechen. Leider war bei Lucys Handy lediglich die Mailbox angesprungen und Madame Moulin hatte nicht gewagt, ihr eine Nachricht zu hinterlassen. Jetzt konnte sie nur hoffen, dass Lucy irgendwann den verpassten Anruf sah und sich bei ihr meldete.

Wieder nahm sie den Brief, den Ralph ihr geschickt hatte, zur Hand und betrachtete ihn nachdenklich. Wenn Lucy sich bis heute Abend nicht bei ihr meldete, würde sie morgen nach London fahren, beschloss sie.

Dann verstaute sie den Brief in Ermangelung eines Safes in der hintersten Ecke ihres Schreibtisches. Die Kette mit dem Medaillon legte sie sich um den Hals und verbarg es unter ihrem Pullover. Nachher würde sie den Brief mit in ihr Zimmer nehmen.

Sie begann zu überlegen, wie sie mit den Kindern die Kirche schmücken wollte. Lilien hatte Ralph nie gemocht. Die Frühlingsblumen, die er geliebt hatte, waren um diese Jahreszeit allerdings nicht zu bekommen. Sie würde mit dem Blumenhändler sprechen müssen. Aber zuerst sollte sie den Kindern sagen, was passiert war.

Bevor sie das Büro verließ, kontrollierte sie die Fenster und schloss, ganz entgegen ihrer Art, ihre Bürotür zweimal ab. Dann ging sie in den Speisesaal, wo die Erzieher und Kinder gemeinsam das Essen einnahmen.

Mit ernstem Gesicht sah Madame Moulin von einem Kind zum anderen und wartete, bis Ruhe einkehrte. Dann begann sie zu erzählen, was passiert war.

Erst jetzt, als sie es aussprach, wurde ihr die Tragweite dessen, was geschehen war, voll bewusst. Ralph war tot. Sie schwankte leicht. Martha, die neben ihr stand, blieb dies nicht verborgen. Energisch zog die Frau, die mittlerweile schon fünfunddreißig Jahre hier arbeitete, einen Stuhl zurück und drängte sie, sich zu setzen. Die Kindergesichter vor ihr sahen sie schweigend an. Zwei der kleinen Mädchen schluchzten. Viele der Kinder waren schon viel zu früh mit dem Tod konfrontiert worden. Obwohl sie und ihre Mitarbeiter versuchten, ihnen Mutter und Vater zu ersetzen, gab sie sich nicht der Illusion hin, dass ihnen das immer gelang.

Martha stellte eine Tasse heiße Schokolade vor ihr auf den Tisch. Madame Moulin lächelte über diese liebevolle Geste. Martha tröstete jeden, der es ihrer Meinung nach nötig hatte, mit ihrem Spezialkakao. Es war nicht irgendeine heiße Schokolade. Sie kochte sie nach einem Geheimrezept ihrer Großmutter, der es wiederum von ihrer Großmutter überliefert worden war. Das jedenfalls erzählte

Martha den Kindern, die ihren Kummer meistens schnell vergaßen, wenn sie in der Küche saßen und den Geschichten über ihre berühmteste Vorfahrin lauschten. Martha berichtete in den blühendsten Farben davon, wie diese sich auf das Schiff der spanischen Conquistadores geschlichen hatte, um mit ihnen nach Südamerika zu reisen. Dort verliebte sie sich angeblich unsterblich in einen Aztekenprinzen, der ihr zum Zeichen seiner Liebe Kakaobohnen und das Rezept zur Herstellung des geheimnisvollen Getränkes geschenkt hatte.

Seither wurde das Rezept von Tochter zu Tochter weitergegeben. Etliche Details an der Geschichte waren unklar, doch niemand im Haus zweifelte jemals grundsätzlich den Wahrheitsgehalt an. Für die Mädchen schmückte Martha die Liebesgeschichte aus, für die Jungen schilderte sie die erbitterten Kämpfe zwischen Azteken und Spaniern.

Nur zu gern hätte Madame Moulin sich jetzt mit Martha in deren Reich zurückgezogen, doch erst musste sie sich um die verstörten Kinder kümmern.

Erst eine gute Stunde später konnte sie endlich in ihr Büro zurückkehren. Umständlich balancierte sie ihre Tasse mit dem mittlerweile kalten Kakao in der einen Hand, während sie mit der anderen nach dem Schlüssel in ihrer Jackentasche suchte. Da hörte sie hinter der Tür ein Geräusch. Hastig schloss sie auf und betrat ihr Büro. Die Glastür, die zum Garten führte, stand sperrangelweit offen. Bücher waren aus dem Regal gerissen worden und lagen achtlos verstreut auf dem Boden. Die Tasse mit dem restlichen Kakao entglitt ihrer Hand und zersprang scheppernd auf dem Schachbrettmuster des Fußbodens. Madame Moulin stürmte zu ihrem Schreibtisch und blieb fassungslos stehen. Die Schubfächer waren herausgerissen und ihr Inhalt völlig zerwühlt. Die unteren Türen standen offen und auf dem Fußboden lagen in einem großen Durcheinander Dokumente, Stifte und Ordner. Madame Moulin kniete nieder und durchwühlte die Unterlagen. So sehr sie hoffte, den Brief wiederzufinden, wusste sie doch, dass er mit großer Wahrscheinlichkeit verschwunden war. Langsam stand sie auf und wandte sich der Terrassentür zu. Kalte Herbstluft wehte die Vorhänge zur Seite, als sie an die Tür trat, um sie zu schließen. Selbst in dem fahlen Licht, das draußen herrschte, war das Ungeheuer, das mitten auf dem Rasen stand, nicht zu übersehen. Eine riesige schwarze Dogge starrte sie an. Eine lange, rote Zunge hing aus ihrem Maul und sie hechelte so laut, dass Madame Moulin es trotz der Entfernung hören konnte. Dieses Monster musste einen Herrn haben, der für das hier verantwortlich war, schoss es ihr durch den Kopf. Eilig schloss sie die Tür. Wenn der Hund noch hier war, war sein Herr sicher nicht weit. Wusste er, dass er nicht alles von Ralphs Hinterlassenschaft gefunden hatte? Sie griff nach dem Medaillon, das um ihren Hals hing. Darauf würde sie besser achtgeben. Lucy musste es bekommen. Es war das Einzige, was ihr von ihren Eltern geblieben war.

****

Nathan und Lucy saßen am Küchentisch. Jeder hielt eine dampfende Tasse Tee in den Händen. Sie hatten auf dem ganzen Weg geschwiegen. Nathan war es, der schließlich den Anfang machte.

»Eins verstehe ich nicht. Weshalb weißt du von den Büchern, wenn alles verschwindet, was an die Dichter erinnert? Das geht nicht mit rechten Dingen zu, Lucy. Was verschweigst du mir? Miss Olive kann nichts damit zu tun haben.«

Lucy nickte.

»Es ist unheimlich, findest du nicht?« Hilfe suchend sah sie ihn an.

»Es muss etwas mit dir zu tun haben«, sagte Nathan. »Du musst mir mehr von dir erzählen. Woher du kommst, was es mit dem Mal auf sich hat. Du darfst mir nichts mehr verschweigen«, sagte er vorwurfsvoll.

»Ich habe dir nur nicht alles erzählt, weil es völlig verrückt ist. Ich meine, wer würde so einer Geschichte schon Glauben schenken?«, brachte sie zu ihrer Entschuldigung vor.

Nathan griff nach Lucys Händen und hielt sie fest.

»Ich glaube dir, Lucy.« Er versenkte seine Augen in ihren. In ihrem Magen nistete sich eine seltsame Schwere ein. »Du kannst mir vertrauen. Du darfst keine Geheimnisse vor mir haben. Sonst kann ich dir nicht helfen.«

»Du hast ja recht«, sagte sie. »Aber ich weiß doch auch nichts. Die Bücher sagen laufend *Erinnere dich* zu mir. Aber woran soll ich mich denn erinnern?«

Nathan hatte ihre Hände losgelassen und starrte sie an. »Die Bücher reden mit dir?«, fragte er tonlos. Verunsichert sah Lucy auf. »Hatte ich das noch nicht erwähnt?«, fragte sie kläglich. Nathan schüttelte den Kopf.

»Sie tun es schon immer, irgendwie.«

Das kann nicht sein, dachte er. Das war selbst für eine Hüterin unmöglich. So lange hatte der Bund versucht, mit den Büchern zu kommunizieren. Jahrhundertelang hatten seine Vorfahren danach gestrebt, dieses Geheimnis zu ergründen, und jetzt kam dieses Mädchen daher und erzählte ihm, dass die Bücher mit ihr sprachen. Einfach so. Wenn sein Großvater davon erfuhr …

Nathan fuhr sich mit dem Finger unter den Kragen seines T-Shirts. Das Atmen fiel ihm schwer. Was sollte er jetzt tun? Am liebsten wäre er aufgesprungen. Er musste seinem Großvater diese Neuigkeit so schnell wie möglich mitteilen. Er musste es erfahren.

Doch wenn er jetzt ging, würde Lucy womöglich misstrauisch werden.

Ein Schlüssel drehte sich im Schloss und nur Sekunden später standen Colin und Jules im Raum.

»Was macht ihr denn hier?«, fragte Colin erstaunt. »Schon genug vom Stadtbummel?« Er musterte Lucy besorgt.

»Eindeutig zu viele Touristen«, antwortete sie ausweichend. »Wir gehen ein anderes Mal. Immerhin haben wir Westminster Abbey geschafft.«

»Sag bloß, sie hat dich zum Club der toten Dichter geschleppt?«, fragte Jules Nathan. Dieser nickte.

»Ein wirklich romantischer Ort für eine erste Verabredung«, fügte Jules hinzu und goss sich eine Tasse Tee ein. Colin setzte sich zu den beiden an den Tisch und griff nach Lucys Händen. »Alles ok?«, fragte er und ignorierte Nathans Blicke.

Lucy nickte, sah ihm aber nicht in die Augen.

Das Telefon klingelte.

Jules ging in den Flur und nahm ab.

»Madame Moulin«, begrüßte sie die Anruferin. »Ja. Mir geht es gut. Danke. Lucy ist da. Ich geb' Sie Ihnen. Auf Wiederhören.«

Jules kam in die Küche und hielt Lucy den Hörer hin. »Deine Ersatzmom«, flüsterte sie und verschwand aus dem Raum, nicht ohne Colin hinter sich herzuziehen, der leise protestierte.

Nathan war froh, wieder mit Lucy allein zu sein.

»Madame Moulin?« Lucy klang verwundert. Dann lauschte sie der Stimme am anderen Ende der Leitung. Nathan beobachtete sie. Lucy schien von Sekunde zu

Sekunde blasser zu werden. Was zum Teufel erzählte ihr diese Madame Moulin da.

»Das glaube ich nicht«, sagte Lucy plötzlich, stand auf und trat an das kleine Fenster, das zum Hof hinausführte. Gedankenverloren zupfte sie an den Blättern des Basilikums, der in einem blauen Topf auf dem Fensterbrett stand.

Nach einer Weile trat Nathan hinter sie und hielt ihre Hand fest. »Das Kraut hat dir nichts getan«, flüsterte er ihr in das andere Ohr. Ein Lächeln huschte über Lucys Gesicht. »Und Vikar McLean soll wirklich ermordet worden sein? Wer sollte so etwas tun?«

Nathan hinter ihr erstarrte und wich zurück.

Lucy nickte jetzt.

»Ich verstehe. Ja, ich werde kommen, gleich morgen. Nein, ich sage niemandem, wo ich hinfahre. Ja, versprochen. Bis dann.«

»Du fährst weg?«, fragte Nathan, nachdem Lucy das Gespräch beendet hatte.

Geistesabwesend nickte diese.

»Willst du mir sagen, was sie dir erzählt hat?«, fragte er weiter.

Lucy wandte sich zu ihm um. »Unser Vikar ist ermordet worden. Stell dir vor, jemand hat die Radmuttern seines Wagens gelockert. Das kann doch keine Absicht gewesen sein? Wer kann schon Interesse daran haben, einen Geistlichen umzubringen? Ich kann mir nicht vorstellen, dass er ein dunkles Geheimnis hatte. In unserem Dorf kann gar nichts geheim bleiben.« Sie schüttelte ungläubig den Kopf. »Er war der Einzige, der mir hätte sagen können, wer meine Eltern waren.«

Alarmiert sah Nathan sie an. »Wie kommst du darauf?«, fragte er.

»Ich habe mal heimlich in meine Akte geschaut. Die meisten Kinder wussten ja, woher sie kamen. Nur ich nicht. Sie haben mich deswegen geärgert. Also wollte ich wissen, was in meiner Akte steht. Vikar McLean hat mich auf den Stufen seiner Kirche gefunden, stand da drin. Ich habe mir oft vorgenommen, ihn darauf anzusprechen. Aber ich habe mich nie getraut. Ich wollte nicht, dass Madame Moulin erfährt, dass ich in ihren Unterlagen gewühlt habe. Jetzt ist es zu spät.«

»Standet ihr euch nah?«

»Der Vikar und ich? Komisch, dass du mich das fragst. Nein. Ich habe kaum jemals ein Wort mit ihm gewechselt. Ich glaube, er mochte mich nicht. Zu den anderen Kindern war er immer viel netter als zu mir.«

»Du bist ganz blass geworden, deshalb dachte ich …«, erklärte Nathan.

»Das lag nicht daran, dass der Vikar tot ist. Es ist …« Lucy schwieg und Nathan sah ihr an, dass sie überlegte, was sie ihm erzählen sollte.

Dann gab sie sich einen Ruck. »Er hat mir etwas hinterlassen. Merkwürdig, oder? Einen Brief und ein Medaillon. Madame Moulin glaubt, dass beides meinen Eltern gehörte.« Lucys Stimme war fast zu einem Flüstern geworden. Nathan hatte Schwierigkeiten, sie zu verstehen.

»Nach so vielen Jahren«, flüsterte sie. »So viele Jahre hat er mich warten lassen.«

»Er wird seine Gründe gehabt haben«, sagte Nathan und strich Lucy übers Haar.

Sie sah ihn an. Zorn blitzte in ihren Augen. »Was sollen das für Gründe gewesen sein?« Ihre Stimme troff vor Sarkasmus. »Welchen Grund kann es geben, der so wichtig ist, dass man ein Kind im Unklaren darüber lässt, woher es kommt. Ja, ich war glücklich bei Madame Moulin. Aber trotzdem gab es viele Momente, in denen ich hoffte, dass meine Mom und mein Dad kommen würden, um mich zu holen. Leider ist das nie geschehen. Und nun stellt sich heraus, dass ich sie hätte finden können, dass sie mir einen Brief geschrieben haben. Ein Brief, der sicher alles erklärt …«

Nathan zog Lucy an sich und sie vergrub ihr Gesicht an seiner Brust.

»Was steht in dem Brief?«, fragte er mit belegter Stimme.

»Ich weiß es nicht«, antwortete Lucy und ihre Stimme klang dumpf. Sie weigerte sich, ihren Kopf zu heben und murmelte nur in Nathans Pulli. »Der Brief wurde gestohlen.«

Erleichterung durchströmte Nathan.

»Hat diese Madame Moulin ihn gelesen?«, fragte er vorsichtig weiter.

»Nein, Vikar McLean hatte ihr davon abgeraten. Es ist zu gefährlich, schrieb er.« Lucy lachte ein freudloses Lachen an seiner Brust. »Was soll an einem Brief schon gefährlich sein. Vor allem an einem, der jahrelang im Schreibtisch eines Vikars vor sich hingammelte.«

Ein kluger Mann dachte Nathan.

«Wahrscheinlich wollte er sich nur wichtigmachen«, beschwichtigte er sie. »Kann ich dich allein lassen?«, fragte er dann unvermittelt. »Ich habe noch einiges zu erledigen.«

»Wenn es sein muss«, sagte Lucy und löste sich von ihm. Nathan sah die Enttäuschung deutlich in ihren Augen. Es versetzte ihm einen Stich. Sanft strich er über ihre Wange.

»Ich habe einem Kommilitonen versprochen, ihm bei einem Referat zu helfen.« Demonstrativ sah er auf die Uhr. »Ich soll um halb sechs bei ihm sein. Dafür muss ich mich beeilen. Aber wenn du mich brauchst, sage ich ihm ab«, lenkte er ein.

»Ist schon gut.« Lucy winkte ab. »Colin und Jules sind ja hier.«

Nathan war nicht sicher, ob er das gut fand. Bisher hatte Lucy mit ihren Freunden nicht über die merkwürdigen Dinge gesprochen, die ihr passierten. Wer wusste, wie lange das noch so blieb.

»Ich komme morgen wieder und wir reden in Ruhe über alles, ok?«, versprach er.

»Morgen bin ich nicht da«, erwiderte Lucy. »Ich treffe mich mit Madame Moulin.«

»Du fährst nach Hause?«, fragte Nathan alarmiert.

Lucy schüttelte den Kopf.

»Wohin dann?«

»Ich habe ihr versprochen, es niemandem zu sagen«, erklärte sie unbehaglich.

»Wie du meinst«, sagte Nathan verstimmt.

»Ich erzähle dir alles, wenn ich zurück bin«, versuchte Lucy ihn zu beschwichtigen.

Er nickte und hob seine Hand, um sie zum Abschied noch einmal zu berühren. Doch dann ließ er sie sinken und verließ die Küche. Das Klicken des Türschlosses verriet, dass er fort war.

Lucy ließ sich auf einen der Küchenstühle fallen und blinzelte die Tränen weg. Ohne Nathan fühlte sie sich einsamer als je zuvor.

Bücher sind die stillsten und beständigsten Freunde.

Charles W. Eliot

12. Kapitel

Nathan lief die Treppe hinunter und eilte zur nächsten U-Bahn-Station. Erst wenn er zu Hause war, würde er seinen Großvater anrufen. Was sie zu besprechen hatten, war nicht für neugierige Ohren bestimmt.

Batiste nahm sofort beim ersten Klingeln ab. »Nathan, ich hoffe, du hast Neuigkeiten für mich.«

Nathan ignorierte den ungehaltenen Tonfall. Erst wollte er wissen, was sein Großvater in dieser Sache unternommen hatte.

»Hast du den Brief stehlen lassen?«, fragte er.

»Oh, wie ich sehe, hat die Kleine dich informiert. Du scheinst meinem Befehl gut Folge zu leisten. Ich hoffe, es fällt dir nicht allzu schwer. Den Fotos nach zu urteilen ist das Mädchen recht hübsch. Ganz die Mutter.« Er lachte böse.

»Das tut nichts zur Sache«, sagte Nathan steif. »Was steht in dem Brief?«

»Die ganze rührselige Geschichte natürlich.« Wieder ertönte das bösartige Lachen, untermalt von dem Knurren der beiden Hunde. Nathan sah Batiste vor sich, wie er in seinem Arbeitszimmer stand und sich in seinem Triumph sonnte.

»Sie entschuldigen sich bei ihrer Tochter. Sagen, sie hätten keine Wahl gehabt. Dass sie sie vor uns verstecken mussten. Hätte das kleine Biest den Brief in die Hände bekommen, dann hätte sie dir bei nächster Gelegenheit die Augen ausgekratzt.«

»Wie meinst du das?«

»Sie haben es selbstverständlich nicht versäumt, unsere Familie zu verunglimpfen. Behaupten, wir würden die Bücher stehlen. Diese Dummköpfe haben nichts verstanden. Das haben sie nie.« Jetzt tobte Batiste am anderen Ende.

Nathan durchflutete ein Gefühl der Erleichterung. Lucy würde nichts über seine Rolle in dem Spiel erfahren. Noch nicht.

»Was ist mit dem Vikar passiert?«, unterbrach er seinen Großvater.

Sofort verstummte das Gebrüll am anderen Ende. »Was meinst du?«

»Du weißt genau, wovon ich rede. Er wurde ermordet. Gehe ich recht in der Annahme, dass du dahintersteckst?«

»Papperlapapp, das war ein Unfall. Im Übrigen ist es besser, wenn du nicht mehr weißt, als du wissen musst. Du hast deine Aufgabe und ich die meine. Meine ist es, dich und den Bund zu schützen. Das weißt du.«

Batiste schwieg und Nathan wusste genau, welche Antwort er erwartete.

»Ja, Großvater. Natürlich weiß ich das.«

»Gut.« Batiste klang bestens gelaunt. »Das Mädchen wird nie erfahren, woher es kommt und über welche Fähigkeiten es verfügt, dafür wirst du sorgen. Sie muss schleunigst aus der Bibliothek verschwinden. Ich frage mich, wie viel diese Madame Moulin über die ganze Sache weiß. Der Brief war ungeöffnet, sie hat ihn nicht gelesen. Aber der Pfarrer könnte vor seinem Tod mit ihr gesprochen haben. Ich muss entscheiden, was mit ihr geschieht.«

»Was soll das heißen, Großvater? Noch ein Unfall?«, fragte Nathan und sein Tonfall ließ keinen Zweifel daran, dass er ahnte, worüber Batiste nachdachte.

»Unsere Aufgabe ist es, das Wissen zu schützen. Dafür muss manchmal ein hoher Preis gezahlt werden.«

Die Vorstellung, dass sein Großvater kaltblütig zwei Morde veranlasste schockierte Nathan. Batiste war kein guter Mensch, das wusste er. Er wusste auch, dass sein Großvater alles daran setzte, das Vermächtnis des Bundes zu bewahren. Aber Mord?

»Es gibt etwas, das ich heute erfahren habe. Du solltest es wissen, bevor du dein weiteres Vorgehen planst. Lucy hat mir erzählt, dass die Bücher mit ihr sprechen. Sie hat die Gabe.«

Die Stille am anderen Ende der Leitung war beängstigend.

»Du weißt nicht, was du sagst«, kam es nach einer Weile zurück.

»Sie hat es mir selbst gesagt. Sie behauptet, dass die Bücher schon immer mit ihr gesprochen haben.«

»Das kann nicht sein. Du musst dich verhört haben. Seit Jahrhunderten warten wir darauf, dass einer von uns mit der Gabe gesegnet wird. Wir sind die Beschützer Seines Wortes.« Batistes Stimme steigerte sich zu einem wütenden Crescendo.

«Beruhige dich, Großvater. Es ist nicht gut, wenn du dich so aufregst.«

»Sag mir nicht, was gut für mich ist«, blaffte Batiste. »Was sagen sie ihr?«

Nathan ahnte, dass sein Großvater etwas Weltbewegendes erwartete. So lange schon hoffte der Bund, dass irgendwann ein Kind geboren werden würde, das die Fähigkeit besaß, mit den Büchern zu kommunizieren. Der Legende nach hatte es nur ein einziges

Mal ein Kind mit diesem Talent gegeben. Damals war es ein Junge gewesen. Was lag näher, als zu hoffen, dass es wieder ein Junge sein würde? Frauen hatten im Bund nie eine große Rolle gespielt. Nathan ahnte, wie hart es seinen Großvater treffen musste, dass die Hüterinnen ein Kind mit dieser Gabe hervorgebracht hatten.

»Ich weiß nicht genau. Sie hat mir nur erzählt, dass die Bücher möchten, dass sie sich erinnert. Wir sind unterbrochen worden. Allerdings hat Lucy keine Ahnung, was das bedeutet«, antwortete er vorsichtig. »Sie kann sich keinen Reim darauf machen.«

»Ich werde die Mitglieder des inneren Kreises zusammenrufen. Gemeinsam werden wir entscheiden, wie wir weiter verfahren. Ich melde mich bei dir, sobald die Zusammenkunft vorüber ist. Bis dahin hältst du dich von ihr fern, verstanden? Es ist vorerst besser so. Wir können ihre Stärke nicht einschätzen.«

»Großvater, ich denke …« Das ungeduldige Tuten des Freizeichens erklang.

Nathan starrte den Hörer wortlos an. Die Mitglieder des inneren Kreises wurden nur zu besonderen Anlässen zusammengerufen. Die nächste Versammlung hätte zu seiner Initiation stattfinden sollen. Seit vier Jahren lebte er nach den Regeln des Bundes. Das war die vorgeschriebene Zeit. Niemals hatte er eine verletzt oder gebrochen. Es war sein Recht, bei der Zusammenkunft dabei zu sein. Lucy war seine Aufgabe. Nur er konnte das Problem lösen. Batiste durfte ihm seine Aufnahme nicht länger vorenthalten. Es war an der Zeit, dass der Bund es honorierte, dass er ihm sein ganzes bisheriges Leben geopfert hatte. Alles, was er wollte, war sein rechtmäßiger Platz in der Gemeinschaft.

Er beschloss, morgen nach Cornwall zu fahren. Er würde an dem Zusammentreffen teilnehmen und seinen Großvater zwingen, ihn in den inneren Kreis aufzunehmen.

****

Lucy saß im Zug und sah aus dem Fenster. Die typisch englische Landschaft, mit ihren Wiesen und Weiden zog an ihr vorbei. Sie hatte diese grünen sanften Hügel ihrer Heimat immer geliebt.

Leider dauerte die Fahrt lediglich eine Stunde. Madame Moulin hatte vorgeschlagen, dass sie sich auf der Hälfte der Strecke treffen sollten. Lucy wäre gern nach Hause gefahren. Sie sehnte sich nach den anderen Kindern und nach Marthas Schokolade. Aber Madame Moulin hatte keinen Widerspruch geduldet.

Es regnete in Strömen, als Lucy den Zug verließ und über den kleinen, verlassenen Bahnsteig rannte. Natürlich hatte sie mal wieder keinen Schirm dabei. Tropfnass kam sie in dem heruntergekommenen Bahnhofsgebäude zum Stehen und sah sich suchend um.

Der Fahrkartenschalter war verrammelt. Offenbar arbeitete hier seit längerer Zeit niemand mehr. Der mit Graffiti besprühte Automat, der daneben an der Wand hing, schien für die Menschen im Ort auszureichen, um ihre Reiselust zu stillen. Leider gab es nicht einmal einen winzigen Laden, in dem sie einen Schirm hätte kaufen können. Sie würde pitschnass in dem kleinen Café ankommen, das Madame Moulin für das Treffen ausgesucht hatte.

Aber das ließ sich jetzt nicht mehr ändern. Tapfer machte sie sich auf den Weg.

Das Café lag nicht weit vom Bahnhof entfernt und wirkte nach der Erfahrung mit dem Bahnhofsgebäude erstaunlich einladend. Lucy trat ein und sofort umfing sie eine wohlige Wärme.

Die junge Kellnerin musterte ihre nasse Gestalt abfällig. Lucy tat, als hätte sie den Blick nicht bemerkt und sah sich um. Madame Moulin saß in einer Ecke des gut besuchten Lokals und winkte ihr zu.

Lucy zog ihre Jacke aus und drängelte sich zwischen den Stühlen des kleinen Cafés zu ihr durch. Die alten Damen, die in ihre Gespräche vertieft waren, schienen sie nicht zu bemerken.

Madame Moulin stand auf und umarmte sie. Dann schob sie Lucy von sich und sah sie an. Sie strich ihr sanft die nassen Haare aus dem Gesicht, wie sie es schon getan hatte, als Lucy noch ein kleines Mädchen gewesen war.

»Du siehst dünn aus«, stellte sie fest. »Dir fehlt Marthas gutes Essen.«

»Ich hätte besser aufpassen sollen, als sie versucht hat, mir das Kochen beizubringen«, pflichtete Lucy ihr bei.

»Colin sollte sich besser um dich kümmern«, warf Madame Moulin ein. »Ich werde ein ernstes Wörtchen mit ihm reden müssen.« Sie lächelte. »Setz dich erst mal. Wir bestellen dir etwas. Der Kuchen hier ist erstklassig. Dann reden wir.«

Lucy war zu ungeduldig, um zu warten. »Sie müssen mir genau erzählen, was passiert ist. Was hat es mit dem Brief auf sich und wieso wurde er gestohlen? Wer sollte ein Interesse daran haben?«

Madame Moulin legte ihre Fingerspitzen aneinander und begann, Lucy noch einmal mit leiser Stimme zu berichten, was in den letzten Tagen geschehen war. Lucys Erstaunen wurde von Minute zu Minute größer.

»Das Medaillon konnte ich retten«, beendete Madame Moulin ihre Ausführungen, zog die Kette unter ihrem Pullover hervor und reichte sie ihr.

Fassungslos starrte Lucy auf das kleine Buch in ihren Händen. »Ich habe es gereinigt. Vorher war es beinahe schwarz.«

»Es ist wunderschön«, sagte Lucy und strich über den funkelnden Schatz. Auf dem Deckel war ein seltsam geformtes Kreuz zu erkennen.

»Was ist das für ein Kreuz«, fragte sie. »Haben Sie so eins schon mal gesehen?«, fragte Lucy.

Madame Moulin schüttelte den Kopf. »Es ist kein christliches Kreuz, glaube ich. Alle Seiten sind gleich lang.«

Das stimmt, dachte Lucy erstaunt.

»Mach es auf«, ermunterte Madame Moulin sie dann. »Im Inneren verbirgt sich die eigentliche Überraschung.«

Lucy öffnete das Buch an dem winzigen Verschluss und betrachtete stumm das Bild.

»Denken Sie das, was ich denke?«, fragte sie nach einer Weile.

Madame Moulin nickte. »Ich bin sicher, dass dies deine Mutter ist und ich denke auch, dass der Mann dein Vater ist.«

»Sie sehen glücklich aus«, meinte Lucy.

»Ja, das tun sie.«

»Ob es mich schon gab, als dieses Bild entstand?« Lucy spürte, wie die Tränen ungewollt in ihr aufstiegen.

»Du kannst das Bild herausnehmen. Ich musste es gestern tun, als ich das Medaillon reinigte.«

Vorsichtig zupfte Lucy es heraus.

»Dreh es um«, forderte Madame Moulin.

Winzige Buchstaben wurden auf der Rückseite sichtbar. Sie waren nur schwer zu entziffern. Lucy hielt das Bild näher an ihre Augen.

»Ich hätte die Lupe mitbringen sollen«, sagte Madame Moulin amüsiert.

Leise las Lucy vor: »Für Lucy – unser einziges Kind, dem immer unsere ganze Liebe gehören wird.«

Tränen tropften in Lucys Schoß. Madame Moulin reichte ihr ein Taschentuch und rettete das Bild und das Medaillon. Sie schob das Foto an seinen Platz zurück und verschloss das Schmuckstück sorgfältig. Dann griff sie nach Lucys Hand.

»Das beantwortet deine wichtigste Frage, Lucy. Und wenn du meine Meinung hören willst, so etwas schreiben keine Eltern, die vorhaben, ihr Kind auszusetzen.«

»Aber sie haben es getan«, warf Lucy leise schluchzend ein.

»Sie werden einen Grund dafür gehabt haben. Einen Grund, der sie zwang, dich in die Obhut des Vikars zu geben.«

»Weshalb haben sie mich nie zurückgeholt? Welcher Grund sollte so lange Bestand haben?«

Darüber hatte Madame Moulin sich auch schon Gedanken gemacht, und nachdem Ralph offenbar ermordet worden war, gab es auch hierfür eine Erklärung. Sie seufzte, bevor sie sprach.

»Meiner Meinung nach kann dies nur eins bedeuten, Lucy.« Sie stockte und sah in Lucys erwartungsvolles Gesicht. »Ich befürchte, dass sie nicht mehr unter uns weilen.« Sie brachte es nicht übers Herz, das Wort »tot« zu verwenden. Auch so war diese Antwort für Lucy schlimm genug. Ihre Unterlippe zitterte und in ihren Augen schwammen wieder Tränen. Madame Moulin hielt ihre Hand noch fester.

»Es tut mir so leid, Lucy. Ich hätte dir so gern etwas anderes gesagt. Ich hätte dir so gern den Brief gebracht, den Ralph dir hinterlassen hat. So habe ich dich der einzigen Möglichkeit beraubt, die Wahrheit zu erfahren.«

»Kann die Polizei nicht herausfinden, wer bei Ihnen eingebrochen ist und den Brief gestohlen hat?«, fragte Lucy kläglich.

»Ich befürchte, nein«, antwortete Madame Moulin. »Ich habe Frank sofort angerufen und ihm erzählt, was passiert ist. Er war sehr ungehalten, dass ich ihn angelogen hatte, was den Brief betraf. Nun ist er allerdings sicher, dass der Mörder von Ralph und der Dieb des Briefes ein und dieselbe Person sind. Leider hat niemand im Ort etwas gesehen. Ich vermute, dass wir nie erfahren werden, wer der Täter ist. Vorausgesetzt, es passiert nicht noch etwas«, fügte sie düster hinzu. »Ich mache mir Sorgen um dich, Lucy. Es wäre mir am liebsten, wenn du mit nach Hause kommen würdest. Aber vermutlich wäre es dort zu gefährlich für dich. Schließlich sind beide Straftaten dort geschehen. Wenn ich nur wüsste, was das alles bedeutet.«

Lucy hört ihr schweigend zu und hielt währenddessen das Medaillon in den Händen. Immer wieder strich sie darüber. Ihre Eltern hatten sie geliebt. Tief in ihrem Inneren war sie immer sicher gewesen, dass ihre Eltern sie nicht aus freiem Willen verlassen hatten. Und wer weiß, vielleicht hatte Madame Moulin unrecht. Vielleicht lebten sie noch. Jetzt, da sie ein Bild der beiden hatte, würde sie nach ihnen suchen, bis sie Gewissheit über ihr Schicksal hatte.

Erst spürte sie die Hitze gar nicht, die sich an ihrem Handgelenk entwickelte. Es war anders als die Male davor. Nicht schmerzhaft, eher sanft. Sie schob den Ärmel ihrer Bluse zurück und betrachtete das Mal. Die feinen weißen Striche auf ihrer Haut schienen zu leuchten. Dies hier war weit weg von der gruseligen roten Färbung, die es in der Bibliothek angenommen hatte. Das Licht trat in feinen Strahlen aus dem Mal hervor und fand seinen Weg zu dem Medaillon in Lucys anderer Hand. Es wickelten sich behutsam um das Schmuckstück. Lucy lächelte, ganz vertieft in den wunderschönen Anblick. Ihr schien es, als begrüßte das Mal das Geschenk ihrer Eltern.

Als das Medaillon beinahe vollständig von Licht eingehüllt war, begannen die bunten Edelsteine an den Spitzen des Kreuzes zu strahlen. Geistesgegenwärtig warf Madame Moulin eine Serviette über Lucys Arm und das Leuchten erlosch.

Lucy erwachte wie aus einer Trance. »War das nicht wunderschön?«, fragte sie. »So etwas habe ich noch nie gesehen.«

»Ich schätze, niemand hat so etwas je gesehen, Lucy.« Madame Moulins Stimme klang hektisch. Sie zog Lucys Bluse über das Handgelenk.

»Der Sache sollten wir später auf den Grund gehen«, bestimmte sie. »Du hast mir geschrieben, dass merkwürdige Dinge in der Bibliothek geschehen. Erzähl mir davon.«

Und so erzählte Lucy, während sie ein riesiges Stück Pflaumenkuchen verspeiste, Madame Moulin von den seltsamen Begebenheiten, die ihr zugestoßen waren, seit sie im Archiv arbeitete.

Nachdem Lucy geendet hatte, schwiegen beide.

»Wir müssen herausfinden, was da mit dir passiert und wie das alles zusammenhängt«, sagte Madame Moulin nach einer Weile.

»Tut es das denn?«, fragte Lucy.

»Du hast dieses kleine Buch auf deinem Handgelenk. Deine Eltern hinterlassen dir ein Medaillon in Form eines Buches. Bücher sprechen mit dir oder verschwinden und nur du kannst dich an sie erinnern. Die Bücher, Lucy, sie haben dich gesucht und gefunden.«

Lucy blickte Madame Moulin an und wusste, dass sie die Wahrheit sagte. Alles hing miteinander zusammen.

»Hast du in London jemandem von der Sache erzählt?«, frage Madame Moulin.

Lucy schüttelte den Kopf.

»Auch nicht Colin?«

Wieder Kopfschütteln. »Ich wollte, aber irgendwie gab es dafür noch nicht den richtigen Augenblick. Und Jules und Marie habe ich es nicht erzählt, weil ich nicht will, dass sie mich seltsam finden«, erklärte sie.

Madame Moulin lächelte verständnisvoll.

»Du hattest noch nie zwei so gute Freundinnen wie die beiden«, stellte sie fest. »Aber gut. Es weiß also niemand außer uns von der ganzen Sache?«

Unbehaglich rutschte Lucy auf ihrem Stuhl hin und her.

»Raus mit der Sprache. Wem hast du davon erzählt?«

»Nathan. Nathan de Tremaine. Ich kenne ihn noch nicht sehr lange, aber ich … ich vertraue ihm. Er war gestern mit mir in der Bibliothek, um mit mir nach den *Canterbury Tales* von Chaucer zu suchen.« Dieses Detail hatte sie bei ihrem Bericht vorhin verschwiegen.

»Gut. Wenn du dir so sicher mit ihm bist«, sagte Madame Moulin, während sich Lucys Wangen röteten. »Ich halte es auch für besser, wenn wir vorerst niemand anderen einweihen. Wir sollten erst wissen, woran wir sind.«

»Ich denke, Vikar Ralph schrieb, dass es für Sie zu gefährlich sei, zu viel zu wissen?«, wandte Lucy ein.

»Ja, das hat er. Und vielleicht hätte ich mich an seinen Rat gehalten, wenn der Brief nicht gestohlen worden wäre. Nun möchte ich wissen, wer dafür verantwortlich ist. Und noch etwas, Lucy. Ich glaube nicht, dass die Sache nur für mich gefährlich ist. Du schwebst in viel größerer Gefahr. Wenn jemand verhindern möchte, dass du erfährst, was in dem Brief stand, und dafür sogar den Mord an Ralph in Kauf nimmt, was denkst du, wird er tun, wenn du dieses

Wissen auf anderem Wege erlangst? Du musst dich vorsehen. Versprich mir das.«

Lucy schluckte. »In was für eine Geschichte bin ich da reingeraten?«, fragte sie hilflos, ohne wirklich eine Antwort zu erwarten.

»Ich weiß nicht, mein Kind«, antwortete Madame Moulin. »Aber ich schätze, du bist da nicht hineingeraten, sondern hast schon immer dringesteckt. Als Ralph dich damals zu mir gebracht hat, habe ich gleich gespürt, dass dich ein Geheimnis umgibt, das lieber nicht gelüftet werden sollte. Ich hatte so gehofft, dass du ein normales Leben führen kannst.«

Ich habe Ruhe gesucht, überall und habe sie am Ende gefunden in einem engen Winkel bei einem kleinen Buche.

Franz von Sales

13. Kapitel

Nathan hatte sich einen Wagen gemietet, um im Morgengrauen losfahren zu können. Das schwarze Gefährt meisterte die Strecke nach Cornwall in deutlich kürzerer Zeit als der Zug.

Als er vor dem kleinen Schloss seines Großvaters vorfuhr, stand dort bereits eine Reihe anderer schwarzer Limousinen. Nathan hoffte, dass die Versammlung der Perfecti nicht bereits gestern Abend stattgefunden hatte. Dann würde er zu spät kommen.

Er parkte seinen Wagen und beschloss, das Haus durch die Küchentür auf der Rückseite zu betreten.

Sofia stand an dem großen Keramikbecken und wusch sich die Hände. Als sie ein Geräusch an der Tür hörte, drehte sie sich um und Nathan sah in ihr sorgenvolles Gesicht.

»Nathan, mein Junge. Was machst du hier? Mit dir haben wir nicht gerechnet.«

»Großvater hat Besuch?«, fragte Nathan zurück.

»Sie sind alle gekommen«, antwortete Sofia leise und sah auf den Boden. Die Männer, die seinen Großvater in regelmäßigen Abständen besuchten, waren Sofia noch nie geheuer gewesen. An diesen Tagen wurde allen Bediensteten im Haus freigegeben. Nur Harold und Sofia blieben. Ihnen vertraute Nathans Großvater beinahe uneingeschränkt.

»Wann sind sie angekommen?«, fragte Nathan.

»Die Letzten heute früh. Es war alles sehr kurzfristig. Dein Großvater ist diesmal besonders aufgewühlt.«

Aus gutem Grund dachte Nathan und atmete auf. Die Versammlung hatte noch nicht stattgefunden.

»Ist er in seinem Büro?«, fragte er Sofia.

Sie trat an ihn heran und umarmte ihn. »Ich wünschte, du wärst nicht gekommen«, murmelte sie. »Ich wünschte, du würdest noch warten.« Sie ahnte offenbar, was er vorhatte.

»Du wusstest immer, dass es mein sehnlichster Wunsch ist«, antwortete er ungehalten und schob Sofia von sich.

»Ich weiß«, sagte sie und ihr unglücklicher Tonfall ließ Nathan innehalten.

»Ich bin mir ganz sicher, Sofia. Es ist meine Bestimmung und das weißt du«, versuchte er ihr seine Beweggründe zu erklären. Sie hatten so oft darüber diskutiert. »Es gibt nichts Wichtigeres, als das Wissen vor denen zu schützen, die es missbrauchen.«

Sofia nickte und nicht zum ersten Mal hatte Nathan das Gefühl, das sie ihm etwas verschwieg.

»Ist er in seinem Büro?«, fragte er noch einmal.

»Ja. Harold hat ihn vor einer halben Stunde dorthin begleitet. Er wird nicht erfreut sein, dich zu sehen.«

»Ich weiß. Aber diesmal werde ich mich nicht vertrösten lassen«, sagte Nathan.

»Du hast sicher noch nicht gefrühstückt«, rief Sofia ihm nach, als er die Küche verließ. »Ich werde dir etwas vorbereiten.«

Nathan nickte, ohne sich umzudrehen.

Das ungute Gefühl, das in ihm wuchs, während er die Treppen ins obere Stockwerk hinaufstieg, erinnerte ihn unsanft daran, dass er sein Vorgehen unzureichend geplant hatte. Er hätte sich auf der Fahrt stichhaltige Argumente überlegen müssen, mit denen er seinen Großvater überzeugen konnte, ihn aufzunehmen. Stattdessen hatte er beinahe die ganz Zeit an Lucy gedacht. Er war das Gefühl nicht losgeworden, etwas Wichtiges übersehen zu haben. Vielleicht hätte er mit ihr sprechen müssen. Vielleicht wäre es besser gewesen, ihr zu sagen, wer er war. Er konnte ihr helfen. Er konnte ihr sagen, was sie so dringend wissen wollte. Er konnte ihr ihre Zweifel nehmen. Aber er wusste nicht, ob sie schon so weit war, alles zu verstehen. Er war froh, dass Batiste den Brief ihrer Eltern in seinen Besitz gebracht hatte. Nicht auszudenken, wenn Lucy in diesem Schreiben seinen Namen gelesen hätte. Er wollte ihr erklären, warum der Bund tat, was er tat. Dann würde sie begreifen, wie wichtig seine Aufgabe war. Er fragte sich, weshalb es ihm so wichtig war, dass Lucy ihn verstand. Warum schlich sie sich immer wieder in seine Gedanken?

Nathan war vor der Tür des Büros angelangt und klopfte, ohne länger zu überlegen, laut gegen das Holz. Dann trat er ein.

Batiste de Tremaine saß an seinem Schreibtisch und arbeitete. Als Nathan eintrat, hob er seinen Kopf. Seine dichten weißen Augenbrauen zogen sich zusammen und eine steile Falte erschien auf der zerfurchten Stirn.

»Was tust du hier?«, donnerte seine Stimme durch den Raum. Sirius und Orion sprangen auf und liefen auf Nathan zu. Mit hochgezogenen Lefzen knurrten sie ihn an.

»Du hast mir gesagt, dass du den Bund zusammenrufst. Ich bin der Meinung, dass ich das Recht habe, dabei zu sein. Der Bund muss mich zu einem vollwertigen Mitglied machen«, erwiderte er, ohne einen Schritt vor den Bestien zurückzuweichen.

»Vielleicht hast du recht, Nathan«, antwortete Batiste und Nathan hörte an seinem Tonfall, wie schwer ihm dieser Rückzug fiel. Der alte Mann ließ sich in seinen Drehstuhl zurücksinken. »Es ist an der Zeit, dass du deinen Platz einnimmst. Der Bund steht vor großen Herausforderungen. Das Mädchen bedroht uns mehr als jede Hüterin vor ihr. Du wirst diese Aufgabe lösen müssen. Es ist keine leichte Bürde und ich bin zu alt dafür.«

Nathan wurde eine Spur blasser und hoffte, dass seinem Großvater dies entging. Er wollte nicht mehr widerspruchslos dessen Spiel spielen.

»Aber ich warne dich, ich dulde zukünftig nicht, dass du meine Entscheidungen und Anweisungen infrage stellst. Hast du verstanden?«

»Ja, Großvater.« Nathan sah ihm fest in die Augen. Er hatte sein Ziel erreicht. Noch heute würde er in den Rang des Perfectus aufsteigen. Ein Privileg, das nur wenigen Mitgliedern des Bundes zuteilwurde. Doch sein Triumph hatte einen faden Beigeschmack.

»Gut. Geh in dein Zimmer und bereite dich auf die Zeremonie vor. Du kennst die Regeln.«

Ohne ein weiteres Wort wandte Nathan sich ab und ging hinaus zu seinem Wagen. Er holte den kleinen Koffer heraus, den er für die Fahrt gepackt hatte, und machte sich dann auf den Weg zu Sofia. Verführerischer Kaffeeduft drang in seine Nase. Tatsächlich hatte Sofia den alten Holztisch in der Küche gedeckt, als würde sie mindestens zehn Gäste erwarten.

Nathan strahlte sie an. »Er hat nachgegeben«, sagte er. Mit resigniertem Blick ließ Sofia sich auf die Küchenbank fallen. »Ich habe gehofft, dass er es nicht tut«, sagte sie.

Nathan kniete vor ihr nieder. »Weshalb Sofia? Weshalb willst du nicht, dass ich einer von ihnen werde? Du verschweigst mir etwas.«

Sofia verstrubbelte sein schwarzes Haar, wie sie es schon getan hatte, als er ein kleines Kind gewesen war.

Damals hatte sie dabei gelacht, nun blieben ihre Augen traurig. »Es ist nicht recht, was ihr tut«, flüsterte sie und Nathan erstarrte unter ihrer Hand.

»Ich werde so tun, als ob ich das nicht gehört hätte.« Abrupt stand er auf und verließ mit dem Koffer in der Hand die Küche.

Die Vorbereitung seiner Initiation erforderte, dass er fastete und sich in sein Innerstes zurückzog. Er weigerte sich, Sofias Bemerkung zu hinterfragen. Dass sie gewagt hatte, so etwas auszusprechen, war ungeheuerlich. Die Wut, die ihn sein Leben lang begleitet hatte und die ihm in den letzten Wochen beinahe abhanden gekommen war, stieg wieder in ihm auf. Er wusste nicht, ob es an diesem Ort lag, oder an Sophias Bemerkung.

Er warf seinen Koffer auf das Bett und trat ans Fenster. Seine Finger umklammerten den weißen Sims. Er atmete mehrmals tief durch. Er war auserwählt, den Schatz zu bewahren und zu vergrößern. Seine Vorfahren waren dafür ins Feuer gegangen. Seit Jahrhunderten beschützten die Männer des Bundes das Wissen der Menschheit, damit dieses nicht vom Bösen missbraucht werden konnte. Was bitte schön sollte falsch daran sein? Weshalb sagte sie ihm das gerade heute? Am Tag seines Triumphes. Sie war die einzige Frau, der er vertraute, von der er dachte, dass sie seine Berufung verstand. Wie konnte sie behaupten, dass es nicht recht war, was er tat? Er musste mit seinem Großvater darüber sprechen. Aber nicht sofort, zuerst würde er seinen Aufnahmeritus vollziehen. Dann würde er weitersehen.

Es klopfte und Harold trat ein. Ohne ein Wort legte er einen schwarzen Anzug und ein schwarzes Hemd auf das Bett. Er wusste, dass Nathan den Rest des Tages schweigend verbringen musste. Die Regeln für die Initiation waren eindeutig und mussten strengstens befolgt werden.

Nathan duschte und kleidete sich um, ehe er zurück zum Büro seines Großvaters ging. Batiste erwartete ihn bereits gemeinsam mit einem anderen Mann. Beide waren wie Nathan in tiefes Schwarz gekleidet. Zur Begrüßung deutete Nathan ein Kopfnicken an, das von dem Fremden erwidert wurde. Nathan kannte seinen Namen nicht. Aber nach all den Jahren der Geheimniskrämerei würde er heute Nacht endlich erfahren, wer zum inneren Kreis des Bundes gehörte.

Die beiden Männer gingen voran und brachten Nathan zu einer kleinen Kapelle. Nathan ließ sich seine Verwunderung nicht anmerken. Hier war er nie gewesen. Der Ort war nur den Eingeweihten vorbehalten. Nun würde er die heiligste Stätte des Bundes betreten. Unruhe machte sich in ihm breit. Er würde die Schätze sehen, die seit Jahrhunderten dort verborgen wurden.

Der enge Gang hinunter glich dem Abstieg in eine Gruft. Nathan versuchte, sein Unbehagen zu verdrängen. Mit gesenktem Kopf folgte er den beiden Männern. Am Fuße der Treppe öffnete sein Großvater die schwere Tür und entzündete die Fackeln. Endlich erblickte Nathan den Ort, den er sich in seinen Träumen Hunderte Male vorgestellt hatte. Die Wirklichkeit war eindrucksvoller, als seine Fantasie es je hätte sein können.

Der Anblick der vielen Bücher überwältigte ihn. Sie lagen in den Regalen und boten dem Betrachter ihre wundervollen Einbände dar. Kleine Tische standen zwischen den Regalen und luden zum Lesen ein. Ein Vergnügen, das nur den Perfecti vorbehalten war. Ihnen war es gestattet, in den verborgenen Worten zu schwelgen. Nathan freute sich auf den Tag, an dem er die Zeit finden würde, die alten Werke zu entdecken. Er wusste, dass dieser Tag fern war. Vorerst galt es, noch viele weitere Bücher zu retten.

Seine Begleiter führten ihn in die Mitte des Raumes. Dort lag auf einem Pult das kostbarste Buch, das der Bund besaß. Nathan wusste, um welches Buch es sich handelte, bevor er einen Blick auf den kunstvoll geschmückten Einband geworfen hatte. Das war das Evangelium des Johannes. Das Buch der Bücher. Das Buch des Glaubens ihrer Ahnen.

Das Exemplar, das vor ihm lag, hatten seine Vorfahren vor über 700 Jahren aus Montségur gerettet und es mit ihrem Leben beschützt. Es war eine der letzten Schriften, die sie vor den Schergen des Papstes gerettet hatten.

Seine Vorfahren, die Katharer, waren hauptsächlich in Okzitanien beheimatet gewesen. Sie waren zwar Christen, und doch unterschied ihre Lehre sich in wesentlichen Dingen von der der katholischen Kirche.

Deshalb begann der Papst, sie zu verfolgen. Im Jahre 1244 belagerten mehr als 6000 Kreuzritter die Burg Montségur. Sie räumten den Verteidigern der Burg eine Frist von zwei Wochen ein. Freiwillig sollten sie ihren sicheren Ort aufgeben und ihrem Glauben abschwören. Andernfalls würde man sie öffentlich bei lebendigem Leibe verbrennen.

In der Nacht vom 15. März, nur wenige Stunden vor Ablauf der Frist, gelang es vier Katharern, sich von den Zinnen der Burg abzuseilen. Unbemerkt von ihren Feinden, konnten sie durch den Ring der Belagerungstruppen schleichen. Sie retteten das Buch und zwei Kinder. Den legendären Schatz der Katharer.

Batiste schlug das Buch auf und Nathan erblickte zum ersten Mal die Worte, die den Kindern des Bundes ihren Auftrag verkündeten. Sein Großvater hatte ihn in der

Sprache seiner Vorväter unterrichtet und so fiel es Nathan nicht schwer, die okzitanischen Worte zu lesen:

»IM ANFANG WAR DAS WORT UND DAS WORT WAR BEI GOTT, UND DAS WORT WAR GOTT. IM ANFANG WAR ES BEI GOTT. ALLES IST DURCH DAS WORT GEWORDEN UND OHNE DAS WORT WURDE NICHTS, WAS GEWORDEN IST.«

Der Prolog des Evangeliums bestimmte die Aufgabe der Kinder des Bundes. Seine Berufung. Denn das Wort musste geschützt werden vor Missbrauch, Dummheit und Ignoranz. Es galt, den Funken der Göttlichkeit, der sich im geschriebenen Wort verbarg, zu schützen.

Es war das einzige Buch, das die vier Überlebenden von Montségur gerettet hatten. Das Buch und die beiden Kinder. Alle anderen Werke waren in der letzten Nacht, die Montségur dem Angriff des Papstes standgehalten hatte, im Inneren des Berges verschlossen worden und für immer verloren.

Nathan kniete sich auf die kleine Holzbank, die vor dem Pult mit dem Buch stand. Dann senkte er seinen Blick und begann zu beten. In dieser Haltung würde er verharren, bis sich alle Perfecti versammelt hatten, um seine Geisttaufe zu vollziehen.

Seine Begleiter verließen die Bibliothek und ließen ihn allein. Das Licht erlosch und er blieb in vollständiger Dunkelheit zurück. Nathan versuchte, sich in sein Innerstes zurückzuziehen. Jahrelang hatte er dies üben müssen. Bereits mit sechs Jahren hatte sein Großvater ihm befohlen, stundenlang in Dunkelheit und Kälte zu knien. Dafür hatte er Harold eine winzige Kammer einrichten lassen, in die kein einziger Lichtstrahl und keine Wärme drangen.

Er spürte weder Hunger noch Durst. Er spürte weder seine schmerzenden Knie noch seinen stechenden Rücken. Das Einzige, das seine Konzentration störte, war Lucy, die sich ungewollt in seinen Kopf stahl und sich weigerte zu verschwinden. Lucy, wie sie ihm ihr brennendes Mal zeigte. Lucy, wie er ihr eine widerspenstige Haarsträhne aus dem Gesicht strich. Lucy, die vor Verzweiflung über ein verlorenes Buch weinte und Trost in seinen Armen suchte.

Nathan unterdrückte ein Stöhnen. Er durfte nicht daran denken. Diese stumme Vorbereitung diente einzig dem Ritual. Er würde der Versuchung nicht nachgeben. War sie seine Prüfung? Vielleicht war Lucy nicht so unwissend, wie sie tat? Vielleicht wusste sie mehr, als sie preisgab. Konnte das sein? Auch sie war ein Kind des Bundes. Irregeleitet, wenn man so wollte. Er musste ihr von ihrer Bestimmung erzählen. Ihr ihren Weg aufzeigen.

Nathan versuchte die Gedanken an Lucy abzuschütteln und den Hass in seinem Herzen heraufzubeschwören, der ihm gelehrt worden war. Der Hass auf das Böse in der Welt und der Hass auf die, die das Wort verachteten.

Jahrelang hatte es gut funktioniert.

Ausgerechnet jetzt wollte es ihm nicht gelingen. Sofias Worte hallten in seinem Kopf. »Es ist nicht recht. Es ist nicht recht. Es ist nicht recht.« Mit jedem Mal wurden sie lauter. Musste er diese Folter in seinem Kopf überstehen, um zum Perfectus zu werden?

Er würde sich nicht ablenken lassen. War er erst einmal vollwertiges Mitglied des Bundes, warteten andere Entbehrungen auf ihn. Tierische Nahrung würde ihm verboten sein. Er würde Tag und Nacht darauf verwenden müssen, seinen Geist rein zu halten und sein Wissen zu erweitern. Keine Lüge durfte seine Lippen zukünftig verlassen, da seine Taufe dann hinfällig wäre. Das bedeutete, dass er sich Lucy offenbaren musste. Würde sie ihn verstehen? Wieder wanderten seine Gedanken zu ihr und die Vorstellung, dass sie sich von ihm abkehren könnte, fuhr wie ein Schwert durch seinen Körper. Er musste sie überzeugen. Er würde Lucy der falschen Seite entreißen. Würde sie sich von ihm retten lassen? Würde sie ihre Fähigkeit in den Dienst des Bundes stellen? Würde er derjenige sein, der beide Linien wieder vereinigte? Wie viel Wissen und Weisheit würde er gemeinsam mit Lucy retten können? Die Idee manifestierte sich immer deutlicher in seinem Kopf. Sobald er zurück in London war, würde er mit ihr sprechen. Er würde es nicht seinem Großvater überlassen. Das musste er allein tun und je mehr Nathan darüber nachdachte, umso sicherer war er, dass es ihm gelingen würde, Lucy von der Richtigkeit seines Tuns zu überzeugen.

Es musste spät in der Nacht sein, als sich die Tür in seinem Rücken öffnete. Ohne sich umzudrehen, wusste Nathan, dass sein Großvater und die anderen Perfecti den Raum betreten hatten. Niemand sagte ein Wort.

Einer der Männer berührte ihn am Arm und bedeutete ihm, sich aufzurichten. Nathan tat wie ihm geheißen und stellte sich in die Mitte des Kreises, der sich um ihn schloss. Sein Großvater nahm als Ältester der Gemeinde das Johannesevangelium vom Pult und kam zu ihm. Nathan kniete nieder. Sein Großvater legte ihm das Buch auf den Kopf und sprach mit fester Stimme die Worte des uralten Rituals. Vieles, was der Bund tat, hatte sich im Laufe der Jahrhunderte verändert, doch diese Worte waren dieselben geblieben.

»So fragen wir dich, Nathan de Tremaine: Hast du deine Sünden Gott gebeichtet?«

»Ich habe gesündigt und ich habe gebeichtet«, antwortete Nathan.

»Hat Gott dir deine Sünden vergeben?«, lautete die nächste Frage.

»Gott hat mir vergeben«, antwortete er.

»Bist du bereit, die Prüfungen, die Gott dir auferlegen wird, zu bestehen?«

»Ich bin bereit.«

»Bist du bereit, zu leben, wie Gott es von einem Getrösteten verlangt – in Demut, Enthaltsamkeit und im Streben nach Wissen?«

»Ich bin bereit.«

»Bist du bereit, das Wort mit deinem Leben zu schützen?«

»Ich bin bereit.«

»Bist du bereit, dem Bund ewige Treue zu schwören und diesen niemals zu verraten?«

»Ich bin bereit«, erwiderte Nathan mit fester Stimme. »Möge Gottes Sohn an meiner Seite sein.«

»Dann weihen wir dich zum Perfectus und nehmen dich auf in den inneren Kreis des Bundes. Gehe den rechten Weg und deine Seele wird getröstet und gereinigt sein, wenn du vor unseren Schöpfer trittst. Er wird deine Seele mit dem Heiligen Geist verbinden. Damit wirst du diese Welt und alles Böse hinter dir lassen. Möge der göttliche Funke in dir stark genug sein und Satans Versuchungen widerstehen.«

Batiste nahm das Buch von Nathans Kopf und legte es zurück.

Nacheinander traten die anwesenden Perfecti an ihn heran und legten ihre Hand auf seinen Scheitel.

So nahmen sie ihn in ihre Mitte auf.

Nathan erhob sich und gemeinsam beteten sie das Vaterunser. Die tiefen Stimmen der Männer hallten durch den unterirdischen Saal, in dem eine Flamme nach der anderen erlosch. Als die Zeremonie beendet war, flackerten lediglich an dem Pult, auf dem das Evangelium lag, zu beiden Seiten zwei Kerzen.

»Sei dir bewusst, dass jede Sünde, die du von nun an begehst, auf unsere Gemeinschaft zurückfällt. Unsere Seelen sind miteinander verbunden. Solltest du sündigen, werden auch unsere Seelen nicht befreit werden und werden weiter durch die leidgeprüfte Welt wandern müssen.« Mit dieser Ermahnung schloss Batiste die Zeremonie endgültig ab und sah seinen Enkel streng an.

»Mein ganzes Streben wird sein, dem Bund zu dienen. Keine Sünde soll meine Ehre beflecken.«

Befriedigt nickte Batiste und ging zum Ausgang des Saales. Die anderen Perfecti folgten ihm. Nathan schloss als jüngstes Mitglied die Prozession.

Sofia hatte im großen Saal ein Nachtmahl vorbereitet. Die versammelten Männer setzten sich und begannen sich zu bedienen. Entsprechend den Vorschriften handelte es sich ausnahmslos um vegetarische Speisen. Nathan saß neben seinem Großvater am Kopf der Tafel. Er hing seinen Gedanken nach. So lange hatte er auf diesen Moment gewartet. Er hatte angenommen, dass er sich nach der Zeremonie anders fühlen und etwas Neues in ihm entstehen würde. Er war schließlich der Eine, der das Wort schützte und bewahrte. Nun saß er zwischen den anderen Perfecti und fühlte … nichts? Nichts hatte sich verändert. Er betrachtete die Männer, die am Tisch saßen. Genau wie er waren sie schwarz gekleidet. Jeder von ihnen trug eine schwere Kette mit dem Kreuz der Katharer um den Hals. Er würde dieses Schmuckstück von seinem Großvater erben, wenn dieser starb. Dann würde er zum Anführer dieser Männer werden.

Sein Großvater tupfte sich mit einer Serviette die Mundwinkel sauber und sofort stand Harold hinter ihm und nahm seinen Teller vom Tisch. Scheinbar unbeabsichtigt legte er beim Abräumen kurz eine Hand auf Nathans Schulter.

Dann klopfte Batiste mit einem kleinen Löffel gegen sein Glas und die Gespräche verstummten. Alle Anwesenden wandten ihm ihre Köpfe zu und legten ihr Besteck auf ihre Teller. Das Essen war beendet.

Batiste stand auf. Es bereitete ihm Mühe, das konnte niemandem im Raum verborgen bleiben.

»Mein Enkel wurde heute Nacht in unseren Kreis aufgenommen«, begann er seine Rede. »Jahrelang habe ich für diesen Moment gearbeitet und es erfüllt mich mit Stolz, dass nun der Zeitpunkt gekommen ist, an dem Nathan seine ganze Kraft dem Bund zur Verfügung stellen wird. Jeder hier im Raum weiß, dass Nathan mir im Amte des Bischofs nachfolgen wird. Ihr werdet seine engsten Verbündeten in unserem Kampf sein. Bevor Nathan seine erste Aufgabe übertragen bekommt, bitte ich jeden von euch, sich ihm vorzustellen.«

Die Angesprochenen wandten Nathan ihre Köpfe zu. Einige Gesichter kannte er, auch wenn niemand von ihnen direkt im Rampenlicht stand. Die Anhänger und Verfechter des reinen Glaubens hatten immer zum Adel des Landes gehört. Die Vorfahren der meisten Versammelten stammten, wie seine, aus Okzitanien und waren rechtzeitig vor der Verfolgung durch die Katholiken geflohen. Sie hatten Zuflucht bei ihren Familien im englischen Königreich gesucht und oft war es ihnen gelungen, diese zum wahren Glauben zu bekehren. Seitdem war es der englische Adel, der die Bücher schützte.

Nachdem die Vorstellung beendet war, erzählte Batiste den Männern von Lucy Guardian. Nathan beobachtete das

Geschehen genau. Alle, die hier saßen, hatten angenommen, dass es keine Hüterinnen mehr gab. Nun erzählte Batiste in kurzen, abgehackten Sätzen davon, wie Nathan Lucy entdeckt und was er über ihre Herkunft herausgefunden hatte.

»Nathan würdest du bitte den Brief dieser Schlange vorlesen«, sagte er dann und reicht ihm ein zerknittertes Blatt Papier.

Stockend begann Nathan zu lesen.

Geliebte Lucy,

wir haben nicht viel Zeit. Batiste de Tremaine hat uns gefunden. Wir haben so sehr gehofft, dass es uns vergönnt sein würde, länger mit Dir zusammen zu sein. Aber das Schicksal hat es nicht gut mit uns gemeint. Wir haben schon vor Deiner Geburt alles Nötige mit Vikar Ralph besprochen. Du kannst ihm vertrauen und wir hoffen, dass er Dich eines Tages in das Geheimnis Deiner Herkunft einweihen wird.

Du bist etwas ganz Besonderes und das ist Fluch und Segen zugleich. Wie alle Frauen unserer Familie ist es Deine Bestimmung, den Männern des Bundes die Stirn zu bieten. Sie stehlen den Menschen das Wissen. Das darfst Du nicht hinnehmen …

Ein empörtes Raunen der Perfecti war die Antwort auf diese Anschuldigung. Nathan verstummte. Doch Batiste bedeutete ihm weiterzulesen.

Vikar Ralph wird Dich verstecken. Selbst wir wissen nicht, wohin er Dich bringen wird. Wir denken, dass es so das Beste ist. Sie werden nie vermuten, dass wir einen Mann der Kirche um Hilfe bitten. Wenn wir es schaffen, den Perfecti zu entkommen, werden wir Dich zurückholen. Keine Sekunde länger als unbedingt nötig werden wir Dich allein lassen. Doch wenn wir es nicht schaffen, dann soll dieser Brief unser letzter Gruß an Dich sein. Wir lieben Dich so sehr ...

Nathan stockte, denn die Tinte war an dieser Stelle verwischt. Wer immer diesen Brief geschrieben hatte, und Nathan tippte darauf, dass es Lucys Mutter gewesen war, hatte dabei geweint. Nathan räusperte sich und las weiter.

Und Du wirst jede Sekunde, die wir nicht bei Dir sein können, in unseren Herzen sein. Sollte es uns nicht vergönnt sein, zurückzukommen und Dich zu unterweisen, dann vertraue auf die Bücher und das Medaillon. Die Bücher werden Dich finden und Dich leiten. Vertraue ihnen, so wie sie Dir vertrauen. Sie brauchen Dich. Nur Du kannst sie vor der Habgier des Bundes schützen. Die Männer sind vom Wege abgekommen. Was sie tun, ist falsch.

Denke immer daran: Das Wort, das Wissen und die Weisheit der Bücher dürfen nicht länger verborgen werden. An Worten sollen die Seelen der Menschen emporwachsen, Worte sollen die Waffen der Zukunft sein.

Wir küssen und umarmen Dich und hoffen, dass die Zukunft, die vor Dir liegt, friedlicher sein wird als unsere Gegenwart.

Möge Gott Dich schützen und leiten.

Deine Dich liebenden Eltern

Nathan spürte, dass er den Brief viel zu fest hielt. Die Worte, die Lucys Eltern vor so langer Zeit geschrieben hatten, berührten ihn mehr, als er zulassen durfte. Er sah auf und blickte in fassungslose und empörte Gesichter.

Er ließ das Blatt Papier auf den Tisch sinken.

»Es war an der Zeit, euch davon in Kenntnis zu setzen. Nathan ist es gelungen, das Vertrauen des Mädchens zu erringen«, riss Batiste die Führung des Gespräches wieder an sich.

Einige der Anwesenden schmunzelten bei dieser Wortwahl, doch ein Blick von Batiste rief sie zur Ordnung.

»Wir haben damals alle gemeinsam beschlossen, dass diese letzte Hüterin mitsamt ihrer Brut vernichtet werden muss. So viele Jahre haben wir ihrer nicht habhaft werden können, und als wir sie endlich fanden, weigerte diese Hexe sich, uns zu folgen. Sie wusste genau, was mit ihr geschehen würde, wenn sie sich weigert, und sie hat es in Kauf genommen. Ich habe keine Ahnung, wie es ihr trotzdem gelungen ist, das Kind fortzuschaffen.«

Wieder setzte aufgeregtes Gemurmel ein. Nathan versuchte, so viele Wortfetzen wie möglich einzufangen. Er saß wie erstarrt auf seinem Platz. Für die Worte seines Großvaters gab es nur eine Erklärung. Batiste de Tremaine hatte Lucys Eltern umbringen lassen. Nur langsam drangen dessen Worte wieder an sein Ohr.

»So überraschend es für uns alle ist, dass noch eine Hüterin existiert, umso erstaunlicher ist das, was Nathan nun herausgefunden hat.«

Er sah Nathan an und dieser räusperte sich und sagte zögernd: »Lucy Guardian vertraut mir und wir waren gestern gemeinsam in der Bibliothek. Sie wollte nachsehen, ob noch ein Buch von Chaucer existiert. Wie ihr wisst, habe ich dieses Buch erst vor wenigen Wochen gerettet.« Die Männer nickten einmütig.

»Das Mädchen war verzweifelt, als sie sah, dass das Buch verloren ist. Und plötzlich erzählte sie mir, dass die Bücher mit ihr sprechen. Ich weiß nicht, ob sie es mir gesagt hätte, wenn der Verlust sie nicht so aufgewühlt hätte. Sie besitzt die Gabe.« Nathan schwieg und fixierte die Männer am Tisch. Die Umarmung verschwieg er.

Er sah in betroffene Gesichter. Es dauerte einen Moment, bis die Männer den Sinn des Gesagten vollständig begriffen hatten. Der Sturm aus Erstaunen und Entrüstung, der losbrach, war deutlich stärker, als der, den der Brief verursacht hatte.

Batiste wartete, bis die Aufregung sich gelegt hatte, dann forderte er Nathan auf weiterzusprechen.

»Ich glaube, dass das Mädchen sich nicht darüber im Klaren ist, was das bedeutet. Überhaupt weiß sie nicht, welche Fähigkeiten sie besitzt. Bisher sind es nur wenige Worte, mit denen die Bücher sich ihr offenbaren. Lucy weiß nicht, was die Bücher damit meinen, und ich kann mir nicht vorstellen, dass sie es jemals allein herausfinden wird.«

Dass ihm Lucys Name so selbstverständlich über die Lippen kam, ließ einige der Männer am Tisch aufschauen. Nathan entging das nicht.

Batiste unterbrach ihn. »Und trotzdem hindert sie Nathan bereits an der Ausübung seiner Aufgabe.«

Nathans Kopf ruckte herum. Er glaubte, sich verhört zu haben. Batiste schwieg und sah ihm triumphierend in die Augen. Er hatte sich diese Offenbarung genau für diesen Moment aufgehoben, ahnte Nathan.

»*Alice* ist nicht vollständig in unseren Besitz gelangt. Offenbar genügt allein ihre Anwesenheit in der Bibliothek, um Nathan daran zu hindern, seine Aufgabe zu erfüllen. Sie muss sich nicht einmal darauf konzentrieren.«

»Was ist passiert?«, fragte Nathan gepresst.

»Du kannst dir das Buch anschauen. So wie es ist, ist es wertlos. Es erscheint nicht vollständig.«

»Vielleicht ist dem Buchbinder bei dem Einband ein Fehler unterlaufen«, widersprach Nathan.

»Der Einband ist perfekt«, erklärte Batiste.

»Und du behauptest, dass sie nicht weiß, welche Macht sie hat?«, fragte ein groß gewachsener, grauhaariger Mann vom anderen Ende der Tafel.

»Sie weiß es nicht«, antwortete Nathan bestimmt, aber immer noch bestürzt. Er hätte es bemerkt, sagte er sich. Sie war weder besonders gut darin, ihre Gefühle zu verbergen, noch eine gute Lügnerin. Er konnte sich nicht so in ihr getäuscht haben.

»Und trotzdem besitzt sie die Kraft, Nathan aufzuhalten. Was passiert, wenn sie erst einmal weiß, wer sie ist? Bisher sagen die Bücher nur wenig. Was, wenn sie beginnt, ihnen zu antworten? Wenn sie die richtigen Fragen stellt?«

»Niemals stand der Bund vor einer größeren Bedrohung«, keifte ein kleiner Mann mit verkniffenem Mund dazwischen.

»Solange diese Weiber nur versuchten, uns daran zu hindern, die Bücher zu schützen, war es schon schlimm genug. Doch wenn sie jetzt auch noch versuchen, sie gegen uns aufzubringen, wird unsere Aufgabe unmöglich. Der Bund würde zerfallen. Sie muss vernichtet werden«, fügte er hinzu. Er richtete sich auf und strahlte trotz seiner Körpergröße erstaunlich viel Autorität aus. Nathan gefror auf seinem Sitz. Niemand widersprach dem Mann, der die Bedenken aller hier Versammelten auf den Punkt brachte.

Batiste riss das Wort wieder an sich. Seine Augen hatten sich noch mehr verdunkelt.

»Nathan wird das Problem lösen, Sir FitzAlan. Er weiß, was er dem Bund schuldig ist. Allerdings schlage ich eine andere Taktik vor.«

Nathan betrachtete den Mann interessiert. Die Tremaines waren ein Zweig der FitzAlans, einem der ältesten Adelsgeschlechter Großbritanniens. Diese Familie hatte ebenfalls bretonische Wurzeln. Die vier Überlebenden von Montségur hatten die beiden geretteten Kinder auf der

Burg der FitzAlans in Sicherheit gebracht. Im sechzehnten Jahrhundert hatte ein Spross dieser Familie das Schloss in Cornwall errichtet, das seither von den de Tremaines für den Bund genutzt wurde.

Obwohl auch die FitzAlans dem Bund angehörten, war das Verhältnis zwischen den Familien nie besonders herzlich gewesen.

Gereizt sah der Mann Batiste an. Nur ungern beugte er sich als Spross einer alten englischen Familie den Worten eines Mannes, der niedriger geboren war. Doch Batiste würde das letzte Wort behalten.

»Wir sollten das Mädchen für unsere Zwecke nutzen. Sie weiß nicht, wer sie ist und woher sie kommt. Niemand hat sie gelehrt, eine Hüterin zu sein. Wir können ihr alles bieten, was sie bisher vermisst hat. Wir holen sie heim, auf den Platz, auf den sie gehört und den ihr dieses Weib Philippa Plantagenet gestohlen hat. Sie hätte sich niemals vom Bund lossagen dürfen. Es war ihre Pflicht, uns zu dienen. Wir werden den Fehler der Vergangenheit nach der langen Zeit endlich ungeschehen machen«, bestimmte Batiste.

Er ließ einen harten, forschenden Blick über die Gesichter der Männer schweifen. Niemand widersprach. Batiste nickte und wandte sich an Nathan, doch bevor er etwas sagen konnte, wurde er unterbrochen.

»Ich fordere das Mädchen für mich!«

Nathans Kopf schnellte herum.

Ein Mann mit weißblondem Haar war aufgestanden. Er musste etwas über fünfzig Jahre alt sein. Schütteres Haar fiel strähnig um sein ausgemergeltes Gesicht. »Es ist das Vorrecht meiner Familie. Jeder hier weiß das. Meine Familie wäre damals an der Reihe gewesen, die weibliche Linie fortzuführen.« Die anderen am Tisch nickten. »Das

Kind, das sie austragen wird, muss ein Spross meiner Familie sein.«

Nathan betrachtete den hervorstehenden Bauch des Mannes, den auch der dunkle, gut geschnittene Anzug nicht verbergen konnte. Verfärbte Zähne und gelbe Fingernägel zeugten außerdem von einem Laster, das den Perfecti nicht verboten war – dem Rauchen. Bei der Vorstellung, dass diese Hände sich auf Lucys Körper legen würden, schauderte es ihn.

Ursprünglich hatten die Perfecti enthaltsam gelebt. Das war eine der Regeln ihres Glaubens gewesen. Doch nach der Vernichtung der Katharer blieb den Perfecti nichts anderes übrig, als Nachkommen zu zeugen. Sonst wäre der Bund irgendwann ausgestorben.

Nathans Miene blieb unbewegt. Er war sich der Aufmerksamkeit, die ihm zuteilwurde, sehr bewusst.

»Darüber werden wir reden, wenn das Mädchen sich uns angeschlossen hat, Sir Beaufort. Wir sollten behutsam vorgehen. Erst muss sie erfahren, wo ihr Platz ist.« Sein Großvater wandte sich jetzt direkt an Nathan. »Du wirst zurückfahren und mit dem Mädchen sprechen. Dir vertraut sie. Berichte ihr von uns und von ihrer Herkunft. Das Kind muss nicht wissen, dass ihre Vorfahren Verräter waren. So wird es am besten für alle Beteiligten sein.«

Nathan nickte und dachte über die Worte seines Großvaters nach. Es klang nach einem perfekten Plan. Lucy musste nicht erfahren, dass ihre Familien seit Jahrhunderten verfeindet waren. Ihm fiel eine Zentnerlast von seinen Schultern.

Er lächelte, als er seinem Großvater antwortete. »Ich werde sie einweihen und sie überzeugen, wie wichtig unsere Aufgabe ist.«

»Gut. Ich schlage vor, dass wir uns nun zurückziehen.« Er warf einen Blick zu den großen Fenstern. Die

Morgendämmerung zog herauf. In wenigen Stunden würde es hell sein. Harold trat neben Batistes Stuhl und half ihm aufzustehen. Batiste ging zur Tür und verließ den Saal.

Unbemerkt von den anderen faltete Nathan den Brief und ließ ihn in seine Tasche gleiten.

Ein Buch greift immer dem Leben vor.
Es ahmt das Leben nicht nach, sondern
formt es nach seiner Absicht.

Frei nach Oscar Wilde

14. Kapitel

Lucy wartete.

Weshalb rief Nathan nicht an? Weshalb erreichte sie ihn nicht? Heute war Dienstag. Seit Samstag hatten sie sich weder gesehen noch miteinander telefoniert. Mehrmals hatte sie ihm auf seine Mailbox gesprochen, doch er hatte sich nicht zurückgemeldet. Ob ihm etwas zugestoßen war? Oder war sie womöglich zu aufdringlich? Sie waren schließlich nur Freunde. Er musste sich nicht täglich bei ihr melden. Sie vermisste ihn, gestand sie sich ein. Mehr als sie für möglich gehalten hätte. Selbst Marie ging sie mit ihren beinahe stündlichen Nachfragen auf die Nerven. Zum Glück nahm die es mit Humor.

Lucy überlegte, ob sie zu seinem Haus fahren und dort nach ihm fragen sollte. Allerdings gab es sicher einen Grund, weshalb er sich nicht meldete. Vielleicht war ihm sein letztes Abenteuer mit ihr zu eigenartig gewesen. Sein überstürzter Aufbruch war ihr gleich komisch vorgekommen. Sie hätte ihm nicht auch noch erzählen dürfen, dass die Bücher mit ihr sprachen.

Nach der Arbeit würde sie in seinem Haus nachfragen, nahm sie sich trotzig vor und packte das Buch, das sie gerade begutachtet hatte, vorsichtig ein. Dann trug sie es zurück an seinen Platz im Regal.

»Erinnere dich, Lucy«, wisperten die Bücher nachdrücklich, wie den ganzen Morgen und den Tag zuvor.

»Ich versuche es ja.« Sie hatte es sich angewöhnt, zu antworten, das war leichter, als die Bücher zu ignorieren. Dann fiel ihr etwas ein. Sie zog das Medaillon, das Madame Moulin ihr gegeben hatte, hervor und legte es auf ihre flache Hand. Sofort schwoll das Wispern an.

»Es ist von meinen Eltern«, erklärte sie. »Es ist ziemlich alt, deshalb glaube ich, dass es meiner Familie schon viel länger gehört.« Sie strich über das kleine Buch. »Es ist sogar ein Bild darin. Es zeigt meine Mutter und meinen Vater. Das ist alles, was mir von ihnen geblieben ist. Es gab noch einen Brief, aber der ist verschwunden. Er wurde gestohlen. Irgendjemand will nicht, dass ich herausfinde, wer ich bin.« Lucys Stimme klang resigniert. »Und wenn ich nicht einmal das herausfinden kann, wie soll ich dann wissen, weshalb ich mit euch reden kann?«

»Öffne es«, wisperten die Bücher. Lucy zuckte mit den Achseln. »Wenn ihr meint.«

Sie öffnete es und augenblicklich entströmte ihrem Mal dieses silberne Licht. Es wickelte sich wie zuvor in dem Café um das Medaillon. Gleißend helle Strahlen blendeten Lucy und sie kniff die Augen zusammen. Die Bücher ließen nicht locker.

»Sieh es dir an«, forderten sie.

Langsam öffnete Lucy die Lider und blickte in das Licht hinein. Bilder manifestierten sich vor ihr. Schreckliche Bilder. Voller Entsetzen starrte sie in das Licht, unfähig, den Blick abzuwenden.

Sie sah Männer, die ihre Frauen und Kinder in den Armen hielten, während sie zu großen, brennenden Feuern getrieben wurden. Auf diesen Scheiterhaufen waren bereits die Überreste von Menschen zu erkennen. Aber ohne

Gnade stieß man immer mehr von ihnen hinein. Lucy kniff die Augen zusammen, so sehr grauste es sie.

Doch der Drang zu sehen, was in dem Licht passierte, war stärker. Sie sah vier Männer, die Bündel in den Armen trugen. Zwei der Päckchen bewegten sich. Es mussten Neugeborene sein, so klein waren sie. Eines der Kinder schrie herzerweichend. Dann waren da Männer und Frauen, versammelt in einem Raum voller Bücher. Der Raum war in rohen Stein geschlagen. Die Frauen weinten und die Männer standen mit versteinerten Gesichtern da. »Wir müssen den Berg verschließen«, sagte einer von ihnen. »Nur so können wir den Schatz verbergen.«

Derselbe Mann nahm ein Buch von einem schlichten Holzpult und schlug es in ein Tuch aus Leinen. »Du wirst das Evangelium bewahren«, befahl er dem Mann, dem er das Päckchen anvertraute. »Schwöre es.«

Der Angesprochene fiel auf die Knie. »Ich, Amiel Aicard, schwöre es bei meiner unsterblichen Seele.«

Das Bild verschwamm. Lucy sah einen Berg, auf dessen Gipfel eine Burg thronte. An seinem Fuß lagerte eine riesige Armee von Kreuzrittern. Über den Zelten flatterte die mittelalterliche Flagge des Vatikans: ein weißes Kreuz auf rotem Untergrund.

Dann verschwamm das Bild und Lucy sah ein kleines Mädchen. Es war vielleicht fünf Jahre alt. Eine Frau saß neben ihm auf einer steinernen Bank. Sie mussten sich in einem Garten befinden, denn Lucy sah deutlich die Rosenbüsche, die dort wuchsen. Beide weinten. »Wir können nicht fortgehen, Philippa«, sagte die Frau. »Du weißt, dass dein Vater und ich dich aufgenommen haben, nachdem deine Mutter im Kindbett gestorben ist. Und doch liebe ich dich wie meine eigene Tochter. Du bist Philippa Plantagenet, die zukünftige 5. Countess of Ulster, und du bist deinem Vater verpflichtet. Du wirst tun müssen, was er dir befiehlt.«

»Es ist nicht richtig, was der Bund tut«, erwiderte das Kind störrisch.

»Sie würden uns finden, egal wohin wir fliehen. Hörst du? Verstehst du, was ich sage? Du wirst deine Aufgabe erfüllen wie deine Mutter vor dir. Du wirst den Bund nicht infrage stellen.«

»Ja, Mama. Ich verstehe.« Das Mädchen zog den Ärmel seines Kleides nach oben. Lucy hielt den Atem an. Dasselbe Mal, das ihr Handgelenk zierte, prangte auch auf dem des Mädchens.

Das Kind sah auf. Es blickte Lucy direkt an – aus Augen, die den ihren zum Verwechseln ähnlich waren. Es war unmöglich. Aber dieses Kind, das der Kleidung nach zu urteilen vor langer Zeit gelebt hatte, sprach zu ihr.

»Das Wort, das Wissen und die Weisheit der Bücher dürfen nicht länger verborgen werden. An Worten sollen die Seelen der Menschen emporwachsen, Worte sollen die Waffen der Zukunft sein. Nur so wird die Welt sich ändern können.«

Die Frau verschloss dem Kind mit ihrer Hand den Mund.

»Schweig«, zischte sie.

Die Worte brannten sich in Lucys Kopf und in ihre Seele ein. Sie nickte dem Kind zu und ein Lächeln breitete sich in dessen Gesicht aus.

»Du weißt nicht, wovon du sprichst«, hörte Lucy die Stimme der Mutter, bevor sich das Licht in das Medaillon und in ihr Mal zurückzog. Lucy sackte auf den kalten Boden des Archivs zusammen. Die Bücher um sie herum schwiegen.

»Dieses Mädchen war eine meiner Vorfahrinnen, oder?«

Sie kannte die Antwort längst.

»Ja«, murmelten die Bücher. »Sie war die erste in einer langen Reihe von Hüterinnen. »

Das Telefon schrillte durch den unterirdischen Raum. Lucy zuckte zusammen. Dann stand sie auf und hastete in ihr Büro.

»Ja?«, meldete sie sich atemlos.

»Nathan ist hier. Er würde gern dich und Oscar Wilde sehen. Dich zuerst schätze ich.« Maries Lachen schallte durch den Hörer, bevor sie auflegte.

Nathan war endlich da. Endlich. Lucys Herz flatterte vor Aufregung, während sie hektisch nach ihrem Lipgloss suchte. Die eben gesehenen Bilder wirbelten noch durch ihren Kopf. Was war das gewesen? Welche Zeit? Was waren das für Menschen gewesen, die dort verbrannt wurden? Wer war das kleine Mädchen, das über die Grenzen der Zeit hinweg mit ihr gesprochen hatte?

Sie würde Nathan erzählen, was sie erfahren hatte, von Madame Moulin und von dem Medaillon. Philippa Irgendwas – sie würde den Namen googeln. Vielleicht fand sie etwas über das Mädchen heraus. Lucy griff nach dem Karton, in den sie das wiedergefundene Exemplar des Buches *»Das Bildnis des Dorian Gray«* verpackt hatte, und schickte es mit dem Aufzug nach oben. Dann rannte sie zur Treppe und lief diese, immer mehrere Stufen auf einmal nehmend, hinauf. Nathan wartete am Infoschalter auf sie. Sie hatten sich nur drei Tage nicht gesehen, doch Lucy schien er noch anziehender als zuvor. Er war ganz in Schwarz gekleidet und es stand ihm, fand sie. Er lächelte ihr entgegen.

»Hey du«, flüsterte Nathan ihr ins Ohr. Dann legte er einen Arm um sie und zog sie an sich. Marie bekam vor Verwunderung runde Augen.

Viel zu schnell ließ er sie los. »Wann hast du Schluss?«, fragte er.

»Noch drei Stunden«, antwortete Lucy.

»Ok. Dann habe ich genug Zeit für Oscar Wilde. Gehen wir danach etwas essen?«

»Gern«, sagte Lucy und gemeinsam betraten sie den Lesesaal.

Es wunderte Lucy nicht, dass Nathan nach der Kurzfassung der Belehrung seine Stifte und seinen Skizzenblock hervorholte. Sie beobachtete ihn eine Weile, wie er mit geschickten Fingern begann, den Einband zu kopieren. Lange würde er nicht dafür brauchen. Wie 1891 nicht anders üblich, war der Einband recht schmucklos gestaltet. Zu dieser Zeit wurde mehr Wert auf den Inhalt gelegt. Lucy fragte sich, weshalb Nathan sich die Mühe machte.

In diesem Moment hielt er inne und sah zu ihr auf. »Keine Arbeit heute?«, fragte er sanft.

»Ich störe dich«, stellte Lucy fest.

»So würde ich das nicht sagen, aber ich bin dabei ganz gern allein.«

»Ok. Hab' verstanden. Bis später.«

Nathan griff nach ihrer Hand, als sie sich abwandte.

»Nicht böse sein«, sagte er leise. Bei dem Blick, den er Lucy schenkte, konnte sie nicht anders, als zu nicken.

Er zögerte kurz, während er ihre Hand weiter festhielt. »Ich habe etwas vergessen. Könntest du mir *Alice* noch einmal hochschicken?«

«Du musst nicht mitkommen. Sicher kann deine Kollegin es mir aus dem Aufzug holen.«

Er sah sie abwartend an. Es war gegen die Vorschrift, aber wem, wenn nicht ihm, konnte sie vertrauen.

»Ja klar, ich sage ihr Bescheid«, antwortete sie.

Während Lucy den Lesesaal verließ, folgten Nathans Blicke ihrer schlanken Gestalt, bis sie verschwunden war.

Es war ein Risiko, das wusste er. Wenn Lucy einen Blick in das Buch warf, würde sie Bescheid wissen, bevor er mit ihr gesprochen hatte.

Als die Tür zuschlug, riss Nathan das benutzte Blatt aus seinem Skizzenblock und begann von Neuem. Diesmal würde er keinen Fehler machen. Er hatte sich *Alice* noch einmal angesehen.

Es war ein Desaster. Er konnte es nicht erklären. Aber das Buch, das in der Bibliothek des Bundes lagerte und optisch dem Original glich wie ein Ei dem anderen, schien den Text nicht festhalten zu können. Schlug man es auf, verschwamm die Schrift wie auf der Oberfläche eines stürmischen Meeres. Sie verschwand, tauchte wieder auf und verschwand wieder. Nathan meinte, den körperlichen Schmerz des Buches gefühlt zu haben, während er es in den Händen hielt. Er war sicher, wenn er das Buch hätte verstehen können, dann hätte er es schreien hören. Er musste diesen Fehler beheben.

Dann beugte er sich wieder über das schneeweiße Blatt Papier.

****

Lucy hätte vor Glück am liebsten ein Liedchen geträllert, wenn sie nicht so unmusikalisch gewesen wäre. So lief sie die Treppe zum Archiv hinunter und strahlte übers ganze Gesicht.

Sie holte den Karton, der *»Alice's Adventures in Wonderland«* enthielt, aus dem Regal und schickte ihn nach oben.

Drei Stunden Arbeit lagen vor ihr. Sie griff nach den Büchern, die auf ihrem Bürotisch lagen, und räumte jedes an seinen rechtmäßigen Platz zurück.

Sie würde die Zeit nutzen, um aufzuräumen. In dem kleinen Büro konnte man kaum irgendwo hintreten, ohne über ein Buch zu stolpern.

Während Lucy Bücherstapel durch die Regalreihen schleppte, ihre Papiere sortierte und die Karteikarten ordentlich in den Schrank zurückschob, wisperten die Bücher aufgeregt vor sich hin.

»Ich verstehe euch nicht«, rief sie. »Ihr müsst deutlicher mit mir reden.«

»Philippa. Such Philippa.«

Lucy blieb stehen. »Ich schätze, dass sie längst tot ist, oder? Ich meine, sie hatte ziemlich altmodische Kleider an. Vierzehntes Jahrhundert oder so? Ich kann sie nicht suchen.«

Die Bücher schwiegen und Lucy setzte den Stapel, den sie im Arm hielt, ab. Dann begann sie, die Bände einzuräumen.

»Was ist?«, fragte sie. »Hat es euch die Sprache verschlagen? Wusstet ihr das nicht? Ich könnte sie googeln«, schlug sie vor. »Vielleicht finde ich etwas.«

»Such Philippa«, war die viel zu leise Antwort.

»Ihr seid nicht sehr hilfreich, wisst ihr das?« Trotzdem ging sie in ihr Büro zurück und startete die Internetverbindung ihres altersschwachen Computers. Nach gefühlten drei Minuten erschien endlich das Bild der Suchmaschine auf dem Bildschirm.

»Philippa Guardian«, tippte Lucy ein.

Keines der angezeigten Ergebnisse schien irgendwie zu passen. Lucy überlegte. Sie versuchte, sich zu erinnern, was sie gesehen hatte. Irgendetwas musste zu finden sein. Diese riesige Schlacht, wo hatte sie stattgefunden? Sie brauchte einen Anhaltspunkt. Was genau hatte sie gehört? Das Kind hatte mit seiner Mutter gestritten. Sie wollte fortgehen, wegen eines Bundes. Was konnte das bedeuten? Ob das

Medaillon ihr die Bilder noch einmal zeigen würde? Einen Versuch war es wert. Sie beschloss, weiter in das Archiv hineinzugehen. Sie wollte nicht überrascht werden. Man konnte ja nie wissen. Sie zog das Medaillon unter ihrem Pullover hervor und schob ihren Ärmel etwas höher. Das Mal pulsierte bereits. Dann öffnete sie das Medaillon. Wieder strömte das Licht aus ihrem Mal und wickelte sich in glitzernden Fäden um das Schmuckstück. Das helle Licht, das diesem daraufhin entströmte, erschreckte Lucy nicht mehr.

Es dauerte einen Moment, bevor sich die Bilder manifestierten. Auf den ersten Blick konnte sie erkennen, dass es nicht dieselben Bilder waren.

Diesmal sah sie eine junge Frau. Sie mochte vielleicht Mitte zwanzig sein. Wieder trug sie ein mittelalterliches Gewand und einen dicken Mantel, der vorn offen stand. Sie saß auf einem Bett, das von einem hohen Baldachin überspannt wurde. Unruhig knetete sie ihre Finger, während sie offenbar auf etwas wartete. Ein Feuer knisterte laut in einem übergroßen Kamin. Plötzlich knarrte eine Tür und die Frau sah auf. Lucy erkannte die Augen sofort wieder. Ihre Augen. Das musste Philippa sein. Ihr Ausdruck entspannte sich, als sie sah, wer eingetreten war.

Es war ein älterer Mann, der sie traurig ansah. »Ihr seid fest entschlossen, Herrin?«, fragte er.

»Du weißt, dass ich keine Wahl habe«, antwortete sie. »Solange Edmund lebte, hätte ich es nicht übers Herz gebracht, ihn zu verlassen. Aber da er nun tot ist, muss ich mich auf meine Aufgabe besinnen. Sie griff nach einem kleinen Bündel, das neben ihr auf dem Bett lag. Behutsam strich sie das Tuch beiseite. Ein winziges Gesicht kam darunter zum Vorschein. Das Kind schlug seine Augen auf. Auch sie waren grau mit silbernen Sprenkeln. »Meine anderen Kinder haben sie mir genommen, obwohl

Elisabeth nicht einmal die Gabe besitzt. Meine Söhne werden sie zu treuen Anhängern des Bundes machen. Du weißt, dass sie das auch mit ihr tun würden.« Tränen liefen ihr über die Wangen. »Ich hätte so gewünscht, dass Edmund seine kleine Tochter noch sieht. Der Bund würde sie benutzen, um den Menschen das Wissen zu rauben, so wie sie mich benutzt haben. Sie sind gierig geworden und haben jedes Maß verloren. Ich muss etwas dagegen unternehmen. Das ist nicht unsere Bestimmung. Ich werde nicht zulassen, dass sie meinem Kind das antun. Ich werde sie fortbringen. Du weißt, was zu tun ist. Du musst sie davon überzeugen, dass ich und das Kind bei der Geburt verstorben sind.«

Der alte Mann seufzte. »Wenn das Euer Wunsch ist, Countess. Ich habe Euch seit Eurer Geburt gedient. Es fällt mir schwer, Euch allein ziehen zu lassen, aber ich glaube, Ihr habt recht. Ich werde versuchen, die Perfecti von Eurem Tod zu überzeugen. Aber ich weiß nicht, ob sie mir glauben werden.«

Philippa griff nach der Hand des Alten. »Ich brauche nur ein paar Tage Vorsprung. Ich habe für alles gesorgt. Es wird uns an nichts fehlen, glaub mir.«

Das Bild verschwamm und ein neues entstand. Es war finstere Nacht. Der alte Mann hielt ein Pferd am Zügel und führte es über einen Burghof. Philippa folgte ihm, das Kind fest an sich gedrückt. Überall lag Schnee und unter den Hufen und Stiefeln knirschte es eisig.

»Der Proviant ist in den Satteltaschen. Ich denke, er reicht mehrere Tage«, erklärte der Mann flüsternd.

Sie blieben stehen und sahen zu den düsteren Zinnen der Burg hinauf.

»Auf dieser Burg habe ich die glücklichsten Jahre meines Lebens verbracht«, sagte sie mehr zu sich selbst als zu ihrem Diener. »Hierhin folgte ich Edmund mit kaum dreizehn Jahren. Damals hätte ich nicht gedacht, dass wir uns eines Tages so zugetan sein würden. Er hat mich verstanden. Er wusste, dass ich einen anderen Weg beschreiten musste als die Frauen des Bundes vor mir. Kurz vor seinem Tode hat er zu mir gesagt: ‚Du musst eine Hüterin werden, Philippa. Du wirst das Wort für die Menschen schützen müssen und nicht für den Bund. Gott hat euch nicht mit dieser Gabe gesegnet, damit Weisheit und Wissen einigen wenigen vorbehalten sind. Der Bund heute ist nicht besser als die Männer, die ihn einst verfolgt haben.'«

Ihr Diener schwieg.

»Möge Gott Euren Weg beschützen«, sagte er zum Abschied.

»Das wird er«, erwiderte Philippa mit fester Stimme. »Ich bin ganz sicher.«

Dann schwang sie sich in den Sattel und der Alte reichte ihr das Kind.

Ohne noch einen Blick zurückzuwerfen, ritt sie durch eine Seitentür, die der Mann für sie öffnete. Sie sah seine Tränen nicht, während er seiner Herrin nachsah und stumm das Vaterunser murmelte.

Erst als sie den Waldrand, auf den sie zuritt, fast erreicht hatte, zügelte sie das Pferd und sah zurück.

«Ich hoffe, dass du recht hast, Edmund«, murmelte sie. »Möge Gott mich lenken und mir den richtigen Weg weisen. Und so er will, werde ich zur Hüterin werden und unser Kind und unsere Kindeskinder nach mir.«

Dann zog sie an den Zügeln, ritt los und verschwand in der Dunkelheit des Waldes.

Das Licht verschwand und Lucy kehrte zurück in die Gegenwart. Gebannt von dem, was sie gesehen hatte, blieb sie einen Moment sitzen.

»Ich bin nicht sicher, ob ich jetzt schlauer bin als vorher«, sagte sie gedämpft und stand auf.

In ihrem Büro setzte sie sich auf ihren Stuhl und starrte gedankenversunken auf den Bildschirm, ehe sie zu tippen begann.

»Hüterin.« Nichts, was die Suchmaschine anzeigte, erschien ihr hilfreich.

Wie war Philippas Mädchenname gewesen? Lucy tippte mit fliegenden Fingern Philippa Plantagenet.

Die Plantagenets waren eine der bedeutendsten Dynastien Englands im Hochmittelalter gewesen. Obwohl sie ursprünglich französische Wurzeln hatten, hatten sie über mehrere Jahrhunderte die Könige Englands gestellt, so viel wusste Lucy. Von einer Philippa hatte sie nie gehört, was nicht weiter verwunderlich war, denn Frauen zählten damals ohnehin nicht viel.

Dieser Suchbegriff lieferte ihr tatsächlich zahlreiche Ergebnisse. Sie klickte auf den Eintrag von Wikipedia und las: *Philippa Plantagenet, 5. Countess of Ulster, (* 16. August 1355; † 5. Januar 1382) war die einzige Tochter von Lionel of Antwerp, 1. Duke of Clarence, dem dritten Sohn Eduards III. von England. Ihre Mutter war Elizabeth de Burgh, 4. Countess of Ulster, von der sie den Titel einer Countess of Ulster erbte. Philippa ist das einzige Kind Lionels. Sie war verheiratet mit Edmund Mortimer, 3. Earl of March*

Dann klickte sie auf Edmund Mortimer:

Edmund Mortimer, 3. Earl of March und de jure uxoris Earl of Ulster (1. Februar 1352; † 27. Dezember 1381 in Cork)*

Edmund war im Dezember 1381 gestorben. In Philippas Eintrag stand, dass ihr Todestag der 5. Januar 1382 war. Bedeutete das, dass es ihr tatsächlich gelungen war, ihre Verfolger zu täuschen? Hatten diese geglaubt, dass Philippa tot wäre? Aber wo war sie hingegangen? Fest stand, dass Philippa eine ihrer Vorfahrinnen war. Die Augen und das Mal bestätigten das eindeutig. Was war mit ihr geschehen, nachdem sie die Burg verlassen hatte? Wohin ging eine Frau im 14. Jahrhundert? Ihre Mutter hatte ihr sicher nicht geholfen. Offenbar war Philippa entgegen des Eintrages kein leibliches Kind von Lionel und Elizabeth gewesen. War ihre echte Mutter wirklich gestorben oder hatte dieser ominöse Bund Philippa ihren Eltern fortgenommen, so wie ihr selbst später ihre Söhne und ihre andere Tochter? So unüblich war es früher nicht gewesen, Kinder in andere Familien zu geben und sie dort aufwachsen zu lassen.

In Lucys Kopf türmten sich immer mehr Fragen.

Was hatte Philippa auf sich genommen, um den Weg zu gehen, den sie für richtig hielt? Sie war so jung gewesen bei Edmunds Tod. Offenbar hatten die beiden sich geliebt.

Ob Nathan ihr genauso beistand wie Edmund Philippa? Lucy ertappte sich bei dem Gedanken, dass sie sich nichts mehr wünschte. Allerdings war ihre Beziehung von dem, was Edmund und Philippa verbunden hatte, meilenweit entfernt.

Sie sah auf die Uhr. Kurz vor vier. Die Zeit musste verflogen sein. Ihr Kopf dröhnte. Schnell kramte sie ihre Sachen zusammen. Das Aufräumen würde sich gedulden müssen.

Sie machte sich auf den Weg nach oben, um das Buch von Nathan in Empfang zu nehmen.

Er hatte seine Malutensilien bereits verstaut, als sie zu ihm trat. Jetzt las er in einem Buch. Da der Roman von Oscar Wilde neben ihm lag, musste das *Alice* sein. Sie trat zu ihm und tippte ihn an. Er schrak hoch und schlug das Buch zu. Irritiert sah sie in seine fiebrig glänzenden Augen.

Es schien, als müsste er kurz überlegen, wer vor ihm stand. Dann breitete sich ein Lächeln auf seinem Gesicht aus und die Wärme kehrte in seine Augen zurück.

»Die drei Stunden sind um«, flüsterte Lucy.

»Dann sollten wir von hier verschwinden«, antwortete Nathan ebenso leise und griff nach dem Papier, in dem *Alice* gewöhnlich eingeschlagen war. Lucy nahm das Buch von Oscar Wilde und gemeinsam gingen sie zu dem Tisch am Aufzug. Sie verpackten die Bücher und schickten sie nach unten.

»Ich habe meine Sachen schon oben«, erklärte Lucy. »Wir können gleich los.«

Kaum hatten sie den schmalen Eingang der Bibliothek hinter sich gelassen, legte Nathan einen Arm um ihre Schultern und zog sie an sich.

»Wo gehen wir hin?«, fragte sie.

»Wie wäre es mit Pizza oder Nudeln?«

»Mir recht«, sagte sie und ließ sich von Nathan zu einem nahe gelegenen Italiener lotsen.

Der Kellner kam, kaum dass sie saßen.

»Wein?«, fragte Lucy. Doch Nathan schüttelte den Kopf.

»Ich trinke keinen Alkohol«, erklärte er.

»Nie?«, fragte Lucy verwundert.

»Selten.« Er lächelte.

»Ok, dann nehme ich ein Glas Weißwein und ein Wasser.«

Sie bestellten und danach beugte Nathan sich zu ihr.

»Wie war dein Treffen mit Madame Moulin?«

»Wo warst du in den letzten Tagen?«, fragte Lucy statt einer Antwort. »Ich habe versucht, dich zu erreichen.«

»Ich habe meinen Großvater besucht und mein Handy vergessen«, sagte Nathan bedauernd. »Ich bin erst gestern

Nacht zurückgekommen. Erzählst du mir jetzt von eurem Treffen?«

Lucy nickte und überlegte, wo sie anfangen sollte. So viel hatte sie in den letzten Tagen erfahren.

»Sie hat mir ein Medaillon meiner Eltern gegeben. Der Brief ist gestohlen worden, aber in dem Medaillon war ein Foto.«

Lucys zog das Schmuckstück hervor und öffnete es. Dann zeigte sie Nathan das Foto ihrer Eltern. Sie lächelte dabei. »Es hat eine Widmung. Sie haben sie für mich geschrieben. Sie haben mich geliebt«, fügte sie immer noch ungläubig hinzu.

«Du kannst es ruhig nehmen«, forderte Lucy ihn auf. »Es ist wunderschön gearbeitet.« Zu Lucys Verwunderung machte Nathan keine Anstalten, ihr das Medaillon aus der Hand zu nehmen. Irritiert klappte sie es zu. War er böse, dass sie etwas über ihre Eltern wusste und er weiter im Dunkeln tappte?

Ihre Finger glitten über das Kreuz, das das kleine Buch auf der Vorderseite zierte.

»Ein merkwürdiges Kreuz, findest du nicht«, sagte sie leise. »So etwas habe ich noch nie gesehen.«

»Es ist ein okzitanisches Kreuz, Lucy«, sagte Nathan mit belegter Stimme.

Erstaunt sah sie auf. »Du kennst es?«

Er nickte. »Es ist das Kreuz der Katharer. Hast du nie von ihnen gehört?«

Verwirrt schüttelte Lucy den Kopf und hielt kurz darauf inne. »Doch warte. Es war eine christliche Sekte, richtig? Sie wurden von der Kirche verfolgt und vernichtet, oder?«

Nathan nickte. »Ihre letzte Zuflucht fanden sie auf Montségur, einer Burg in Frankreich. Doch der Papst ließ sie auch dort verfolgen und vernichtete sie in einer einzigen

Nacht. Er ließ jeden, der dem Glauben der Katharer nicht abschwor, verbrennen«, ergänzte er.

»Männer, Frauen und Kinder«, flüsterte Lucy, der in diesem Moment klar wurde, welche Bilder ihr das Medaillon gezeigt hatte. Die Scheiterhaufen, das päpstliche Heer – es gab keinen Zweifel.

»Ich habe es gesehen«, sagte sie leise und Nathan runzelte die Stirn.

»Wie meinst du das?«

»Das Medaillon hat es mir gezeigt. Es ist wieder so etwas Unerklärliches.« Sie lachte verlegen auf. »Es verbindet sich mit meinem Mal und zeigt mir Bilder. Es ist alles furchtbar lange her, aber ich glaube, ich habe diese Schlacht gesehen – und ein Mädchen. Ihr Name war Philippa.«

Nathan ihr gegenüber wurde bei der Erwähnung des Namens bleich.

»Siehst du nur Bilder?«, fragte er tonlos.

»Nein. Ich höre auch, was sie sagen.« Lucy griff nach Nathans Hand. »Alles in Ordnung, Nathan? Du bist ganz weiß.«

Er zog seine Hand zurück. »Es ist nichts. Mach dir keine Gedanken.«

»Ich verstehe, wenn du das alles etwas schräg findest«, antwortete Lucy. »Ich finde das ja auch. Du musst sagen, wenn wir nicht mehr darüber reden sollen. Ich will dich in nichts reinziehen. Madame Moulin sagt, dass es gefährlich ist. Vikar Ralph ist deswegen ermordet worden und im Heim wurde eingebrochen. Vielleicht ist es besser, wenn wir uns eine Weile nicht sehen.«

Erst während Lucy es aussprach, wurde ihr klar, dass sie Nathan in etwas verwickelt hatte, das ihn in Gefahr bringen konnte. Der Gedanke, dass er sich von ihr zurückziehen könnte, schmerzte sie, doch sie wollte ihn nicht ganz verlieren. Vielleicht konnten sie sich wiedersehen, wenn es vorbei war, wenn sie herausgefunden hatte, was das alles bedeutete. Und was, wenn es nie vorbei war? Wenn es zukünftig ihr Leben bestimmen würde?

Nathans Stimme unterbrach ihre Gedanken. »Lass uns gehen, Lucy.«

»Aber wir haben nicht einmal …« Sein Blick duldete keinen Widerspruch.

Schweigend liefen sie nebeneinander her.

»Ich bringe dich nach Hause«, sagte Nathan nach einer Weile.

Lucy verbarg ihr Gesicht im Kragen ihrer Jacke. Dem schneidenden Wind, der über die Straße fegte, entging sie damit nicht, aber wenigstens konnte Nathan den Kummer in ihren Augen nicht sehen. Das war es dann wohl. Trotz machte sich in ihr breit. Hatte er nicht versprochen, ihr zu helfen? Hatte er nicht gesagt, sie könne ihm vertrauen? Oder war das angesichts der Gefahr zu viel verlangt? Hatte sie das Recht, seine Hilfe zu erwarten?

Sie durfte ihm nicht böse sein. Ein junger Mann, noch dazu einer, der so aussah wie er, sollte auf Partys gehen und sich mit Mädchen vergnügen. Ganz sicher sollte er nicht in so eine abstruse Geschichte verstrickt werden, die schon jemanden das Leben gekostet hatte. Lucy war in diesem Moment froh, dass sie Colin, Marie und Jules nichts erzählt hatte. Mehrmals war sie kurz davor gewesen. Er würde sie jetzt nach Hause bringen und sich von ihr verabschieden. Sie würde es ihm nicht nachtragen. Das wäre unfair. Er hatte getan, was er konnte, mehr sollte sie nicht verlangen.

Lucy wusste nicht, wann Nathan nach ihrer Hand gegriffen hatte. War es gewesen, bevor sie in die U-Bahn gestiegen waren oder danach?

Erstaunt erkannte sie, dass sie mittlerweile vor ihrem Haus angelangt waren.

»Du warst so in Gedanken versunken, dass ich dich lieber festgehalten habe«, erklärte Nathan, der offenbar Lucys Blick auf ihre ineinander verschränkten Hände bemerkt hatte. »Ich wollte dich nicht verlieren«, fügte er hinzu.

»Dann kannst du mich jetzt loslassen«, sagte Lucy und sah zum Haus hinauf. »Wir sind da.«

Nathan trat näher an sie heran. Dunkelheit hüllte die Stadt ein und nur wenige Laternen spendeten in der schmalen Straße Licht. Nathans Augen funkelten auf Lucy herab. Sein Blick war ernst und dunkel. Sie spürte seinen Herzschlag. Er war viel zu nah, aber es fühlte sich gut an. Sie blickte in sein Gesicht. Zum ersten Mal fielen ihr die Linien auf, die von seinen Nasenflügeln zu seinen Mundwinkeln verliefen. Er sorgt sich um etwas, dachte sie.

»Darf ich dich küssen?«, fragte er unvermittelt.

»Du fragst?« Lucy biss sich auf ihre Unterlippe.

»Sieht ganz so aus.« Doch er wartete ihre Antwort nicht ab.

Seine Lippen berührten Lucys. Zart wie Schmetterlingsflügel schmiegten sie sich auf ihre Haut. Es reichte aus, um Lucy aus dem Gleichgewicht zu bringen. Alles in ihr begann zu zittern. Sie legte ihre Arme um seine Taille, eher um sich festzuhalten, weniger um nach mehr zu verlangen. Doch Nathan verstand die Geste falsch. Der Druck seiner Lippen wurde stärker, fordernder. Lucy öffnete ihren Mund und seine Zunge glitt forschend hinein. Ein intensives Gefühl bemächtigte sich ihrer und breitete sich in ihrem gesamten Körper aus. Nathan griff mit einer Hand in ihren Nacken und zog sie enger zu sich heran. Lucys Hände glitten unter seinen Mantel und über seinen Rücken. Sie spürte seine Muskeln unter dem dünnen Hemd, seine heiße Haut. Hitze raste durch ihren Körper.

War das seine Art, Abschied zu nehmen? Der Kuss fühlte sich unglücklich an und verzweifelt.

Das Zeichen auf ihrem Handgelenk fing mit so einer Intensität an zu brennen, dass ihr schwindelig wurde. Sie brauchte Luft. Ohne es zu wollen, entzog sie sich Nathans Umarmung. Verwirrt und heftig atmend sah er sie an.

»Entschuldige«, flüsterte er. »Das war vielleicht etwas zu …« Er suchte nach dem richtigen Wort. Er wirkte benommen. Als hätte Lucy ihn aus einer anderen Welt zurückgeholt.

Lucy streckte ihre Hand nach ihm aus, wollte über seine Wange streicheln, ihn wieder an sich ziehen. Das Zeichen pulsierte heftiger.

Licht drang aus ihrem Ärmel hervor. Licht drang aus dem Medaillon, das auf ihrer Brust ruhte.

Und dann geschah es: Licht drang auch unter dem Ärmel von Nathans Mantel hervor. Es war nicht so klar und warm wie Lucys, sondern hatte eher die Farbe von eisblauem Wasser. In heftigen Wirbeln erhob es sich und suchte seinen Weg zu Lucys Handgelenk. Alle drei Lichter verwoben sich miteinander und plötzlich waren in ihrer Mitte schemenhafte Bilder zu erkennen. Lucy konnte ihren Blick nicht von dem Schauspiel wenden. Sie verstand nicht, was da gerade geschah.

Nathan zerriss den Moment. Er zog Lucy ein letztes Mal an sich und lief ohne ein weiteres Wort davon.

Lucy blickte auf das Licht, das sich zurückzog. Sie sah ihm nach.

»Nathan«, schrie sie ihm hinterher. »Nathan?«

Er hielt nicht an.

Was war gerade geschehen? Es gab dafür nur eine logische Erklärung. Lucy wirbelte herum und lief ihm nach. Er würde ihr sagen, was passiert war. Er musste es ihr erklären. Sie würde ihm hinterherlaufen, auch wenn es ewig dauerte.

Lucy rannte, so schnell sie konnte. Trotzdem verlor sie ihn aus den Augen. Selbst um diese Zeit waren noch viele Menschen auf den Straßen unterwegs. Sie blieb stehen, um Luft zu holen und sich nach Nathan umzusehen. Doch sie konnte seine vertraute Gestalt nirgendwo ausmachen. Ob er in eine der U-Bahn-Stationen hinabgestiegen war? Er konnte sich nicht vor ihr verstecken. Wenn sie ihn heute Nacht nicht fand, dann würde sie ihn morgen suchen und übermorgen. Er würde mit ihr reden. Sie hatte ihm so viel anvertraut. Konnte es sein, dass er mehr wusste, als er zugab? Er hatte selbst ein Licht. Hatte er auch ein Mal? Wer war er? Was wusste sie eigentlich von ihm?

Lucy beschloss, zu seinem Haus zu laufen. Vielleicht war er dorthin gegangen. Sie würde auf ihn warten.

Vor dem dreistöckigen weißen Haus zögerte sie. Bis auf eine kleine Lampe im Fenster neben der Haustür brannte kein Licht. Bevor sie es sich anders überlegen konnte, drückte sie auf die Klingel. Es dauerte eine Weile, bis sich hinter der Tür etwas regte. Dann stand Lucy einer kräftigen älteren Dame gegenüber, die einen rosafarbenen Morgenmantel trug. Sie musterte Lucy von Kopf bis Fuß.

»Ich möchte zu Nathan de Tremaine«, stammelte Lucy.

Der Blick der rosa Dame wurde nicht gerade freundlicher.

»Mr. de Tremaine ist ausgegangen und noch nicht zurück«, informierte sie Lucy und schlug ihr die Tür vor der Nase zu.

Lucy blieb unschlüssig auf dem Absatz stehen. Was sollte sie jetzt tun? Hier warten? Es war kalt. Ziemlich kalt sogar. Aber wenigstens regnete es nicht. Lucy ließ sich erschöpft auf eine der Treppenstufen sinken. Irgendwann in dieser Nacht würde Nathan nach Hause kommen und dann würde sie hier sein.

Sie strich mit ihren Fingerspitzen über ihre Lippen. Fast meinte sie, ihn noch zu schmecken. Es war ein herber Geschmack, der sie an ganz besondere Bücher erinnerte. Sie verströmten diesen einzigartigen Geruch nach Wald, Leder und längst vergangener Zeit. Diese Bücher liebte sie am meisten. Bevor sie ihre Worte las, versenkte sie sich in die Seiten und sog den Duft ein. Bei diesem Gedanken lächelte sie.

Nathan stand in seinem Schlafzimmer hinter der Gardine und sah auf Lucy hinab. Miss Hudson hatte ihn nicht heimkommen hören. Er war besonders leise gewesen. Er hasste es, wenn sie ihn überwachte wie ein kleines Kind. Was sollte er jetzt tun? Lucy saß da unten in der Kälte und wartete auf ihn. Sie wollte eine Erklärung. Vorhin wäre der geeignete Moment gewesen, ihr alles zu sagen. Ihr klarzumachen, wer er war. Wer sie war. Doch das Verschmelzen der Lichter hatte ihn überrumpelt. Er hatte sie nur küssen wollen. Er wollte wissen, wie sie schmeckte, wie sich ihre Lippen unter seinen anfühlten. Und dann hatte es ihn überwältigt. Er hatte sich hinreißen lassen. Das hätte nicht geschehen dürfen. Sie würde ihm nie gehören. Er war zu weit gegangen und sein Mal hatte ihn verraten. So sorgsam hatte er es die ganze Zeit vor ihr verborgen.

Er wandte sich ab. Er wollte sie dort nicht sitzen sehen. Sie wirkte schutzlos wie ein aus dem Nest gefallener Vogel. Hätte sie ihm vertraut, wenn sie gewusst hätte, dass er das gleiche Mal trug wie sie? Er hätte sich ihr viel früher offenbaren müssen. Unruhig tigerte Nathan durch sein Schlafzimmer.

Verdammt, weshalb saß sie immer noch dort? Nathan war wieder ans Fenster getreten. Es war kalt da draußen.

Viel zu kalt, um auf den Stufen zu sitzen. Sie sollte nach Hause gehen. Er brauchte noch Zeit, um ihr alles zu sagen. Um ihr zu erklären, dass sein Weg der richtige war. Er hatte die passenden Worte noch nicht gefunden.

Wie viel sollte er ihr sagen? Weshalb hatte sein Großvater auch diesen Vikar umbringen lassen? Weshalb hatte er den Brief gestohlen? Gut, das war notwendig gewesen. Ihre Eltern hatten in dem Schreiben den Bund verunglimpft. Das konnte er ihr nicht erklären. Jetzt noch nicht. Er konnte ihr nur von seiner Aufgabe erzählen, das würde sie verstehen.

Sie zitterte. Er sah es deutlich. Weshalb hatte sie immer noch diese viel zu dünne Jacke an? Konnte sie sich nicht einmal warm genug anziehen? Nathan fluchte. Beinahe eine Stunde saß sie bereits in der Kälte. Wie konnte jemand so starrköpfig sein? Sie würde sich den Tod holen. Schimpfend zog er seine Tür auf und lief leise die Treppe hinunter.

Er riss die Eingangstür auf. Lucy wandte nicht einmal den Kopf. Er kniete neben ihr nieder. Ihre Augen waren geschlossen und ihre Lippen blau angelaufen.

»Lucy«, flüsterte er. »Lucy, du musst aufstehen. Du kannst nicht die ganze Nacht hier sitzen.«

Sie reagierte mit einem Blinzeln. Nathan zog sie hoch und nahm sie auf seine Arme. Ihr Körper war eiskalt. Vorsichtig trug er sie die Stufen hinauf. Sein Zorn war verflogen.

In seinem Zimmer angekommen, legte er sie auf sein Bett und zog ihr Jacke und Schuhe aus. Sie reagierte kaum. Stirnrunzelnd stand er vor ihr. Er öffnete ihre Jeans und zog sie ihr aus. Danach wickelte er sie in seine Decke. Er war nicht sicher, ob das reichen würde, um sie aufzutauen. Sie zitterte immer noch. Kurz entschlossen zog er Hose, Hemd und T-Shirt aus. Dann löschte er das Licht im

Zimmer und legte sich neben sie. Er zog Lucy eng an sich und hielt sie fest. Es kam ihm vor wie eine Ewigkeit, bis sie aufhörte zu beben. Irgendwann entspannte sie sich und drehte sich zu ihm, sodass ihr Gesicht auf seiner Brust ruhte. Doch sie wachte nicht auf. Nathan strich ihr eine rote Locke aus dem Gesicht. Sie lächelte. Ob sie träumte? Nathan schlang beide Arme um ihren Körper und schloss die Augen. Nur diese eine Nacht schwor er sich.

Wie wenig du gelesen hast, wie wenig du kennst - aber vom Zufall des Gelesenen hängt es ab, was du bist.

Elias Canetti

15. Kapitel

Lucy öffnete die Augen. Wo war sie? Sie erinnerte sich nur noch an die eisigen Stufen vor Nathans Haus. Jetzt lag sie weich und warm. Was war passiert? Dann registrierte sie, worauf sie lag. Es war kein Kissen.

Es war eine Brust und noch dazu eine männliche Brust. Sie musste nicht nach oben schauen, um zu wissen, zu welchem Mann sie gehörte. Sie erkannte den Geruch, den seine Haut verströmte. Wie zum Teufel war sie in sein Bett gekommen?

Lucy hob den Kopf. Nathan schlief noch. Seine Arme waren so fest um sie geschlungen, dass sie sich kaum bewegen konnte. Trotzdem konnte sie der Versuchung nicht widerstehen und strich behutsam über seine samtweiche Haut. Immer weiter wanderte ihre Hand über seinen flachen Bauch, seine athletische Brust, seinen Arm. Lucy ertappte sich bei dem Wunsch, diese Haut nicht nur zu berühren, sondern auch zu küssen. In diesem Moment bewegte sich Nathan. Er griff nach ihren neugierigen Fingern und hielt sie fest. Ertappt wandte Lucy ihm ihr Gesicht zu.

»Ich wollte dich nur wärmen«, stellte Nathan klar. »Du warst ein Eisblock und ich wusste nicht, wie ich dich sonst auftauen sollte.«

Wenn das keine überdeutliche Abfuhr war, dachte Lucy und wollte aufstehen. Aber Nathans Arme hielten sie weiter fest umschlungen.

»Das hättest du nicht tun müssen«, antwortete sie beleidigt.

»Ich konnte dich schlecht dort sitzen lassen«, erklärte Nathan und zog sie höher. Sein Mund war jetzt direkt unter ihren Augen. Sein Atem strich über ihre Haut.

Lucy wusste, dass sie mit ihm reden sollte, dass sie ihn fragen musste, woher das Licht gestern Abend gekommen war. Sie musste herausfinden, was er wusste und weshalb er fortgelaufen war. Aber in diesem Moment sah sie nur seine Lippen. Die Lippen, die sie gestern so leidenschaftlich geküsst hatten. Nur ganz kurz schwor sie sich.

Sie beugte sich vor und verschloss Nathans Mund mit einem Kuss. Kurz erstarrte er bei diesem unerwarteten Angriff, bevor er ihn erwiderte.

Ihre Körper reagierten, ohne zu zögern. Lucy schmiegte sich an ihn und grub ihre Hände in sein dichtes Haar. Nathan drehte sich, sodass sie unter ihm zum Liegen kam. Jeder klare Gedanke löste sich auf. Nathans Hände glitten unter ihr T-Shirt, berührten ihre Haut und er versenkte sich tiefer in den Kuss. Lucy bog sich ihm entgegen und ein Seufzen entfloh ihren Lippen, woraufhin Nathan sie noch enger an sich zog. Sie spürte ihn mit jeder Faser ihres Körpers.

Ein Telefon schrillte einmal, zweimal, dreimal. Erst dann schien Nathan zu sich zu kommen. Er zog sich von ihr zurück und sah sie mit demselben fiebrigen Blick an, den er hatte, wenn er las. Er setzte sich auf und griff nach dem Telefon.

»Großvater?«, meldete er sich.

Lucy zog sich die Decke über den Kopf. Was war das gerade gewesen? So eine Intensität hatte sie noch nie erlebt.

Dabei hatte es nur ein Kuss werden sollen. Doch es war viel mehr gewesen. Ein Verschmelzen, ein Versprechen – es war, als hätte sie etwas gefunden, nach dem sie, ohne es zu wissen, schon lange gesucht hatte. Ob Nathan es auch gespürt hatte?

Sie lauschte seinen Worten.

»Ja, Großvater, ich bin fast soweit. Ja, Großvater. Sie wird es verstehen. Ja, ich bin sicher. Nein, du musst dich nicht einmischen. Lass mich sie überzeugen.«

Sie? Wen meinte er damit, fragte sich Lucy.

Nathan beendete das Gespräch, starrte aber weiter auf das dunkle Display. Lucy lugte unter der Decke hervor und überlegte, ob ihr ihr leidenschaftlicher Ausbruch peinlich sein musste.

»Es hat sich richtig angefühlt«, sagte Nathan und drehte sich zu ihr um. Sie sah, dass er seine Hände zu Fäusten ballte, als ob er dem Impuls, sie zu berühren, widerstehen wollte.

Lucy nickte und hoffte, dass er wieder zu ihr unter die Decke kam.

Doch Nathan griff nach ihrer rechten Hand. Dann drehte er sein linkes Handgelenk herum und Lucy stockte der Atem. Sie sah das genaue Abbild ihres Mals. Nur war seines nicht mit weißen Linien gezeichnet, sondern mit schwarzen. Als Nathan sanft die Umrisse des Zeichens nachfuhr, begannen die Male zu glühen. Zarte Leuchtfäden erhoben sich und verwoben sich miteinander. Ganz fein schwebten sie über ihren Handgelenken.

»Du bist mir eine Erklärung schuldig«, sagte Lucy und unterbrach damit das Spiel des Lichtes. Langsam zog es sich zurück und hinterließ einen traurigen Nachhall in ihr.

»Ich weiß«, sagte Nathan. »Wir sollten reden. Aber wir sollten dieses Gespräch bekleidet führen.« Er lächelte. »Ich glaube, das wäre sicherer.«

Lucy schluckte, als ihr bewusst wurde, dass sie in Slip und T-Shirt neben ihm lag.

Nathan griff nach seinen Klamotten und verschwand hinter einer Tür, die vermutlich ins Bad führte. Lucy rappelte sich auf und angelte nach ihrer Jeans.

Ob Nathan eine Gästezahnbürste besaß? An der Tür klopfte es und Lucy, die nicht wusste, was sie sonst tun sollte, stand auf und öffnete. Die dicke rosa Frau, die heute früh nicht mehr rosa, sondern eher lila war, stand mit einem Tablett und offenem Mund vor der Tür.

»Soll ich Ihnen das abnehmen?«, fragte Lucy. Die Frau nickte.

In diesem Moment kam Nathan aus dem Bad und die Frau fand ihre Stimme wieder. »Mr. de Tremaine, Sie sollten wissen, dass Ihr Großvater keine Unzucht im Haus duldet.«

»Das war keine Unzucht, sondern eine lebensrettende Maßnahme. Die junge Frau wäre erfroren, wenn ich sie nicht hereingeholt hätte«, erklärte Nathan schroff. »Und nun seien Sie so nett und bringen noch eine Tasse. Und dann möchte ich, dass Sie das Frühstück hochbringen. Wir werden hier essen.«

Damit schloss er die Tür und nahm Lucy das Tablett ab. Er trug es zu einem kleinen Tischchen und goss Lucy eine Tasse Tee ein.

Sie setzte sich auf das Bett und Nathan zog sich einen Sessel heran, um dicht neben ihr sitzen zu können. Lucy nippte an ihrem Tee.

»Magst du einen Keks?« Sie nickte, denn ihr Magen machte vor Hunger bereits bedenkliche Geräusche.

Wieder klopfte es und Miss Hudson brachte ein weiteres Tablett.

»Toast, Ei, Bacon und Marmelade«, erklärte sie Nathan in beleidigtem Tonfall.

Nathan nickte und schloss ohne eine Erwiderung die Tür. Dann goss er auch sich eine Tasse Tee ein.

»Magst du einen Toast?«, fragte er.

Lucy nickte. »Nur mit Butter, bitte.«

Nathan schmierte ihren Toast und stellte den Teller mit dem Rührei zwischen ihnen ab, sodass sie beide davon essen konnten. »Du kannst den Bacon essen«, forderte Nathan sie auf. »Sie hat ihn für dich gemacht. Ich bin Vegetarier«, beantwortete er ihre stumme Frage.

»Noch einen Toast?«, fragte Nathan, nachdem sie das Ei aufgegessen hatten.

»Gern«, sagte sie und betrachtete seine Hände, während er die Butter auf das Brot strich. Verlegen biss sie sich auf die Unterlippe, als sie sich erinnerte, dass diese Hände vor nicht allzu langer Zeit brennende Streifen auf ihrer Haut hinterlassen hatten.

»Satt?«, fragte Nathan, nachdem sie auch den zweiten Toast gegessen hatte. Lucy nickte und sammelte die Krümel von ihrer Jeans.

»Möchtest du ins Bad?«

Sie überlegte einen Moment, bevor sie sich aufrappelte. »Hast du eine Zahnbürste?«, fragte sie verlegen.

»In dem Schrank über dem Waschbecken sind frische«, antwortete er.

Lucy ging ins Bad und spritzte sich kaltes Wasser ins Gesicht. Ihre Gedanken vollführten unterdessen Drehwürmer in ihrem Kopf. Was geschah mit ihr? Da traf sie auf einen Mann, der dasselbe Mal trug wie sie. Jemand, der ihr höchstwahrscheinlich erklären konnte, woher sie kam und weshalb sie so merkwürdige Dinge sah und hörte. Und das Einzige, woran sie denken konnte, waren seine Finger auf ihrem Körper und seine Lippen auf ihren. Und dass es sich gut anfühlte, auf seinem Bett zu sitzen, es vollzukrümeln und dabei zu schweigen.

Nachdem Lucy sich die Zähne geputzt und sich frisch gemacht hatte, verließ sie das Badezimmer. Sie hätte es noch länger darin ausgehalten. Es war mindestens doppelt so groß wie das Bad, das sie sich in der WG zu viert teilten.

Nathan stand am Fenster und sah auf die Straße hinunter. Wieder trug er einen schwarzen Anzug und ein schwarzes Hemd. Mit dem weißen hatte er Lucy besser gefallen. Jetzt wirkte seine Aura noch düsterer. Doch sie konnte ihn schlecht bitten, sein Hemd zu wechseln. Vielleicht war jemand aus seiner Familie gestorben.

Lucy ließ ihren Blick durch das Zimmer gleiten. Es war schlicht, aber luxuriös eingerichtet. Nathans Großvater schien ein reicher Mann zu sein. Nathan hatte sicher nie auf etwas verzichten müssen.

»Lass uns rausgehen«, unterbrach Nathan ihre Gedanken. »Was ich dir zu sagen habe, lässt sich draußen leichter erzählen.«

Besorgnis beschlich Lucy bei seinen Worten. Trotzdem schlüpfte sie in ihre Schuhe und ihre Jacke. Nathan musterte sie mit zusammengezogenen Brauen.

»Du musst dir dringend eine dickere Jacke kaufen. Für das Londoner Wetter ist die definitiv zu dünn.« Er holte einen blauen Schal aus einer Kommode, die neben der Tür stand, und wickelte ihn Lucy um den Hals. Zärtlich berührten seine Finger dabei ihre Wangen.

»Besser«, befand er und öffnete die Tür.

Hintereinander liefen sie die Treppe hinunter und traten vor die Tür. Heute Morgen war es windstiller als am Abend zuvor. Der Himmel war wolkenlos, aber trotzdem war es empfindlich kalt. Lucy vergrub ihr Gesicht in dem Schal und sog seinen Duft ein.

Nathan steuerte zielstrebig auf den St. James Park zu, der seinem Haus gegenüber lag. Eine Weile liefen sie schweigend nebeneinander her.

Der Park war verlassen, wenn man von den wenigen Joggern und den schwarzen Raben absah, die ihnen Gesellschaft leisteten. Vorwitzige Eichhörnchen, die zu Hunderten den Park bevölkerten, flitzten vor ihnen über die Wege. Immer wieder stellte sich eins vor ihnen auf, um zu betteln. Lucy bedauerte, dass sie nicht daran gedacht hatte, etwas Toast mitzunehmen. Wenn sie sonst den Weg durch den Park zur Arbeit nahm, hatte sie meistens etwas dabei.

»Ich bin dir eine Erklärung schuldig«, begann Nathan. »Ich weiß, dass ich längst mit dir hätte sprechen müssen.« Er schwieg. »Wir tragen beide das Mal«, fuhr er fort, »weil wir beide Kinder des Bundes sind. Jede Generation bringt ein Mädchen und einen Jungen hervor. Unsere Aufgabe ist es, das Wissen der Menschen zu bewahren und zu verhindern, dass es missbraucht wird. So war es immer und so wird es immer sein.«

Lucy sah ihn irritiert an.

»Am besten beginne ich ganz am Anfang«, sagte Nathan daraufhin. »Die Ursprünge unserer Gabe liegen weit zurück. Über zweitausend Jahre ist es her, seit die ersten Kinder mit dem Mal geboren wurden. Ich habe dir von den Katharern erzählt«, begann er noch einmal. »Sie waren eine christliche Glaubensgemeinschaft in Okzitanien. Heute gehört dieses Gebiet zu Frankreich. Der Papst ließ sie unter fadenscheinigen Begründungen verfolgen und vernichten. Nur wenige Anhänger überlebten die Hetzjagd. Die wenigen Überlebenden flohen nach England und gründeten den Bund. In diesem sind heute die Familien vereinigt, die der Verfolgung entgangen sind. Die Katharer waren Christen wie die Katholiken und trotzdem trennten sie wesentliche Anschauungen des Glaubens. Die Katharer waren der Überzeugung, dass Luzifer die Welt der Menschen geschaffen hat. Anders war es für sie nicht zu erklären, dass es so viel Böses in der Welt gibt – all diese Krankheiten, Kriege, Hass, Habgier, Verrat und Missgunst. Kein gütiger Gott würde seiner Schöpfung dies zumuten. Die Existenz des Dualismus ist unverzichtbarer Bestandteil des Glaubens.«

Lucy sah ihn fragend an.

»Sie glauben daran, dass die Welt in Gut und Böse zu unterteilen ist. In Schwarz und Weiß. Es gibt immer und überall beide Seiten der Medaille, verstehst du?«

Er warf Lucy einen Blick zu, sie nickte und lauschte seinen Worten. Also sprach er weiter.

»Trotz der Verfolgung hat der Bund an seinem Glauben festgehalten. Wir führen unsere Bestimmung auf das Evangelium des Johannes zurück. Der Legende nach bat Christus Johannes, seinen Lieblingsjünger, sein Vermächtnis niederzuschreiben. Unser Auftrag ist in diesem Buch verankert. Wir sind dazu bestimmt, das Wort zu schützen. Die Kinder, die in jeder Generation geboren werden, müssen diese Aufgabe erfüllen. Wir besitzen die Fähigkeit, besondere Bücher auszulesen und in Obhut zu nehmen.«

»Auslesen und in Obhut nehmen?«, fragte Lucy jetzt. Nathan atmete tief durch. Bislang schien Lucy seine Ausführungen gut aufzunehmen, aber jetzt kam der heikle Teil der Enthüllung. Obwohl weit und breit niemand zu sehen war, senkte Nathan seine Stimme.

»Seit meinem achtzehnten Lebensjahr reise ich durch die Welt, auf der Suche nach den Büchern, die es verdienen, geschützt zu werden. Jeder meiner Vorfahren hat dies getan.«

Lucy taumelte zurück, doch Nathan hielt sie fest. Noch eindringlicher sprach er weiter. »Viel zu oft ist den Menschen Wissen und Weisheit vorenthalten worden. Wissen, das von den Mächtigen dieser Welt missbraucht wurde. Wir müssen das verhindern. Wir können unmöglich alle Bücher retten, aber die Besonderen nehmen wir in unsere Obhut. Wissen ist Macht und nur wenige Menschen verstehen mit dieser Macht umzugehen. Es gab Jahrhunderte, in denen die Kirche jedes Buch, das ihren Lehren widersprach, oder das ihnen nicht genehm war, in die Archive des Vatikans verbannte. Viel zu oft sind Bücher vernichtet worden und unwiederbringlich verloren gegangen.« Nathan schwieg. »Ganze Bibliotheken wurden verbrannt, weil sich Menschen dazu aufschwangen, über das Wort zu richten. Die Bibliothek von Alexander dem Großen, die riesige Bibliothek von Lissabon mit über 70.000 Büchern. Viel zu oft gab es Zeiten, in denen Bücher offiziell verbrannt wurden. So viele Bücher, die unwiederbringlich verloren sind.«

Lucy sah auf. »Was habe ich damit zu tun?«, fragte sie zögernd, obwohl sie die Antwort längst wissen musste.

»Das weißt du doch, Lucy. Die Bücher haben dich gefunden. Du bist ein Kind des Bundes.« Nathans Stimme klang eindringlich. »Es ist deine Aufgabe, die Bücher zu schützen. Vor über sechshundert Jahren sind die Kinder des Bundes getrennt worden, doch das war nicht recht.«

Nathan schwieg und dachte kurz nach. Er hatte eine Lösung gefunden. Eine Erklärung für Lucy.

»Philippa Plantagenet wurde von der Kirche entführt und in einem katholischen Kloster gefangen gehalten, genau wie ihr Kind. Die Kirche hat die Frauen gezwungen, gegen den Bund zu arbeiten. Nur den Männern ist es zu verdanken, dass der Bund bis heute besteht und seiner Aufgabe nachkommt. Du, Lucy, kannst das Geschick des Bundes wenden und alles gutmachen. Du kannst dafür sorgen, dass wir unsere Stärke zurückerlangen und die Aufgabe fortführen. Wir zusammen könnten viel mehr Bücher vor der Ignoranz der Welt retten, als ich es allein vermag. Wir beide zusammen würden Großes vollbringen.«

Nathan war, während er sich in Rage geredet hatte, stehen geblieben. Er blickte sie an und strich unvermittelt über ihr kaltes Gesicht. Ihre Haut prickelt unter seinen heißen Fingern.

»Heute ist das, was wir tun, wichtiger denn je. Ich schütze die Bücher und verberge sie, damit ihre Worte nicht verloren gehen. Es gibt so viele besondere Bücher. Ihre Worte vermögen es, die Menschen zu beflügeln, wenn die Zeit reif dafür ist. Früher schützten wir die Bücher vor der Kirche und den Königen. Heute schützen wir die Bücher vor den Menschen selbst. Nur noch wenige erkennen den Zauber, der von Büchern ausgeht. Nur noch wenige Menschen erkennen ihren Wert. Wenn wir diese einzigartigen Werke nicht schützen, dann werden sie vergessen. Die Bücher werden nicht mehr gedruckt, da die Menschen immer weniger lesen. Das Wort hat seinen Wert verloren. Aber es wird der Tag kommen, an dem die Menschen erkennen werden, was dieses Wissen bedeutet, und dann werden wir es zurückgeben.«

Lucy schüttelte ihren Kopf und wollte etwas erwidern. Doch Nathan ließ sie nicht zu Wort kommen.

»Es sind Menschen verbrannt worden, um dieses Vermächtnis zu schützen. Jahrhundertelang suchte die Kirche, Könige oder Schatzjäger nach dem legendären Schatz der Katharer. Niemand hat verraten, dass zwei Kinder der wirkliche Schatz waren. Und wir beide, Lucy, wir sind die Nachfahren dieser Menschen. Wir sind es ihnen schuldig, die Aufgabe fortzuführen. Sie haben ihr Leben dafür gegeben. Verstehst du?«

Der Griff seiner Hände war schmerzhaft. Lucy sah in sein leidenschaftliches Gesicht und ja, sie verstand ihn.

Verstand, dass er sich einer Aufgabe mit einer Hingabe widmen konnte, zu der nur wenige Menschen fähig waren.

Trotzdem nagten in ihrem Hinterkopf Zweifel. Zweifel an der Richtigkeit seiner Worte. Etwas von dem, was er sagte, war falsch. Sie musste darüber nachdenken. So viele Fragen waren offen.

»Wieso hast du es mir nicht gleich erzählt? Du wusstest, wie viel Angst mir das alles machte. Und du warst der Einzige, der mir hätte sagen können, was mit mir passiert. Weshalb ich die Bücher höre, weshalb ich ihren Schmerz fühle. Du hast es nicht getan.« Ihre Worte klangen anklagend. Sie hatte so viel gegrübelt, hatte gezweifelt und er hätte ihr an dem Tag, an dem er ihr Mal das erste Mal sah, alles erklären können.

»Ich hatte Angst, dass du es nicht verstehst«, sagte er sanft und zog sie zu sich heran. »Ich bin für diese Aufgabe erzogen worden. Mein Großvater hat mich gelehrt, dem Bund zu folgen. Ich habe befürchtet, dass du mich auslachst, mir nicht zuhörst. Erst jetzt bin ich sicher, dass du mich verstehst.« Nathan schwieg.

Philippas Bild stieg vor Lucys innerem Auge auf. Philippa, die schon als kleines Mädchen behauptet hatte, dass es falsch war, was der Bund tat. Philippa, die ihr Kind vor den Männern des Bundes in Sicherheit brachte. Philippas Worte klangen in ihr: »Das Wissen und die Weisheit der Bücher dürfen nicht länger verborgen werden. An Worten sollen die Seelen der Menschen emporwachsen, Worte sollen die Waffen der Zukunft sein.«

»Ich bin nicht sicher, ob du recht mit dem hast, was du sagst«, antwortete sie langsam und griff nach dem Medaillon, das an ihrer Brust hing. Es fühlte sich warm an und irgendwie lebendig. Es spendete ihr Trost und gab ihr Kraft.

»Du musst mir mehr erzählen. Ich muss verstehen, was du tust und erst dann werde ich entscheiden, ob ich dir helfe.«

Nathan nickte und lächelte, doch die Worte, die er dann aussprach, klangen in Lucys Ohren wie eine Drohung. »Wir haben nicht viel Zeit, Lucy. Wenn du mir nicht freiwillig hilfst, wird mein Großvater sich deiner annehmen.«

Schweigend gingen sie weiter. Die Gedanken in Lucys Kopf wirbelten durcheinander. Nathan griff nach ihrer Hand, doch sie war nicht sicher, ob es ihr gefiel, dass er sie festhielt. Lucy spürte, wie ihr Mal feine Lichtfäden spann, um sich mit Nathan zu verbinden. Nathan hatte recht, es fühlte sich richtig an, es fühlte sich an, als ob die Male zusammengehörten. Aber gehörte sie deshalb zu Nathan? Hätte sie sich diese Frage gestern oder heute früh gestellt, hätte sie ohne zu zögern mit Ja geantwortet. Er hatte sich in ihr Herz geschlichen, fast unbemerkt, und doch konnte sie nicht richtig finden, was er ihr gerade erzählt hatte. Was enthielt der Bund den Menschen vor? Sie wusste von Tennyson und Chaucer. Doch es waren viel mehr leere Karten in den Kästen gewesen. Waren das alles Bücher die der Bund ... Wie sollte sie es nennen – gestohlen hatte? Nathan hatte gesagt, dass der Bund das Wissen schützte. War das so? Weshalb war Philippa dann fortgegangen? Vielleicht war es früher richtig gewesen, diese Bücher zu schützen. Aber heute?

Während Lucy in ihre Überlegungen versunken war, hatte Nathan sie zu einem Café geführt. Als er ihr die Tür öffnete und Wärme und der Duft von Tee und Kuchen sie umfing, blickte sie auf.

»Ich glaube, es ist besser, wenn wir hier miteinander reden«, sagte er und lächelte sie liebevoll an. »Dann wirst du nicht wieder zum Eisblock.«

»Du hast mich gründlich aufgetaut«, entschlüpfte es Lucy, ohne dass sie es wollte.

Nathans Lächeln gefror bei ihren Worten und er schob sie beinahe grob in den Gastraum.

»Wir sollten diesen Vorfall vergessen«, sagte er leise.

Lucy wurde bei seinen Worten kälter, als es draußen gewesen war.

»Weshalb soll ich es vergessen?« Sie ahmte seine Stimme nach, konnte ihren Zorn aber kaum unterdrückten. Vorfall, so nannte er das jetzt. Klang nach Unfall.

Nathan führte sie zu einem abgelegenen Tisch.

»Es hat nichts mit dir zu tun«, sagte er besänftigend. »Es liegt an mir.«

»Wie meinst du das?«, fragte Lucy.

»Als ich letztes Wochenende bei meinem Großvater war, wurde ich in den inneren Kreis des Bundes aufgenommen. Ich habe mich jahrelang darauf vorbereitet«, erklärte er. »Doch ich muss mich nun an bestimmte Regeln halten.«

»Und die sind?«

»Es gibt einige, aber nur eine betrifft uns beide.« Er zögerte kurz. »Der Bund wird zu gegebener Zeit eine Frau wählen, mit der ich mich vermählen muss und die meinen Nachfolger zur Welt bringen wird. Ich möchte dir keine falschen Hoffnungen machen.«

Lucy schauderte bei seinen Worten.

»Eine gruselige und mittelalterliche Regel«, sagte sie langsam und konnte nicht glauben, was er gesagt hatte. In welchem Jahrhundert lebten diese Leute?

»Vielleicht hast du recht. Bisher war diese Regel kein Problem für mich«, erwiderte Nathan. »Das mag merkwürdig klingen, aber dafür wurde ich erzogen.«

Der Kellner brachte den bestellten Tee.

»Nathan«, begann Lucy ihre Überlegungen laut zu sortieren. »Ich habe Philippa gesehen. Sie hat sich vom

Bund losgesagt und was sie tat, erschien mir berechtigt. Es war ihre eigene Entscheidung. Ich weiß nicht, was man dir erzählt hat. Aber die Kirche hatte nichts damit zu tun. Erst jetzt verstehe ich, was sie mir sagen wollte. Sie fand es falsch, die Bücher zu verbergen. Sie ist geflohen und hat ihre Tochter mitgenommen. Das Kind, das das Mal trug. Ihre anderen Kinder hatte der Bund ihr genommen. Ich frage mich, ob sie das auch mit uns gemacht haben. Wir kennen beide unsere leiblichen Eltern nicht.«

»Meine leiblichen Eltern haben mich bei meinem Großvater zurückgelassen. Mein Vater wäre der Erbe gewesen, doch er war der Aufgabe nicht gewachsen«, antwortete Nathan steif. Lucy beschloss, auf diesen Punkt vorerst nicht näher einzugehen.

»Wie funktioniert dieses Auslesen? Woher kommt diese Fähigkeit, ein Buch ganz und gar verschwinden zu lassen? Kann ich das auch?«

Im selben Moment, in dem sie die Frage stellte, schauderte sie. Sie hatte den Schmerz der Bücher gespürt.

»Wir beide besitzen diese Fähigkeit von Geburt an, doch sie muss geschult werden. Ein Buch wird mit der Kraft der Gedanken in Obhut genommen. Es darf kein einziges Wort zurückbleiben. Als du klein warst, ist dir da nie etwas Seltsames mit Büchern passiert? Waren sie nicht eines Tages in deinem Kopf?« Neugierig sah Nathan sie an und Lucy nickte langsam.

»Genauso war es«, antwortete sie dann verwundert. »Die Worte – sie waren eines Tages einfach da, direkt in meinem Kopf. Es hat ewig gedauert, bis ich begriffen habe, dass das nicht normal war. Aber da hatte ich mich längst daran gewöhnt.«

»Das ist der Moment, ab dem die Kinder des Bundes das Auslesen lernen. Erst ab diesem Zeitpunkt funktioniert es. Man behält diese Fähigkeit auch nicht ein Leben lang, sondern verliert sie mit dem fünfzigsten Lebensjahr. Dich hat bisher niemand darin unterwiesen, aber ich bin sicher, mein Großvater könnte es dir beibringen.« Er griff nach Lucys Hand.

Sie schrak zurück und schüttelte automatisch den Kopf.

»Ich will das nicht, Nathan. Ich spüre den Schmerz der Bücher. Sie trauern um ihre verlorenen Worte. Du musst das doch auch merken.«

Verständnislos sah Nathan sie an. »Die Worte sind nicht verloren, Lucy. Wir bewahren sie. Irgendwann, wenn die Menschen Bücher wieder zu schätzen wissen, werden wir sie zurückgeben.«

»Ihr könnt nicht über die Bücher bestimmen, Nathan. Das ist nicht richtig.« Lucy spürte, dass Wut in ihr hochkochte.

»Doch, das können wir und das müssen wir sogar. So ist es uns vorherbestimmt. Du musst zum Bund zurückkehren.« Sein Ton klang fordernder, als er ursprünglich beabsichtigt hatte. Begriff sie denn nicht, wie wichtig ihre Aufgabe war?

Lucy versuchte, sich zu beruhigen. Sie hatte so viele Fragen.

»Was ist mit den Büchern passiert, die ihr ausgelesen habt?«

Nathan überlegte, wie viel er Lucy erzählen durfte. Dann beschloss er, sich so weit wie möglich an die Wahrheit zu halten. Er musste sie überzeugen, dass sein Weg der richtige war.

»Bevor das Heer des Papstes unsere Zuflucht in Montségur einnahm, befand sich die geschützte Bibliothek im Inneren des Berges. Hunderte Bücher hatten unsere Vorfahren dort in Sicherheit gebracht. Tausende Wörter, die es verdienten, geschützt zu werden. Ein riesiges Labyrinth war über die Jahrhunderte in den Berg geschlagen worden, um die Bücher zu schützen. So viele einmalige Gedanken, Wünsche und Träume, gebannt auf Papier und Pergament. Ein Schatz, dessen Wert nicht zu beziffern ist. Doch der Berg musste verschlossen werden. Es war undenkbar, dass die Bücher dem Papst in die Hände fielen, und so gingen sie für immer verloren. Der Zugang ist für alle Ewigkeit verschlossen. Es gab andere Menschen, Dichter und Denker, die die Worte wieder hervorbrachten und erneut machte der Bund sich an die Arbeit und rettete das Wissen.«

»Und wo sind die Bücher jetzt?«, fragte Lucy, der beim Gedanken daran, dass es unversehrte Exemplare der verlorenen Bücher gab, das Herz bis zum Hals klopfte.

»Ich werde sie dir zeigen, wenn die Zeit reif ist. Der Zugang ist nur den Perfecti erlaubt. Doch wenn du dich uns wieder anschließt und unseren Regeln folgst, dann wirst du die Bücher sehen dürfen.«

»Und wenn nicht?«, fragte Lucy wie aus der Pistole geschossen und verfluchte sich im selben Moment für diese Frage.

Nathan schwieg.

»Was, wenn nicht?«, fragte Lucy nach, da sie die Frage sowieso nicht rückgängig machen konnte.

»Ich weiß es nicht, Lucy. Ich weiß nicht, was dann geschieht«, antwortete Nathan wahrheitsgemäß.

Lucy lehnte sich zurück. Angst beschlich sie bei Nathans Worten. Ihre nächste Frage überlegte sie sich etwas genauer.

»Du hast *Alice* gelesen und nun arbeitest du an Oscar Wilde. Bedeutet das, dass beide Bücher verschwunden sind?«

Nathan nickte. »*Alice* ist gerade dabei, vergessen zu werden. Bei Oscar Wilde bin ich noch nicht so weit. Es ist eine aufwendige Prozedur, die Bücher in Obhut zu nehmen. Deshalb müssen wir genau überlegen, für welche Werke wir uns entscheiden.«

»Ok, und wie funktioniert das? Zeichnest du deshalb die Einbände?«

»Ja. Ich muss die älteste Ausgabe des Buches finden, die existiert. Es muss nicht immer ein Original sein. Oft gibt es diese nämlich nicht mehr. Heute ist es mithilfe des Internets viel einfacher, die Bücher, die wir suchen, aufzustöbern. Früher war es schwieriger. Die Kinder des Bundes reisten ihr halbes Leben lang durch Europa, um ihre Aufgabe zu erfüllen. Egal ob Krieg oder Frieden herrschten. Oft war es nicht möglich, die gesuchten Bücher zu finden. Oft hatte die Kirche sie schon vernichtet. Es war ein Wettlauf mit der Zeit. Wie viele Bücher geschützt werden konnten, war von Generation zu Generation unterschiedlich. Es kam ganz auf die Umstände an. Mein Großvater sammelte mehr Bücher als jeder Mann vor ihm. Doch ich werde ihn noch übertreffen«, sagte Nathan mit Stolz in der Stimme.

»Und wenn du ein Buch gefunden hast, was dann?«, fragte Lucy.

»Dann muss der Einband kopiert und ein mit dem Original identisches, leeres Buch geschaffen werden. Ein Buch, das die Wörter aufnehmen kann. Ein Schutzbuch, wenn man so will, eine Heimstatt für die Wörter.«

»Und wenn das Schutzbuch fertig ist, liest du den Text aus?«

Nathan nickte. »Ich versenke mich in den Text und nehme die Wörter in mich auf und mein Mal verwebt sich mit ihnen. Besser kann ich es nicht erklären. Es ist eine Art Trance, in die ich mich begebe. Ich öffne meinen Geist. Er wird zu einer Art Portal, der die Wörter in ihr neues Heim überführt. Danach dauert es eine Weile, bis das Buch endgültig verschwindet. Es löst sich nicht sofort von dieser Welt.«

»Was ist mit Chaucer? War das dein Werk?«

Wäre Nathan aufmerksamer gewesen, dann wäre er bei Lucys Tonfall stutzig geworden. Doch so antwortete er ihr wahrheitsgemäß. »Ja, ich habe es vor einem halben Jahr in Wales in unsere Obhut gebracht. Deshalb konntest du die Signatur noch erkennen, wenn auch nur noch schemenhaft. Doch das Buch war schon leer.«

Lucy schwindelte. Das konnte nicht sein. Das gab es nicht.

Und doch, sie musste zugeben, dass etwas an Nathans Worten eine zwingende Logik besaß. Trotzdem konnte es nicht richtig sein. Die Worte, die Bücher, sie gehörten den Menschen, allen Menschen. Sie durften nicht gestohlen werden. Für sie war und blieb es Diebstahl. Möglich, dass es Wissen gab, das vor langer Zeit verboten worden war. Vielleicht hatte diese Art, Bücher zu schützen, einmal seine Berechtigung besessen. Aber heute? Menschen lasen, Menschen lernten und das Wissen der Bücher gehörte nicht einigen wenigen. So etwas durfte es nicht geben.

»Nathan, ich glaube nicht, dass das richtig ist«, sagte sie vorsichtig.

Wütend funkelte er sie an und beugte sich über den Tisch zu ihr. »Es ist unsere Aufgabe, Lucy. Und ich möchte, dass du mir hilfst, sie auszuführen. Die Menschen wissen großartige Bücher, großartige Wörter und Gedanken heute doch kaum mehr zu schätzen. Vielleicht müssen wir die Bücher heute nicht mehr vor der Kirche und den Mächtigen dieser Welt schützen, aber vor den Unwissenden, den Ignoranten und vor der Dummheit.«

Lucy lehnte sich ihm entgegen. Der Zauber zwischen ihnen war verflogen.

»Du kannst nicht darüber bestimmen«, zischte sie. »Niemand kann das. Die Menschen werden sich das Wissen aneignen, für das sie bereit sind. Und wenn Wissen und Gedanken mit der Zeit verloren gehen, dann geschieht das eben. Irgendwann wird jeder gute Gedanke neu gedacht werden, Wissen sich durchsetzen. Es vor den Menschen zu verbergen und wegzuschließen, ist nicht recht.«

Nathans Augen verdunkelten sich vor Zorn noch mehr, wenn das überhaupt möglich war.

Lucy bekam Angst vor ihm. Ohne ein weiteres Wort stand sie auf und zog ihre Jacke vom Stuhl. Sie schlüpfte hinein und wartete auf ein einlenkendes Wort von ihm. Es kam nicht.

»Ich werde jetzt gehen, Nathan«, sagte sie.

Er nickte und sah sie nicht an. Seine Hände lagen zu Fäusten geballt auf dem Tisch.

»Wir sollten morgen noch einmal darüber reden«, versuchte Lucy ihn zum Einlenken zu bewegen.

Nathan nickte wieder nur.

Mutlos wandte Lucy sich ab. So schnell sie konnte, verließ sie das Café und lief durch den Park. Sie hoffte, dass Nathan ihr nicht folgen würde. Erst als das Café längst außer Sichtweite war, fiel ihr auf, dass sie Nathans Schal noch trug.

Wenn du einen Garten und eine Bibliothek hast, wird es dir an nichts fehlen.

Cicero

16. Kapitel

Nathan blieb allein in dem Café zurück. Er schäumte vor Wut. Er ärgerte sich über sich selbst und über Lucy. Weshalb begriff sie denn nicht? Was war so schwer zu verstehen an der Aufgabe, die sie beide zu erfüllen hatten? War er die Sache falsch angegangen? Sein Großvater hatte ihn gewarnt, ihm gesagt, dass die Hüterinnen störrische Weiber seien. Nathan hatte ihm nicht geglaubt. Er war überzeugt gewesen, dass er es schaffen würde, dass Lucy ihm Glauben schenken, dass sie ihm vertrauen und folgen würde. Er hatte sich von ihr vertrösten und sie gehen lassen. Wenn sein Großvater davon erfuhr, würde er ihn auslachen.

Der Stuhl ihm gegenüber wurde zurückgeschoben. Mit zusammengezogenen Brauen sah Nathan auf. War Lucy zurückgekommen? Hatte sie eingesehen, dass sie einen Fehler gemacht hatte? Doch es war ein Mann, der jetzt Platz nahm.

Er schob Lucys benutzte Teetasse zur Seite und lächelte Nathan kalt an.

»Ich dachte«, sagte er, »ich sehe mir meine kleine Braut einmal an. Sie scheint mir eine richtige Kratzbürste zu sein, oder täusche ich mich?«

Nathan schoss das Blut in die Schläfen.

»Noch ist sie nicht Eure Braut, Beaufort.« Nathan sprang auf und riss so heftig an seiner Jacke, dass der Stuhl kippte. Dann verließ er fluchtartig das Lokal.

Er war nicht schnell genug.

»Aber sie wird es sein«, rief der Mann ihm hinterher und lachte meckernd.

Nathan wusste, dass es ein Fehler gewesen war, kaum dass er aufgesprungen war. Er hätte sich seine Gefühle für Lucy nicht anmerken lassen dürfen. Beaufort würde zu seinem Großvater gehen und ihn mit diesem Wissen demütigen. Seit Ewigkeiten versuchte die Familie Beaufort in den Rang des Bischofs aufzusteigen und die Geschicke des Bundes zu lenken. Bisher war ihnen das nicht gelungen. Doch nun, da eine Hüterin aufgetaucht war, rückte dieses Ziel in den Bereich des Möglichen. Seiner Familie stand das Recht zu, die weibliche Linie fortzuführen. Nathan war sicher, dass Lucy sich hierzu nicht freiwillig hergeben würde. Obwohl er eben noch wütend auf sie gewesen war, hatte er nun Angst um sie.

Sie stand ihm nicht zu, das wusste er. Eine der eisernen Regeln des Bundes besagte, dass die gesegneten Kinder sich nicht vereinigen durften. Er konnte nur raten, weshalb das so war. Vielleicht sollte die Macht im inneren Kreis ausgewogen bleiben. Vielleicht fürchtete der Bund die übergroße Macht eines Kindes, das die Fähigkeiten zweier Kinder in sich vereinigte. Nathan hatte nie gefragt, da er überzeugt war, dass die Hüterinnen vernichtet worden waren.

Vernichtet? War das das Schicksal, das Lucy bevorstand, wenn sie sich nicht beugte? Es musste ihm gelingen, sie von der Richtigkeit seines Tuns zu überzeugen, dann würde er weitersehen. Tief in seinem Inneren wusste er, dass er sie beschützen würde. Aber noch wollte er diesen Gedanken nicht zulassen.

****

Erschöpft ließ Lucy sich auf ihr Bett fallen. Am liebsten hätte sie sich, so wie sie war, unter ihre Decke gekuschelt und wäre eingeschlafen. Aber das ging nicht, sie musste mehr über sich und Nathan herausfinden und über den Bund, von dem er gesprochen hatte.

Lucy war sich nicht sicher, was sie von dem, was der Bund tat, halten sollte.

Sie setzte sich an ihren Rechner und wartete geduldig, bis er die vertraute Startseite anzeigte. Dann gab sie »Montségur« ein und vertiefte sich in die Schilderungen der Streitigkeiten zwischen der katholischen Kirche und den Katharern, aus denen die Kirche schlussendlich als Siegerin hervorgegangen war. Die Katharer hatten einen hohen und blutigen Preis bezahlt, um ihr Geheimnis zu schützen. Ähnlich wie die Templer waren sie unter einem Vorwand vom Papst zu Ketzern erklärt worden. Weshalb diese christliche Abspaltung nicht so populär geworden war wie ihre Glaubensbrüder, über die unzählige Bücher und Filme existierten, konnte Lucy nur raten. Vermutlich hatten weder die wenigen Überlebenden noch die Kirche Interesse daran, dass die Katharer den Menschen im Gedächtnis blieben, und so waren sie aus der allgemeinen Erinnerung verschwunden. So hatten sie über Jahrhunderte unbemerkt ihre eigentliche Aufgabe fortführen können.

Nathan nannte es »Bücher in Obhut nehmen«. Philippa hatte behauptet, dass es nicht richtig war, was der Bund tat. Lucy war verwirrt. Hätte das Medaillon ihr nicht die Bilder von Philippa gezeigt, hätte sie Nathan vermutlich zugestimmt, dass die Bücher es verdienten, gerettet zu werden. Aber nun kannte sie auch die andere Seite, kannte die Ansicht der Hüterin. Was sollte eigentlich ihre Aufgabe sein? Nathan hatte gesagt, dass sie ihm helfen sollte. Auch sie hatte die Kraft, den Büchern ihre Worte zu nehmen und sie vergessen zu machen. Sie musste sich nur von seinem Großvater darin unterrichten lassen. Ihr gruselte bei dem Gedanken. Die Bücher litten furchtbare Schmerzen, sie hatte es gespürt. Weshalb konnte Nathan das nicht fühlen, während er las? Hatte der Bund jemals ein Buch zurückgegeben, fragte Lucy sich. Wie würde das vonstattengehen? Wenn die Originale der Bücher verschwanden, die Nathan oder seine Vorgänger ausgelesen hatten, was passierte dann eigentlich mit den Kopien, die auf der ganzen Welt verstreut waren? Sie konnte nicht glauben, dass in allen Bücherregalen der Welt leere Exemplare davon standen. Verschwanden diese einfach und lösten sich in Luft auf, wie das Grabmal von Chaucer? So musste es sein, eine andere Erklärung gab es nicht. Das war Zauberei oder Magie oder was auch immer. Lucy rieb sich über ihre fröstelnden Arme. Die Kälte kroch tief in ihr Innerstes.

Es war am besten, wenn sie die Bücher selbst fragte. Sie würde noch einmal in das Medaillon schauen. Vielleicht konnte ihr Philippa weiterhelfen.

Lucy nahm einen dicken Pullover aus ihrem Schrank und band sich Nathans Schal wieder um. Dann schlüpfte sie in Schuhe und Jacke und wollte sich auf den Weg zur Bibliothek machen.

Im Flur der Wohnung lief ihr Colin über den Weg.

»Magst du auch einen Tee?«, fragte er.

Lucy schüttelte den Kopf und zog sich dabei ihre Stiefel an.

»Alles in Ordnung mit dir«, fragte Colin unbeirrt weiter.

»Was soll sein?«, fuhr sie ihn an.

Colin hob zur Verteidigung seine Hände. »Hey, Prinzessin. Ich bin's«, erinnerte er sie und zog sie trotz ihres

Widerstandes in seine Arme. »Willst du mir sagen, was los ist?«

Lucy schüttelte ihren Kopf, der an seiner Brust lag. Es fühlte sich sicher an, von ihm gehalten zu werden. Zu gern hätte sie Colin alles erzählt, aber sie fürchtete, ihn in Gefahr zu bringen.

»Heute nicht«, sagte sie dann. »Vielleicht ein anderes Mal.«

»Ok. Ich bin da.«

»Ich weiß.« Lucy machte sich los und verschwand durch die Tür. Eilig lief sie die Treppe hinunter und dann die Straße zur U-Bahn entlang.

Es dauerte eine Weile, bis sie die große, schwarze Limousine bemerkte, die langsam hinter ihr die Straße entlangfuhr. Durch die getönten Scheiben konnte sie nicht sehen, wer sich im Wageninneren befand.

Mehrmals blickte Lucy sich nach dem Gefährt um, doch es machte keine Anstalten, schneller zu fahren. Sie war erleichtert, als sie ihre U-Bahn-Station erreichte und zu den Gleisen hinuntereilte. Hierher konnte das Auto ihr nicht folgen. Sie schüttelte den Kopf. Jetzt litt sie schon an Verfolgungswahn. Vermutlich war dem Fahrer der Sprit ausgegangen oder das Auto hatte einen anderen Schaden.

»Was machst du denn hier?«, fragte Marie verwundert, als sie die Bibliothek betrat. »Du hast doch heute frei. Und überhaupt: Du hast heute nicht zu Hause geschlafen. Wo warst du?«, fragte sie und beugte sich über den Tresen. »Du weißt doch: keine Geheimnisse.«

Lucy lächelte Marie an. »Ich war bei Nathan«, sagte sie dann wahrheitsgemäß. »Aber wir haben uns gestritten und da habe ich mir überlegt, dass ich hier noch zu tun habe«, fügte sie dann hinzu.

»Wie, ihr habt euch gestritten?«, fragte Marie verständnislos.

»Gestritten eben«, sagte Lucy.

»Ihr verbringt eure erste Nacht miteinander und danach streitet ihr euch? Kann ja nicht so besonders gewesen sein«, stellte sie trocken fest.

Lucy spürte, dass sie rot wurde. »Es war nicht so, wie du denkst«, erwiderte sie. »Wir haben nicht ... du weißt schon.«

»Nicht?« Marie bekam große Augen. »Was habt ihr dann gemacht? Lass mich raten. Gelesen? Briefmarken sortiert? Lucy, das ist nicht zu fassen. Der Kerl sieht aus wie ein Gott und du verpasst die erste Gelegenheit, über ihn herzufallen?«

»Redet ihr von mir?«, tönte eine dunkle Stimme neben den beiden.

Die Mädchen fuhren herum. Chris hatte sich neben Lucy aufgebaut und grinste nun von einem Ohr zum anderen.

»Ich hab was von einem Gott gehört«, erklärte er. »Da dachte ich mir, die Mädels müssen dich meinen.«

»Chris, du bist so ein Angeber«, lachte Lucy und nutzte die Gelegenheit, um ins Archiv zu verschwinden.

»So kommst du mir nicht davon«, rief Marie ihrer Freundin noch hinterher.

Lucy seufzte. Das wusste sie selbst. Marie und Jules würden sie ins Kreuzverhör nehmen, wenn sie nach Hause kam.

»Hallo ihr«, murmelte Lucy, nachdem sie die steilen Stufen hinuntergestiegen war. »Ich habe Neuigkeiten und ihr müsst mir helfen, zu entscheiden, ob die gut oder schlecht sind.«

Die Bücher wisperten aufgeregt. Lucy lief in ihr Büro und schaltete das Licht an. Dann ging sie zum Aufzug und entnahm ihm die beiden Bücher, die sie mit Nathan gestern hineingelegt hatte.

Ihr Herz schlug ihr bis zum Hals, als sie den Karton mit dem Buch von Lewis Caroll öffnete. Vorsichtig packte sie es aus und begann darin zu blättern. Ihre schlimmsten Befürchtungen bewahrheiteten sich – das Buch war leer. Nathan hatte gründliche Arbeit geleistet. Kein einziger Buchstabe war mehr zu erkennen. Sie schlug das Buch wieder zu und nahm es in den Arm. Ganz fest drückte sie es an sich und schloss die Augen.

Die Gefühle des Buches, das an ihrer Brust lag, stürmten ungefiltert auf sie ein. Da war Schmerz zu spüren, Trauer und Angst. Auch Wut spürte Lucy. Wut, dass das Buch sich nicht hatte wehren können, dass man ihm seine Worte gestohlen hatte.

Das konnte nicht richtig sein, befand Lucy und wollte das Buch trösten. Aber wie sollte sie das tun? Die Worte waren verloren. Fest verschlossen, an einem geheimen Ort. Einem Ort, an dem sich nur ein paar alte Männer an den Worten erfreuen konnten.

Welchen Sinn hatte es, ein Buch wie *»Alice im Wunderland«* zu stehlen? Die katholische Kirche konnte kaum ein Interesse an einem Kinderbuch haben. Nathans Begründung für sein Tun kam Lucy im Rückblick kindisch und albern vor. Was waren die wirklichen Beweggründe des Bundes?

Lucy legte das Buch zur Seite und nahm das Medaillon in ihre Hand. Lange betrachtete sie es.

Dann rannte sie tief in das Innere des Archivs hinein. Als sie sicher war, dass kein ungebetener Besucher sie finden konnte, lehnte sie sich gegen eine steinerne Wand und zog das Medaillon hervor. Wenn sie doch bloß mit Philippa reden könnte. Wenn Philippa ihr erklären könnte, weshalb sie den Bund verlassen hatte. Was war mit ihr geschehen? Wohin war sie gegangen?

Lucy klappte das Schmuckstück auf und zog den Ärmel ihres Pullovers zurück. In Sekundenschnelle hatte das Licht sich vereinigt und Lucy erkannte Philippa. Sie lag in einem Bett und sie sah krank aus. Sie sah aus, als ob sie bald sterben würde. Auf der Kante des Bettes saß ein Mädchen. Es war vielleicht acht oder neun Jahre alt. Philippa hielt seine Hand, und während die todkranke Frau lächelte, strömten dem Kind die Tränen über die Wangen. Der Schmerz, der Lucy bei dem Anblick durchfuhr, ließ sie zusammenzucken. Ihre Hand mit dem Medaillon zitterte. Am liebsten hätte Lucy es zugeklappt, um dem Schmerz zu entgehen. Da begann Philippa zu sprechen. »Du musst tapfer sein, mein Kind. Weine nicht. Du bist hier in guten Händen. Ich gehe heim. Heim zu Gott und zu deinem Vater. Eines Tages wirst du mir folgen und wir werden wieder vereint sein und, so Gott will, werden auch deine Geschwister an unserer Seite sein.«

»Du darfst mich nicht verlassen, Mutter. Ich bin noch nicht so weit. Ich werde meine Aufgabe nicht erfüllen können. Nicht ohne dich.«

»Du wirst es schaffen«, bestärkte Philippa das Kind, das ihre Tochter sein musste. Ein Hustenanfall unterbrach ihre Worte. Das Mädchen nahm ein Tuch zur Hand und wischte Blut von Philippas Mund. Dann reichte sie ihr einen Becher. »Aber was, wenn ich versage? Was ist, wenn die Männer des Bundes mich erkennen, mich finden?«

»Sie wissen nicht, dass du überlebt hast, Gwen. Sie halten dich und mich seit Jahren für tot. Du musst dich vor ihnen verbergen, aber du musst sie auch daran hindern, noch mehr Wissen zu stehlen. Du musst all deine Kraft und deine Macht darauf konzentrieren. Es wird nur eine Frage der Zeit sein, bis sie wissen, dass wir sie damals getäuscht haben. Hüte dich vor den Männern. Sie sind neidisch auf die Fähigkeit der Frauen des Bundes, denn nur wir sind in der Lage, die Bücher wieder freizulassen und den Menschen die Worte zurückzugeben. Deshalb haben sie uns in all den Jahren verboten, die geretteten Bücher zu sehen und haben uns den Zugang zu ihnen verwehrt. Sie trauen uns nicht.«

Wieder hustete Philippa. »Sie werden versuchen, dich zu finden. Sie werden versuchen, dich zurückzuholen und wenn ihnen das nicht gelingt, werden sie versuchen, dich zu töten. Also verbirg dich vor ihnen. Du hast mächtige Verbündete, die dir helfen werden. Doch handle klug, mein Kind. Überstürze nichts.«

Die Hustenanfälle wurden stärker. Ein breiter Faden roten Blutes lief aus Philippas Mund.

»Du darfst nicht mehr sprechen, Mutter. Es strengt dich zu sehr an. Du musst dich ausruhen. Ich werde nachher noch einmal zu dir kommen«, sagte das Mädchen angstvoll.

Doch Philippa schüttelte leicht den Kopf. »Es wird kein Nachher geben, Gwenny. Meine Zeit ist gekommen. Du weißt alles, was du wissen musst. Nur eines noch: Vergiss nie, wie sehr ich und dein Vater dich geliebt haben. Das ist das Wichtigste.« Das Kind nickte und legte seiner Mutter eine Hand auf die Wange. »Ich liebe dich auch, Mutter«, sagte es leise.

Philippa lächelte und schloss ihre Augen. Das Mädchen schluchzte auf und legte seinen Kopf auf die Brust seiner Mutter. Mit beiden Armen umfing es den schmalen Körper und weinte herzzerreißend.

Eine weiß gekleidete Nonne, die bisher offenbar in der Dunkelheit der Kammer gewartet hatte, um den Abschied zwischen Mutter und Tochter nicht zu stören, trat neben sie und legte ihr tröstend eine Hand auf den Rücken. Schweigend verharrten sie.

Das Licht verschwand.

Lucy wischte sich die Tränen aus dem Gesicht.

Philippa war tot und trotzdem hatte sie es geschafft, ihre Tochter in ihrer Aufgabe zu unterweisen. Doch es war eine andere Aufgabe, von der hier die Rede war, als die, von der Nathan gesprochen hatte. Philippa verlangte von ihrer Tochter, die Bücher vor den Männern zu schützen. Wie funktionierte das? Wie konnte Gwen die Männer daran hindern, die Bücher zu stehlen? Und noch etwas hatte Philippa ihrer Tochter offenbart. Lucy schlug ihr Herz bis zum Hals, als sie versuchte, sich an den Wortlaut zu erinnern. Die Männer sind neidisch auf die Fähigkeit der Frauen, den Büchern ihre Freiheit zurückzugeben.

Dualismus – das war es doch, woran die Katharer geglaubt hatten. Es gab für sie das Gute und das Böse, Gott und Satan, ein schwarzes und ein weißes Mal. Jede Generation brachte einen Mann hervor, der das Wort auslesen, und eine Frau, die es zurücklesen konnte. Das war die Idee des Yin und des Yang. Das musste es sein. Deshalb wollte Nathan, dass sie sich dem Bund anschloss. Dann würden sie kontrollieren können, was sie tat.

Aber nun wusste sie, dass sie die Bücher retten konnte. Sie würde verhindern können, dass Nathan noch mehr Bücher für den Bund stahl.

»Ok«, sagte sie dann zu den Büchern. »Ich habe mich erinnert, nun müsst ihr mir helfen. Wie kann ich Nathan daran hindern, weiterhin Bücher auszulesen? Ich verstehe ja, dass ihr vorsichtig mit mir wart, aber ihr seid die Einzigen, die ich fragen kann. Bitte.«

Langes Schweigen folgte Lucys Worten und fast wollte sie resigniert den Rückweg antreten, als ein lautes Wispern einsetzte. Es war, als würden alle Bücher durcheinanderreden. Offenbar hatten die Bücher es sich überlegt.

»So verstehe ich euch nicht«, rief Lucy dazwischen. »Ihr müsst euch schon einig werden, wer von euch spricht.«

»Wir mussten erst sicher sein, dass du die Richtige bist. Dass wir dir trauen können«, vernahm sie dann deutlicher.

»Du musst dich auf den Schutz des Buches konzentrieren«, klang eine helle Stimme durch den Raum.

»Dein Mal wird dir dabei helfen«, fiel eine andere Stimme ein, die viel älter klang.

»Dein Geist muss für diese Aufgabe bereit sein, du musst es wirklich wollen«, erklärte nun eine dritte Stimme, die eindeutig weiblich klang.

»Zu welchem Buch gehörst du?«, fragte Lucy neugierig. »Zu *Emma* von Jane Austen«, erklärte das Buch mit Stolz in der Stimme. »Ich habe dich gelesen«, sagte Lucy und lächelte beim Gedanken an die langen Nächte, die sie lesend unter ihrer Bettdecke verbracht hatte.

»Ich weiß«, antwortete das Buch.

»Wie kannst du das wissen?«, fragte Lucy erstaunt.

»Wir kennen die Menschen, die uns lesen. Wir spüren ihre Gedanken und ihre Gefühle und nehmen sie in uns auf. Und mit jedem Menschen, der unsere Worte in sich trägt, werden wir stärker. Je mehr Menschen uns kennen und sich an uns erinnern, umso schwieriger wird es für den Bund, uns zu stehlen. Schwierig, aber nicht unmöglich. *Alice* hat sich sehr gewehrt, aber es konnte den Kampf nicht gewinnen. Diese Schlacht kannst nur du für uns schlagen. Du musst versuchen, unsere Brüder und Schwestern zurückzuholen.«

Erst wenn man mit Büchern in Berührung kommt, entdeckt man, dass man Flügel hat.

Helen Hayes

17. Kapitel

»Lucy«, hörte sie Maries Stimme, als sie tief in Gedanken versunken die Bibliothek verließ. »Alles in Ordnung?«

»Ja, ja, ich hab' nur was vergessen. Bis später«, rief Lucy, ohne sich umzudrehen.

Sie hastete die Stufen der Bibliothek zum Gehweg hinunter und blieb abrupt stehen, als sie das Auto erkannte, das auf der Straße vor der Bibliothek parkte.

Die schwarze Limousine, die ihr schon vorhin gefolgt war. Lucys Magen zog sich zusammen. Das konnte kein Zufall sein.

Ein älterer Mann mit der Uniform eines Chauffeurs stand neben dem Wagen. Als er Lucy sah, öffnete er die Tür zu den Rücksitzen. Höflich aber bestimmt sprach er Lucy an.

»Mr. de Tremaine wünscht Sie einen Moment zu sprechen«, sagte er freundlich.

»Nathan de Tremaine?«, fragte Lucy nach.

»Nein, Sir Batiste de Tremaine«, antwortete der Mann, und als ob er Lucys Furcht spürte, fügte er hinzu: »Sie brauchen keine Angst zu haben. Es ist nur ein Gespräch.« Jetzt lächelte er aufmunternd.

Nur ein Gespräch dachte Lucy. Ok, das würde sie schaffen. Sie näherte sich dem Wagen und rutschte auf den Rücksitz. Augenblicklich sah sie sich einem weißhaarigen Mann gegenüber, der sie aus schwarzen Augen durchdringend musterte. Lucys Furcht verstärkte sich und sie verwünschte sich dafür, in den Wagen gestiegen zu sein. Doch im gleichen Moment schlug die Tür hinter ihr zu.

Lucy nahm all ihren Mut zusammen.

»Was möchten Sie von mir?«, fragte sie.

Der Mann ihr gegenüber schwieg immer noch. Lucy registrierte, wie die Scheibe zwischen den Vorder- und Rücksitzen hochfuhr und das Auto sich langsam in Bewegung setzte.

Sie erschrak. »Wo fahren wir hin?«, entfuhr es ihr.

»Sie brauchen keine Angst zu haben, junge Dame«, antwortete Batiste endlich. Für seine kalten Augen hatte er eine erstaunlich warme Stimme. »Ich möchte mich nur ein wenig mit Ihnen unterhalten. Sie sehen Ihrer Mutter sehr ähnlich.«

»Sie kannten meine Mutter?«, fragte Lucy verblüfft.

»So kann man es wohl bezeichnen. Auch mit ihr habe ich mehrere Gespräche geführt und versucht, sie zur Vernunft zu bringen. Ich kann nur hoffen, dass Sie einsichtiger sind.« Er lachte und das Lachen klang eisig.

Trotz der Wärme im Auto schauderte es Lucy und sie wünschte sich nichts sehnlicher, als den Wagen zu verlassen. Unauffällig lugte sie nach dem Griff, mit dem sie die Wagentür von innen öffnen konnte. Batiste folgte ihrem Blick und lächelte abfällig.

»Vergessen Sie das ganz schnell.«

Lucy biss sich auf die Unterlippe.

»Was wollen Sie von mir?«, wiederholte sie dann trotzig ihre Frage. Er war nur ein alter Mann.

»Nathan hat mit Ihnen gesprochen«, stellte er fest.

Lucy nickte.

»Und? Werden Sie den Platz, an den sie gehören, wieder einnehmen und ihn unterstützen?«

Lucy ahnte, dass es klüger wäre, seine Frage mit Ja zu beantworten. Doch das winzige Wort kam ihr nicht über die Lippen. Es schien ihr wie ein Verrat an den Büchern.

»Ich habe mich noch nicht entschieden«, sagte sie vorsichtig. »Ich wollte heute noch einmal mit Nathan darüber reden. Sie müssen das verstehen. Bis vor ein paar Tagen wusste ich von all dem noch nichts.« Sie versuchte hilflos zu klingen und zu ihrer eigenen Überraschung schien ihre Taktik aufzugehen.

Batiste de Tremaine lächelte beinahe großväterlich und tätschelte ihre Hand.

»Das ist sehr klug von Ihnen. Nathan wird Sie in Ihre Aufgabe einweihen und ich werde Ihnen beibringen, wie Sie die Bücher in unsere Obhut bringen. Ihnen beiden wird Großes gelingen. Sie und Nathan werden so viele Bücher retten können. Noch in Jahrhunderten wird man unserer Namen gedenken. Wir können die Linien wieder vereinigen, nach so vielen Jahren.« Jetzt hatte das Lächeln einen selbstgefälligen Zug angenommen. »Reden Sie mit Nathan und dann begleiten Sie ihn am nächsten Wochenende zu unserem Landsitz. Wir sollten mit Ihrer Ausbildung schnellstmöglich beginnen. Ich hoffe, dass Sie es sich nicht noch einmal anders überlegen.« Wieder hatte seine Stimme einen drohenden Ton angenommen.

Er hob seinen Stock und klopfte damit an die Scheibe. Sofort fuhr diese herunter. »Sie können anhalten, Harold«, befahl Batiste.

Kurze Zeit später hielt der Wagen und Harold öffnete die Tür. Mit zitternden Knien stieg Lucy aus. Harold lächelte ihr noch einmal aufmunternd zu und stieg ein. Die Limousine rauschte davon. Es dauerte eine Weile, bis Lucy wagte, sich zu bewegen. Ihre Beine fühlten sich an, als wären sie aus Watte. Langsam setzte sie einen Schritt vor den anderen. Die letzten Worte von Batiste de Tremaine waren eindeutig eine Warnung gewesen.

Lucy schob ihre Hände tief in ihre Jackentaschen und lief los. Sie hoffte, dass die Bewegung ihr helfen würde, dem Zittern in ihrem Inneren Herr zu werden. Sie musste dringend mit jemandem reden. Nur mit wem? Nathan schied ja wohl aus. Er stand auf der falschen Seite. Colin wollte sie in die Sache nicht mit hineinziehen. Also gab es nur eine Person, an die sie sich wenden konnte: Madame Moulin. Lucy zückte ihr Handy und wählte die Nummer der Heimleiterin. Während sie darauf wartete, dass jemand abhob, ließ sie sich auf einer Bank am Ufer der Themse nieder. Es dauerte eine Weile, bevor sich am anderen Ende jemand meldete. Als Lucy die vertraute Stimme hörte, schluchzte sie auf.

»Lucy«, erklang es aus dem Hörer. »Lucy, was ist los? Sprich mit mir.«

Lucy zog ein Taschentuch aus ihrer Jacke und putzte sich die Nase. Dann begann sie zu erzählen. Sie wusste nicht, ob Madame Moulin ihr folgen konnte. Selbst in ihren Ohren klang die Geschichte unzusammenhängend und unglaubwürdig. Wie immer lauschte Madame Moulin jedoch geduldig ihren Ausführungen. Als Lucy geendet hatte, herrschte Stille.

»Wo bist du jetzt, Lucy?«, fragte Madame Moulin.

Lucy sah sich um. Sie hatte keine Ahnung, wohin sie gelaufen war. »Irgendwo an der Themse«, antwortete sie.

»Du wirst dich auf dem schnellsten Weg nach Hause begeben. Verstehst du mich? Fahr mit dem Bus oder der U-Bahn. Achte darauf, dass du unter Menschen bist. Sprich weder mit Nathan noch mit seinem Großvater. Ich werde dich abholen. Gleich morgen.«

Lucy erschrak bei der Dringlichkeit in Madam Moulins Worten. »Meinen Sie, das ist notwendig? Was ist mit meiner Arbeit, meinem Studium?« Vielleicht war es voreilig gewesen, Madame Moulin anzurufen. Sie hatte ihr nur ihr Herz ausschütten wollen.

»Lucy tu einfach, was ich dir sage, und ruf mich an, wenn du zu Hause bist. Colin wird dort auf dich aufpassen.«

»Colin?«, quietschte Lucy. »Sie haben es Colin erzählt?«

»Beruhige dich. Ich habe ihn nur angerufen und gefragt, wo du bist, und ihn bei dieser Gelegenheit gebeten, auf dich aufzupassen. Ich habe ihm nichts erzählt.«

Lucy verdrehte die Augen. Sehr unauffällig dachte sie. Colin würde sie ausquetschen wie eine reife Apfelsine und er würde nicht lockerlassen, bis er alles wusste. Doch es hatte keinen Zweck, Madam Moulin deswegen Vorwürfe zu machen.

»Ok, dann mache ich mich auf den Weg. Bis morgen.«

»Bis morgen und pass auf dich auf.«

Lucy drückte auf den roten Knopf ihres Handys, um das Gespräch zu beenden. Im gleichen Augenblick begann das Gerät zu klingeln und Nathans Name erschien auf dem Display. Er war der letzte Mensch, mit dem Lucy jetzt sprechen wollte. Sie drückte ihn weg und stellte das Telefon auf lautlos. Eilig machte sie sich auf den Weg zur U-Bahn-Station *Temple*.

Colin öffnete die Tür, als sie zu Hause ankam, und sah sie vorwurfsvoll an.

»Wusste ich doch, dass du was vor mir verheimlichst«, warf er ihr vor, noch bevor sie ihre Jacke ausgezogen hatte.

»Ich muss dir nicht alles erzählen«, antwortete sie trotzig.

»Früher haben wir uns alles erzählt.«

»Das hier ist etwas anderes, Colin. Es ist gefährlich. Ich möchte dich da nicht mit reinziehen.«

Lucy ging in die Küche und stellte den Wasserkocher an.

»Was meinst du mit gefährlich?«, fragte Colin neugierig.

»Was hat Madame Moulin dir erzählt?«, stellte Lucy eine Gegenfrage, um Zeit zu gewinnen.

»Ich soll auf dich aufpassen. Mehr nicht.«

»Und es ist auch besser, wenn du nichts weißt. Glaub mir.«

Der Wasserkocher summte und Lucy goss ihren Tee auf.

»Magst du auch einen?«, fragte sie versöhnlich.

Colin schüttelte den Kopf. »Es hat etwas mit Nathan de Tremaine zu tun, stimmt's?«

»Wie kommst du darauf?«

»Lucy. Lügen war noch nie deine Stärke. Ich durchschaue dich.«

Lucy wandte sich ihm zu und sagte ernst. »Colin, ich möchte nicht, dass dir etwas zustößt. Ich werde dir alles erklären, aber du musst mir Zeit lassen, ok? Nur ein paar Tage. Ich bin sicher, dann hat sich die ganze Sache erledigt.«

»Wie du meinst.« Colin griff nach einer Wasserflasche. »Ich bin in meinem Zimmer, wenn du reden willst.«

»Ok«, flüsterte Lucy ihm hinterher.

Sie zog ihr Handy aus der Tasche. Zehn neue Nachrichten. Sie klickte die SMS durch.

»Wo bist du?«

»Wir müssen reden.«

»Du kannst dich nicht verstecken.«

»Du musst dich uns anschließen.«

»Mein Großvater wird dich zwingen.«

»Rede mit mir.«

»Bitte, Lucy. Ich möchte nicht, dass dir etwas zustößt.«

»Geh an das verdammte Telefon.«

»Ich komme jetzt zu dir nach Hause.«

»Ich bin gleich da.«

Lucy sprang auf. Sie konnte unmöglich mit ihm reden. Sie fühlte sich einer Diskussion noch nicht gewachsen.

Lucy stürmte in Colins Zimmer. Colin lag auf seinem Bett und sah fern. Er schrak auf, als Lucy unvermittelt die Tür aufriss.

»Du musst mir einen Gefallen tun, Colin. Nathan ist gleich hier. Du musst ihn abwimmeln. Sag ihm, dass ich nicht zu Hause bin, dass du nicht weißt, wo ich bin und wann ich wiederkomme. Tust du das für mich? Bitte.«

Colin rappelte sich auf und im gleichen Moment schellte die Türklingel.

»Dann bist du mir aber etwas schuldig«, sagte Colin und schob sich an ihr vorbei.

Lucy schloss die Zimmertür hinter ihm und flüchtete in sein Bett.

Es dauerte einige Minuten, bis Colin zurückkam. Lucy wagte nicht, den Fernseher leiser zu stellen, aus Angst, Nathan könnte bemerken, dass noch jemand da war.

»Er ist weg«, erklärte Colin. »Und er ist echt sauer. Er hat mich gebeten, dir auszurichten, dass du dich bei ihm melden sollst.«

Lucy nickte.

»Er sah nicht gut aus«, bemerkte Colin dann und beobachtete ihre Reaktion. »Er war blass und ziemlich angespannt. Was läuft da zwischen euch beiden?«

Colin setzte sich zu Lucy aufs Bett und regelte die Lautstärke des Fernsehers herunter.

»Nichts Besonderes.«

»Lucy.«

Lucy wand sich. Ihr wollte einfach keine Erklärung für Colin einfallen. Ihr Kopf war ganz leergepumpt.

»Madame Moulin kommt morgen, ok? Dann werde ich es dir mit ihr zusammen erklären. Kannst du dich bis dahin gedulden?«

»Fest versprochen?«

»Versprochen.«

Colin sah sie aufmerksam an. »Ich kann allein auf mich aufpassen«, sagte er dann. »Kannst du das auch?«

Lucy zuckte mit dem Schultern. »Ich versuche es.«

****

Nathans Zorn wuchs von Minute zu Minute. Dabei war er nicht einmal sicher, gegen wen sein Zorn sich richtete. Gegen Lucy, gegen seinen Großvater oder gegen sich selbst.

Weshalb reagierte Lucy nicht auf seine Nachrichten? Weshalb versteckte sie sich vor ihm? Am liebsten hätte er sich an dem Kerl in ihrer Wohnung vorbeigedrängelt und nach ihr gesucht. Er war sicher, dass sie zu Hause war. Er musste sie überzeugen. War ihr denn nicht klar, wozu sein Großvater fähig war?

Was sollte er tun, wenn sie sich weigerte, mit ihm zu reden?

Vor dem Haus in der Queen Anne's Gate stand die schwarze Limousine seines Großvaters. Harold half dem alten Mann gerade aus dem Auto.

Nathan trat an die beiden heran.

»Großvater, was tust du hier? Ich habe dir doch gesagt, dass ich alles im Griff habe.«

Batiste de Tremaine musterte Nathan abschätzig.

»Beaufort hat mich gestern angerufen und mir von deinem Tête-à-tête mit der Kleinen erzählt. Willst du mich für dumm verkaufen? Du hast gar nichts im Griff. Ich habe mich der Sache angenommen und die Kleine zu Vernunft gebracht.«

»Zur Vernunft gebracht?«, fragte Nathan.

»Sie wird sich dem Bund anschließen.«

Nathan glaubte, sich verhört zu haben.

»Hat sie das gesagt?«, fragte er nach.

»Sie wird dich am Wochenende auf unser Schloss begleiten. Es ist höchste Zeit, mit ihrer Ausbildung zu beginnen.«

»Ich glaube nicht, dass sie das tun wird«, widersprach Nathan. »Sie hat sich versteckt. Wir wollten heute noch einmal miteinander reden. Aber ich kann sie nicht finden. Du hast ihr Angst gemacht, Großvater.«

Wieder musterte Batiste seinen Enkel.

»Das wagt sie nicht«, erklärte er dann und mühte sich die Stufen zum Haus hinauf.

Harold ließ die beiden Hunde aus dem Kofferraum und sofort stürmten diese auf Nathan zu.

Mit einem herrischen »Bei Fuß« befahl Batiste sie zu sich. Nathan atmete auf.

Eine Stunde später saßen die beiden Männer sich in der Bibliothek gegenüber. Draußen herrschte mittlerweile Dunkelheit.

»Du meinst also, sie wird sich uns nicht anschließen?«, fragte Batiste.

»Ich weiß es nicht. Ich hatte gehofft, sie noch überzeugen zu können.«

»Du hattest lang genug Zeit dafür«, fuhr Batiste ihm ins Wort.

Nathan wusste, dass es keinen Sinn hatte, ihm zu widersprechen.

»Wenn du meinst«, sagte er.

»Wir müssen beweisen, dass unsere Familie immer noch das erste Recht auf den Vorsitz im inneren Kreis besitzt. Es war für mich schwer genug, das nach dem Verrat deines Vaters durchzusetzen. Wir müssen dieses Mädchen gewinnen oder es vernichten.«

Bei dem Wort *vernichten* überlief es Nathan eiskalt. Doch er ließ sich keine Gefühlsregung anmerken.

»Was hast du vor?«, fragte er stattdessen.

»Überlass das nur mir«, lächelte Batiste böse. »Sie wird ihr blaues Wunder erleben. Sie hat ihre Chance gehabt. Wir geben ihr noch diese eine Nacht, um zur Vernunft zu kommen. Du gibst mir sofort Bescheid, wenn sie sich bei dir meldet. Hast du verstanden? Denkt sie wirklich, sie könnte sich mir in den Weg stellen?«

Nathan wusste auf diese Frage keine Antwort.

»Es wird das Beste sein, wenn du das Haus nicht verlässt. Es wird nicht lange dauern.«

»Gut, Großvater.« Nathan erhob sich. Es schien ihm, als könnte er keine Minute länger mit dem Mann in einem Raum bleiben.

Er stürmte in sein Schlafzimmer und zückte sein Handy. Er musste Lucy warnen. Sie musste die Stadt verlassen und sich verstecken. Irgendwo, wo niemand sie fand.

Die Tür zu seinem Zimmer wurde aufgestoßen. Ein großer Mann mit schwarzem Anzug stand plötzlich im Raum.

»Ihr Großvater meint, dass es besser ist, wenn er Ihr Handy an sich nimmt«, dröhnte seine Stimme.

Nathan stand auf. Obwohl er selbst nicht gerade klein war, überragte Orion ihn immer noch um einen halben Kopf. Nathan wusste, dass es keinen Sinn hatte, sich zu widersetzen.

Stumm legte er sein Handy in die Pranke, die sich ihm entgegenstreckte.

Die Tür schloss sich hinter dem Riesen.

Was konnte er tun?

Was würde Batiste tun?

Es musste ihm etwas einfallen, um Lucy zu warnen.

****

Lucy stand am Fenster und sah in die finstere Nacht hinaus. Colin war kurz fortgegangen, um Chips und Cola zu besorgen. Er hatte es sich in den Kopf gesetzt, Lucy mit einem Fernsehabend abzulenken. Doch jetzt war er schon eine Weile fort. Spärliches Licht beleuchtete den Asphalt der Straße. Kein Mensch war zu sehen und doch schien es Lucy, als würde sich zwischen den Autos etwas bewegen. Sie strengte sich an, um etwas zu erkennen. Doch ohne ihre Brille war es sinnlos. Schnell lief sie in ihr Zimmer und wühlte in ihrer Tasche. Die Brille hatte sich ganz unten versteckt. Dann trat sie an ihr Fenster und schob die Gardine zur Seite. Es dauert einen Moment, bis sie die Bewegung wieder sah. Es war ein Hund. Lucy atmete aus. Sicher ging dort nur jemand mit ihm Gassi. Allerdings war es komisch, dass der Hund nicht angeleint war. Sie sah sich nach dem Besitzer des Tieres um. Weit und breit war niemand zu sehen. Wieder blickte sie zu dem Hund und erschrak. Jetzt saßen dort zwei Tiere. Beide sahen zu ihr hinauf. Jetzt erst fiel Lucy auf, wie riesig diese pechschwarzen Tiere waren. Eilig ließ sie die Gardine fallen und lief wieder in Colins Zimmer. Wo blieb er nur?

Zehn Minuten später hörte sie einen Schlüssel im Schloss. Die Tür sprang auf.

»Ich bin es«, hörte sie Colins vertraute Stimme.

Lucy atmete tief durch.

Colin trat ins Zimmer und hielt eine Tüte hoch. Trotz ihrer Anspannung musste Lucy lächeln. Offenbar hatte er den kleinen Laden am Ende der Straße leergekauft.

»Du warst lange weg«, sagte sie.

»Ich habe George getroffen«, antwortete Colin und kniete vor seiner DVD-Sammlung nieder.

»Hast du die Hunde unten auf der Straße gesehen?«, fragte Lucy.

»Welche Hunde?« Colin zog *Troja* aus dem Regal hervor.

»Wie wäre es damit?«, fragte er.

»Meinetwegen.« Lucy zuckte mit den Schultern und rappelte sich vom Bett hoch. »Ich hole Gläser und eine Schüssel.«

Brat Pitt, Cola und Chips schafften es tatsächlich, Lucy von ihren Problemen abzulenken. Allerdings war sie so erschöpft, dass sie nach der Hälfte des Filmes einschlief. Colin deckte sie zu und strich ihr das Haar aus dem Gesicht. Dann schaute er den Film zu Ende und löschte das Licht. Das Kratzen an der Tür hörte er nicht.

Als Lucy am nächsten Morgen erwachte, hörte sie die Stimmen von Madame Moulin und Colin aus der Küche. Sie sah auf den Wecker, der auf Colins Nachttisch stand. Kurz vor zehn. Weshalb hatte niemand sie geweckt?

Sie sprang auf und lief ins Bad. Frisch geduscht und umgezogen stand sie zehn Minuten später in der Küche und begrüßte Madame Moulin.

»Warum hast du mich nicht geweckt?«, fragte sie Colin.

»Ich hab's versucht, aber du warst nicht wach zu kriegen«, verteidigte er sich. »Hast letzte Nacht wohl nicht viel Schlaf bekommen?« Er grinste.

»Wir haben Wichtigeres zu besprechen«, unterbrach Madame Moulin das Geplänkel der beiden. »Lucy, du packst ein paar Sachen zusammen. Colin, du rufst in der Bibliothek an und meldest Lucy krank. Zum Glück sind Marie und Jules nicht hier. Du musst dir später etwas ausdenken, weshalb Lucy verschwunden ist.«

»Mir fällt schon was ein«, sagte Colin. »Es wäre allerdings besser, wenn ihr mir sagen würdet, worum es hier geht.«

Madame Moulin schüttelte den Kopf. »Es ist besser, wenn nicht noch mehr Leute da mit reingezogen werden.

Nachdem Vikar Ralph bereits wegen dieser Sache getötet wurde.«

Colin sah sie fassungslos an. »Meine Mutter sagte, es war ein Unfall.«

»Dann ist sie noch nicht auf dem neuesten Stand. Er wurde ermordet.«

»Dann will ich erst recht wissen, was hier gespielt wird«, sagte Colin mit fester Stimme. »Ich werde nicht zulassen, dass Lucy etwas geschieht.«

Madame Moulin griff nach seiner Hand. »Ich werde auf sie aufpassen, Colin.«

Zweifelnd sah er die ältere Frau an, die seinem Blick standhielt.

»Es geht nicht anders, Colin. Glaub mir.«

Colin nickte zögernd und griff nach dem Telefon, um Marie darüber zu informieren, dass Lucy heute nicht kommen würde.

»Hat sie wieder bei Nathan übernachtet?«, fragte sie neugierig.

»Nein, sie war zu Hause«, antwortete Colin und legte mit einer knappen Verabschiedung auf.

Lucy wartete mit einer kleinen gepackten Tasche im Flur. Sie warf einen letzten Blick auf ihr Handy, um zu prüfen, ob Nathan sich noch einmal gemeldet hatte. Zu ihrer Erleichterung war das nicht der Fall gewesen. Trotzdem beschlich sie ein ungutes Gefühl. Wer wusste schon, was er und sein Großvater nun ausheckten.

»Wo fahren wir hin?«, fragte sie Madame Moulin.

»Ich habe eine alte Freundin. Sie lebt in Schottland in einem kleinen Dorf.« Sie wandte sich an Colin. »Entschuldige, Colin. Aber es ist besser, wenn du nicht weißt, wo Lucy ist.«

Colin nickte mit zusammengezogenen Augenbrauen.

»Wenn Sie meinen.«

Er nahm Lucy fest in die Arme. »Pass auf dich auf.«

»Mach ich«, flüsterte sie. »Und du auf dich.«

An der Eingangstür sah Madame Moulin sich vorsichtig um. Niemand war zu sehen. Eilig liefen sie zur Hauptverkehrsstraße. Lucy folgte Madame Moulin wortlos. Immer wieder sah sie sich um. Sie fürchtete sich davor, plötzlich Nathan oder seinem Großvater gegenüberzustehen. Lucy tastete nach dem Medaillon. Dann schrak sie zusammen. Es hing nicht um ihren Hals. Besorgt wandte Madame Moulin sich ihr zu.

»Was ist Lucy?«

»Mein Medaillon. Es ist nicht da.«

»Wir müssen uns beeilen«, erklärte Madame Moulin.

»Ich kann nicht ohne das Medaillon gehen«, sagte Lucy und tippte Colins Nummer in ihr Handy.

»Colin«, sagte sie, als er sich meldete. »Schau mal bitte nach, ob mein Medaillon irgendwo in der Wohnung liegt. Auf meinem Nachtschrank oder im Bad.«

Panik ergriff sie. Sie durfte es nicht verloren haben. Das wäre eine Katastrophe.

»Hier ist es nirgendwo«, hörte sie Colin.

»Ok, danke. Falls du es noch findest, ruf mich an, ja?«

»Mach ich.«

»Wir müssen noch mal in die Bibliothek«, erklärte Lucy mit fester Stimme. »Ich verlasse die Stadt nicht ohne das Medaillon. Es ist das einzige Andenken an meine Mutter, das ich habe.«

»Dann verpassen wir den Zug«, insistierte Madame Moulin. »Dein Leben ist wichtiger als der Schmuck.«

Lucy fragte sich, ob Madame Moulin jetzt nicht übertrieb. Konnten Batiste oder Nathan wirklich zu so etwas fähig sein?

»Da vorn ist die U-Bahn. Wir sind unter Menschen. Uns wird nichts passieren. Wir müssen uns eben beeilen.«

Madame Moulin seufzte. »Wenn es denn sein muss.«

Schweigend liefen sie zum Eingang der U-Bahn und stiegen die Treppen hinunter. Der Bahnsteig war voller Menschen. Madame Moulin drängelte sich nach vorn und Lucy folgte ihr notgedrungen. Die Lichter der einfahrenden U-Bahn wurden im Tunnel sichtbar. Wind schoss über die Wartenden hinweg. Plötzlich war Madame Moulin verschwunden, und eine Frau neben Lucy begann, hysterisch zu kreischen. Die Bahn fuhr quietschend ein. Totenstille breitete sich aus. Das grüngemusterte Tuch, das Madame Moulin um ihren Hals getragen hatte, klemmte zwischen dem Bahnsteig und dem Metall des Waggons. Lucy starrte darauf, ohne zu verstehen, was sie sah.

Erst, als die Türen der Bahn sich öffneten, setzten die gewohnten Geräusche ein. Lucy starrte immer noch auf die Stelle, an der Madame Moulin eben noch gestanden hatte. Die Menschen wichen zurück und immer wieder schrie jemand nach einem Arzt. Lucy rührte sich nicht. Wie aus dem Nichts erschienen Mitarbeiter der Londoner U-Bahn und räumten den Bahnsteig. Jemand schob Lucy die Treppen nach oben.

»Ich muss hierbleiben«, sagte Lucy immer wieder. »Ich muss ihr helfen.«

Eine ältere Dame sah sie mitleidig an. »Ihr ist nicht mehr zu helfen, Kindchen. Glaub mir.«

Ein Bahnmitarbeiter wurde auf Lucy aufmerksam. »Kannten sie die Frau?«, fragte er. »Weshalb hat sie das getan?«

Lucy sah ihn verständnislos an.

Plötzlich stand Colin neben ihr. »Komm, Lucy«, sagte er sanft. »Sie kannte die Frau nicht«, sagte er zu dem

Bahnmitarbeiter und zog Lucy fort. »Wir müssen hier weg.«

»Aber das geht nicht. Ich muss wissen, was geschehen ist«, sagte Lucy leise, ließ aber zu, dass Colin sie weiter nach oben schob.

»Sie ist tot, Lucy. So einen Sturz überlebt man nicht.«

Lucy fing unkontrolliert an, zu schluchzen. »Es ist meine Schuld«, wiederholte sie immer wieder.

»Es ist nicht deine Schuld, Lucy. Sicher war es ein Unfall. Sie ist zu nah an die Gleise getreten.«

Lucy sah auf. »Das glaubst du doch selbst nicht«, antwortete sie. »Jemand muss sie gestoßen haben.«

»Wer sollte so etwas tun, Lucy?«

»Ich weiß nicht«, schluchzte Lucy. »Ich weiß es doch auch nicht. Wo kommst du überhaupt so plötzlich her?«

»Ich bin euch gefolgt«, antwortete er, als sei das das Normalste der Welt. »Du glaubst doch nicht wirklich, dass ich dich allein lasse. Nach deinem Anruf konnte ich mir denken, dass ihr noch einmal in die Bibliothek fahrt.«

Erst jetzt fiel Lucy auf, wie hektisch Colin atmete. Er musste gerannt sein, um sie einzuholen. Ihr Kopf sank dankbar gegen seine Brust. Was hätte sie bloß ohne ihn getan.

Ihr Blick fiel auf die gegenüberliegende Straßenseite. Ein groß gewachsener, breitschultriger Mann stand dort. Er war ganz in Schwarz gekleidet. Neben ihm kniete ein riesiger schwarzer Hund. Lucy erkannte ihn sofort. Das war der Hund, der gestern vor ihrem Haus gesessen hatte.

»Wir müssen weg hier«, flüsterte sie. »So schnell wie möglich. Wir müssen zur Bibliothek.«

Ohne eine Frage zu stellen, nahm Colin ihre Hand und zog sie durch die Menschenmenge, die sich am Eingang der U-Bahn ballte. Niemand wurde mehr hinuntergelassen.

Während sie liefen, sah Lucy sich immer wieder um, doch weder der Hund noch der schwarze Mann folgten ihnen. Einige Straßen weiter stiegen sie in einen Bus, der sie zur Bibliothek brachte.

Colin reichte Lucy ein Taschentuch. »Du bist ganz verschmiert«, sagte er. »Du solltest Madame Moulins Rat befolgen und dich verstecken. Vorausgesetzt, du hast recht und sie wurde gestoßen. Was ich mir ehrlich gesagt nicht wirklich vorstellen kann.«

»Weshalb hast du dann zu dem Bahnmitarbeiter gesagt, dass ich sie nicht kenne?«, fragte Lucy.

»Ich wollte dich da so schnell wie möglich wegbringen«, sagte Colin zögernd. »Und jetzt erzähl mir endlich, worum es geht. Ich hänge da jetzt sowieso mit drin.«

Die Fahrt würde nicht lang genug dauern, um Colin jedes Detail zu berichten. Also entschloss Lucy sich, ihm eine Kurzfassung zu erzählen. Er war jetzt der einzige Mensch, dem sie trauen konnte. Sie würde das hier allein nicht schaffen.

Colin hörte schweigend zu.

»Und deshalb muss ich das Medaillon holen. Ich werde die Stadt ohne den Schmuck nicht verlassen. Verstehst du?«

Colin nickte.

»Wenn wir in der Bibliothek sind, rufst du bitte bei der Polizei an und fragst nach dem Unfall? Vielleicht ist sie ja so gefallen, dass sie nur verletzt ist. Vielleicht lag sie so zwischen den Gleisen, dass der Zug sie nicht getötet hat. So etwas ist doch schon passiert, oder?« Ihre Stimme klang kläglich.

»Ja, natürlich. Das mache ich. Vielleicht hat sie ja Glück gehabt.«

Lucy nickte und klammerte sich an diese klitzekleine Hoffnung. Madame Moulin war immer so etwas wie eine Mutter für sie gewesen. Sie durfte nicht tot sein.

»Wir müssen aussteigen«, sagte Colin und zog sie hoch. Lucy wischte sich mit dem Taschentuch über ihr Gesicht.

Colin zog sie weiter bis zum Eingang der Bibliothek. Dort nahm er ihr ihre Tasche ab und strich ihr das Haar zurück.

»Marie wird sofort merken, dass etwas nicht stimmt«, sagte er. »Erkläre ihr nicht zu viel. Beeil dich. Ich warte hier und halte nach dem schwarzen Mann Ausschau.«

Er versuchte sich an einem Lächeln.

Lucy wandte sich ab und stieg die wenigen Stufen zur Tür hinauf.

Marie war nicht zu sehen und so lief sie eilig durch die Schranke in Richtung Archiv.

Auf dem Tisch neben der Tür lagen einige Bücher. Mechanisch griff sie danach, um sie mit hinunterzunehmen.

Lucy trat durch die Eingangstür des Archivs, deren alte Scharniere zur Begrüßung knarrten. Sie presste die Bücher in ihrem Arm fest an sich. Hier war sie in Sicherheit. Hierher konnte ihr niemand folgen. So schnell es die steilen Stufen zuließen, eilte sie die Treppe hinunter.

In dem schmalen Gang zwischen den Regalen stieg ihr der vertraute Geruch alter Bücher in die Nase. Heute vermochte er sie nicht zu trösten.

Tränen rannen über ihre Wangen und sie betete, dass sie ihr Medaillon hier finden würde. Sie hoffte inständig, dass es auf ihrem Schreibtisch lag und darauf wartete, dass sie es abholte.

Durch die verzweigten Gänge lief sie auf ihr Büro zu. Umständlich kramte sie den Schlüssel aus der Jackentasche, bemüht, die Bücher, die sie auf dem Arm balancierte, nicht fallen zu lassen. Nachdem sie ihn gefunden hatte, schloss sie auf und trat ein.

Sie durchquerte den Raum, legte ihre Last auf dem Schreibtisch ab und knipste die kleine Arbeitslampe an. Dann begann sie hektisch zwischen den Papieren, Büchern und Karteikarten zu wühlen, die auf dem winzigen Tisch verstreut lagen. Sie konnte es nicht finden. Sie bückte sich, um unter dem Tisch nachzusehen. Ihre Bewegungen wurden immer fahriger. Colin würde ungeduldig werden, wenn sie nicht bald zurückkam. Verzweifelt sah sie sich um. Sie konnte es unmöglich verloren haben. Dafür war es zu wertvoll.

Endlich entdeckte Lucy es. Matt schimmernd lag das Medaillon auf einem Bücherstapel neben der Tür. Aufschluchzend stürzte sie sich darauf und umklammerte es. Vorsichtig legte sie es sich um den Hals und löschte das Licht. Ein letztes Mal sah sie sich um. Ob sie jemals zurückkehren würde?

Sie trat auf den Gang hinaus und blieb abrupt stehen. Etwas hatte sich verändert. Lucy wusste nicht sofort, was es war. Aufmerksam blickte sie sich um. Sie konnte nichts Ungewöhnliches entdecken. Die Bücher schwiegen und doch spürte Lucy ihre Angst, die sich nun auch ihrer bemächtigte. Ihr Herz begann laut zu schlagen. Furcht schnürte ihr die Kehle zu.

Dann roch sie es. Der vertraute Geruch alter Bücher war verschwunden. Etwas anderes hatte seinen Platz eingenommen. Im selben Moment, in dem sie begriff, was sie roch, bemerkte sie den weißen Qualm, der wie Nebel zwischen den Regalen hervor stieg. Dann drang ein unwirkliches Knistern an ihre Ohren.

Wie hypnotisiert starrte Lucy auf das Schauspiel, das sich ihr bot. Das musste ein Traum sein.

Wie aus dem Nichts züngelten kleine gelbe Flammen aus den Gängen zu ihrer Linken hervor. Mit jedem Wimpernschlag schienen sie größer zu werden. Ihre Farben wechselten zu einer verwirrenden Mischung von Weiß, Blau und Rot.

Es bestand kein Zweifel – das Archiv brannte.

Die Bücher – das Feuer würde sie vernichten. Jedes Einzelne von ihnen. Lucy war wie erstarrt. Dann nahm sie die Schreie der Bücher wahr. Ihre Verzweiflung grub sich in Lucys Herz.

Sie schwankte und griff Halt suchend nach der Wand. Was sollte sie tun? Viel zu schnell fraß das Feuer sich durch das trockene Holz und das uralte Papier. Die Flammen leckten über den Boden, wanden sich um jeden einzelnen Karton, bohrten sich in sein Innerstes und verrichteten ihr zerstörerisches Werk. Beinahe sorgfältig gingen sie dabei vor, als wollten sie verhindern, dass ihnen auch nur ein Buch entging. Keines würde verschont bleiben. Der Schatz, der hier so viele Jahre verwahrt und geschützt worden war, ging vor Lucys Augen verloren.

»Lauf, Lucy. Rette dich!«, forderten die Bücher plötzlich von ihr. »Rette uns!«

Die Betäubung fiel von ihr ab und sie erwachte aus ihrer Starre. Voller Panik wandte sie sich um und hastete zurück in ihr Büro. Sie knipste das Licht wieder an und griff nach dem Telefon. Dabei zitterten ihre Hände so stark, dass ihr der Hörer entglitt und auf den Boden knallte.

Für die Bücher hier unten würde vermutlich jede Hilfe zu spät kommen, aber der Bestand in den oberen Etagen konnte vielleicht gerettet werden. Sie musste sich nur beeilen. Alles hing jetzt von ihr ab.

Sie bückte sich, um den Hörer aufzuheben und versuchte, das Zittern ihrer Finger zu unterdrücken. Dann wählte sie die Nummer des Infoschalters. Das Telefon war tot. Wütend schüttelte sie den altersschwachen Apparat und versuchte es noch einmal. Das Gerät gab kein Lebenszeichen mehr von sich. Lucy stöhnte auf. Sie blickte zu den Büchern, die sie vor wenigen Minuten auf ihrem Schreibtisch abgelegt hatte. Wenigstens diese würde sie retten. Sie würde sie nicht dem Feuer überlassen.

Sie zog ihre Strickjacke von der Lehne des Stuhls, griff nach einer Wasserflasche und goss ihren Inhalt darüber. Sie drückte sich den feuchten Stoff vor Mund und Nase, nahm die Bücher und umklammerte sie wie einen Rettungsanker. Dann trat sie vor die Tür und sah sich um.

Das Feuer hatte sich weiter vorgearbeitet. Es breitet sich zu schnell aus, schoss es Lucy durch den Kopf, bevor sie losrannte. Die Bücher in ihrem Arm behinderten sie, aber sie war nicht gewillt, sie den Flammen zu überlassen.

Der Weg vor ihr dehnte sich ins Unendliche. Der Rauch nahm ihr erst die Sicht und dann den Atem.

Ein Krachen ertönte hinter ihr. Lucy sah sich um. Die riesigen Regale begannen einzustürzen. Das Feuer hatte sich durch ihre dicken Eichenbretter gefressen und diese hielten ihm nicht länger stand. Funken stoben durch den Raum und eine Welle aus Flammen, Schutt und Asche flog auf Lucy zu. Sie versuchte, schneller zu laufen. Eigentlich hätte sie längst bei der Treppe angekommen sein müssen. Mit Erschrecken wurde ihr bewusst, dass sie falsch abgebogen war. Sie sah nach oben. Durch den Qualm war der Buchstabe, der der Regalreihe ihren Namen gab, nicht mehr zu erkennen. Lucy begann zu husten. Panik machte sich in ihr breit. Was, wenn sie nicht hinausfand?

Sie ließ die feuchte Strickjacke, die sie beim Laufen behinderte, fallen und zerrte mit einer Hand einen der sorgfältig verschlossenen Kartons aus dem Regal. Oben auf dem Deckel war deutlich die Signatur zu lesen. Sie begann mit dem Buchstaben L.

»Verfluchter Mist«, krächzte Lucy in den Lärm des Infernos. Sie hätte in Reihe H abbiegen müssen. Zurück konnte sie nicht. Das Feuer war zu nah. Die Hitze brannte auf ihrer Haut. Den Ausgang würde sie nur noch über Umwege erreichen. Sie nahm das Buch aus dem Karton, den sie achtlos fallen ließ. Sie konnte es nicht zurücklassen und der Vernichtung preisgeben. Dann rannte sie, so schnell ihre schmerzende Lunge es zuließ, weiter.

Minuten später wurde ihr klar, dass sie sich rettungslos verlaufen hatte. Lucy konnte nicht mehr. Ihr fehlte die Luft zum Atmen. Um sie herum brodelte das Feuer, griff nach allem, was ihm in die Quere kam und fraß es auf.

Egal, in welche Richtung sie sich wandte, von allen Seiten stürmte es auf sie zu. Eine alles vernichtende Armee, die erbarmungslos ihr Werk verrichtete.

Sie saß in der Falle.

Tränen rannen ihr über die Wangen und sie versuchte wütend, sie fortzuwischen.

Das war sein Werk. Sie hatte ihm vertraut und er hatte sie getäuscht.

Sie wollte die Gedanken an ihn abschütteln. Wenn sie schon starb, sollte ihr letzter Gedanke nicht ihm gelten. Lucy schluchzte und verbarg ihr Gesicht in ihren Händen. Langsam rutschte sie, an eines der Regale gelehnt, zu Boden. Mit der linken Hand umfasste sie das Medaillon fester.

Dann begann sie zu beten, etwas, das sie nicht mehr getan hatte, seit sie das Kinderheim, in dem sie aufgewachsen war, verlassen hatte.

Doch die glühend rote Welle ließ sich damit nicht aufhalten. Sie rollte heran und fraß Lucys Welt.

Bücher sind wie Fliegenpapier. An nichts haften Erinnerungen so gut wie an bedruckten Seiten.

Cornelia Funke „Tintenherz"

Epilog

Wasser. Ihre Kehle war furchtbar ausgetrocknet. Sie bekam keine Luft. Jemand goss Wasser über ihre Lippen und strich ihr mit feuchten Fingern über das Gesicht. Ihre Haut kribbelte unter der Berührung.

»Lucy«, hörte sie eine flüsternde Stimme. »Lucy, du musst aufwachen. Hörst du mich? Bitte wach auf. Wir müssen hier raus.«

Lucy versuchte zu blinzeln, und ihre Augen zu öffnen. Aber sie waren wie zugeklebt. Wessen Stimme war das?

Sie spürte, dass sie hochgehoben wurde. Sie spürte ein Schwanken. Er hielt sie fest und lief los. Das Brausen und Tosen des Feuers wurde überlaut. Er lief direkt hinein in die Flammen. Das musste der falsche Weg sein. So würden sie beide verbrennen. Lucy versuchte, zu sich zu kommen. Aber ihr Retter lief so schnell, dass sie Mühe hatte, sich an ihm festzuhalten, um nicht aus seinen Armen zu fallen. Sie spürte, dass er Treppen stieg. Er hat den Ausgang gefunden, dachte sie verwundert, bevor sie wieder das Bewusstsein verlor. Das Letzte, das sie spürte, war der unvermeidliche Londoner Regen, der ihr ins Gesicht tropfte.

Ende 1. Teil

Welchen Leser ich wünsche?
Den Unbefangensten, der mich, sich und
die Welt vergisst, und in dem Buche nur lebt.

Johann Wolfgang von Goethe

Nachwort

Der erste Teil der BookLessTrilogie ist geschrieben und ich hoffe, dass er Euch mindestens genauso gut gefallen hat, wie MondSilberLicht. Ich möchte an dieser Stelle nicht versäumen, darauf hinzuweisen, dass es sich hierbei um einen Fantasy- oder vielleicht besser um einen Mysteryroman handelt. Alle Figuren, die sich in meinen Büchern tummeln, sind frei erfunden und Ähnlichkeiten mit lebenden Personen sind nicht beabsichtigt.
Doch dabei bleibt es nicht. Um einen spannenden Roman für Euch zu schreiben, habe ich die Gegebenheiten entsprechend angepasst. Natürlich gibt es eine Londoner Bibliothek und diese hat auch ein Archiv. Ob das Archiv so aussieht wie in meinem Buch, entzieht sich meiner Kenntnis. Aber was sollte Lucy in einem sterilen Raum mit riesigen Safes oder Metallregalen? Es sollte schon etwas mystisch sein und, seien wir ehrlich, stellen wir uns nicht gerade so einen Raum der Bücher vor? Das Londoner Bibliotheksarchiv beherbergt ziemlich viele alte Schriften. Unter anderem eine der ältesten Ausgaben von *Alice im Wunderland* und tatsächlich wird in der Londoner Bibliothek ein wertvolles Exemplar von Oscar Wildes einzigem Roman vermisst. Ich habe versucht, ganz viele Dinge gründlich zu recherchieren, ob es um die Katharer ging oder um englische Adelsgeschlechter, deren Vorfahren einmal in Frankreich zu Hause waren. Aber wie schon

gesagt – ich habe es meinem Romangeschehen angepasst und hoffe, dass Euch meine Interpretation der Geschichte gefällt. Denn darum geht es ja eigentlich: Ich wollte nur Eure Fantasie beflügeln und Euch mitnehmen in ein neues Abenteuer.

Wenn mir das gelungen ist, freue ich mich wieder auf zahlreiche Rezensionen, Postings und Blogbesuche. Ich werde auf meinem Blog sicherlich auch wieder einige Hintergrundinformationen veröffentlichen und Leserunden veranstalten. Aber das Wichtigste wird wohl sein, Lucys und Nathans Geschichte weiterzuschreiben.

Eure Marah

E-Book Inside

Wenn Ihr das Taschenbuch gekauft habt, aber gern noch eine Version für Euren Reader haben möchtet, dann schreibt mir einfach eine Mail an: marah.woolf@googlemail.com.

Um es ganz einfach zu machen, stelle ich dann eine Frage zu einer Textstelle und wenn diese Stelle richtig zitiert ist, sende ich das E-Book kostenlos zu. Natürlich vertraue ich darauf, dass ihr es nicht endlos weiterverteilt.

Danksagung

Es gibt mittlerweile so viele Menschen, bei denen ich mich bedanken möchte, dass ich gar nicht weiß, wo ich anfangen soll. Die Reihenfolge hat demnach auch gar nichts zu bedeuten.

Ein ganz großes Dankeschön schicke ich meinen Probeleserinnen Carina und Petra. Die Zwei haben sich echt ins Zeug geschmissen und mir viele gute Tipps gegeben, an denen mein Buch wachsen konnte. Meine Lektorin Antonia Zauner hat mir ebenfalls mit viel Rat und Tat zur Seite gestanden. Hierfür geht auch ein Dank an neobooks, die mir diese tolle Lektorin, als Preis für den 1. Platz des Autoren@ Leipzig Awards vermittelt haben.

Riesigen Anteil am Gelingen des Werkes hat meine Korrektorin Dorothea Kenneweg, die jeden kleinen Rechtschreibfehler ausgemerzt und mir zusätzlich viele wichtige Hinweise gegeben hat.

Ich hoffe, dass Euch das tolle Cover genauso gut gefällt wie mir. Ein riesiges Lob hat sich hierfür Carolin Liepins verdient, die es nicht leicht mit mir hatte, da ich ihrer Fantasie freien Lauf lassen wollte. Sie hat das superschön und ganz einzigartig hingekriegt.

Vielen Dank an Cornelia Funke, dafür, dass ich ihr tolles Zitat für meinen Epilog verwenden darf - es passt so wunderbar zu BookLess - finde ich.

Und vielen Dank an Euch, dass Ihr so geduldig auf den ersten Teil der BookLessSaga gewartet habt und mich zwischendurch bei meinen Fragen, Postings und Abstimmungen so toll unterstützt habt. Ohne Euch wär alles doof.

Meine Buchempfehlungen

"Schon als ich dich das erste Mal sah, hatte ich das Gefühl, dass du gar nicht gut für mich bist." Keiner ihrer Albträume hätte Emma auf die drastische Veränderung in ihrem Leben vorbereiten können. Aber nach dem plötzlichen Tod ihrer Mutter ist sie gezwungen, in die verschlafene Hauptstadt der Isle of Skye, nach Portree, zu ihrem Onkel und dessen Familie zu ziehen. Das Letzte, mit dem sie rechnet ist, dass sie hier ihre große Liebe finden wird. Vom ersten Augenblick an verfällt sie Calums geheimnisvoller Ausstrahlung. Er zieht sie unwiderstehlich in seinen Bann, woran auch sein allzu offensichtliches Desinteresse nur wenig ändert. Sein widersprüchliches Verhalten macht ihn für sie nur interessanter. Aber diese Fassade beginnt zu bröckeln und irgendwann gibt auch er den Widerstand gegen seine eigenen Gefühle auf.

"Mein Herz fing an zu schlagen, immer schneller. Der Stein in meinem Magen schien größer zu werden, doch nicht vor Schmerz. Er polterte ein wenig herum, zersprang und tausend kleine Schmetterlinge flatterten aus seinem Inneren hervor. Er lebte, er war gefangen, aber er lebte. Das war das Wichtigste. Calum war nicht tot, nicht in unerreichbare Ferne gerückt." Als Emma erfährt, dass Calum noch lebt gibt es für sie nur ein Ziel: Sie möchte, dass er zu ihr zurückkommt? Doch Calum ist in seine Welt entschwunden. Eine Welt, in die sie ihm nicht folgen kann. Doch dann überschlagen sich die Ereignisse. Wird es Emma gelingen, Calum zu retten? "MondSilberZauber" ist der 2. Teil der MondLichtSaga.

Du schickst mich fort?« »Ich schicke dich fort.« »Was, wenn ich nicht gehe?« »Dann werde ich dich eigenhändig zum Auto tragen.« Ich lächelte, während mir die Tränen über die Wangen liefen. »Wir könnten einen Ort ausmachen, an dem wir uns treffen, wenn alles vorbei ist.« Calum verschloss mit seinen Fingern meine Lippen. Sie zitterten. »Nein«, flüsterte er. »Nein. Das werden wir nicht.« Emma und Calum haben für ihre Liebe alles riskiert. Endlich scheint ein gemeinsames Leben möglich. Doch Elin steht zwischen ihnen und einer glücklichen Zukunft und er verbündet sich mit Wesen, die nicht besiegt werden können… MondSilberTraum ist der dritte und letzte Teil der MondLichtSaga - einer Geschichte über eine Liebe, wie sie nur in unseren Träumen möglich ist.

Den Start an ihrer neuen Schule hat Lily sich wirklich ganz anders vorgestellt: Schon am ersten Tag setzt ihre überdrehte Freundin Jinxy alles daran, sie zu verkuppeln, und ihr angeborener Hang zum Pechvogeldasein lässt sie von einem Fettnäpfchen ins nächste stolpern. Umso überraschter ist Lily deshalb, als sie um ein Date gebeten wird - und das ausgerechnet von dem umwerfend gut aussehenden Rasmus (aka "Mr Schlafzimmerblick")! Doch dann verläuft das Treffen ganz anders als erhofft, und wenig später wird Rasmus in einen rätselhaften Unfall verwickelt. Während Lily noch glaubt, Prügeleien auf Partys und Peinlichkeiten auf dem Schulball seien die größten Probleme, mit denen sie fertigwerden muss, wird sie bereits hineingezogen in eine Rivalität zwischen Schatten und Licht

Jeden Tag durchstreift Isa den Wald auf der Suche nach Luchsen, kontrolliert Fallen und verfolgt die Fährten der Wildtiere. Eines Nachts wird sie durch einen Schuss geweckt. Sie entdeckt einen schwer verletzten Mann, der einen toten Raben im Arm hält. Einen Wolfsvogel. Der beherrschte, zerrissene Alexej fasziniert sie. Und obwohl sie sein Verhalten äußerst seltsam findet, kann sie sich seiner Ausstrahlung nicht entziehen. Als die beiden sich näherkommen, verschwindet Alexej in den Wäldern, ohne Spuren zu hinterlassen. Wenig später aber sucht ein Kolkrabe die Nähe der jungen Frau. Sie gewinnt das Vertrauen des Rabenvogels, und obgleich es keine logische Erklärung dafür gibt, ahnt sie, dass eine Verbindung zwischen Alexej und diesem Raben bestehen muss …

2659435R00187

Printed in Germany
by Amazon Distribution
GmbH, Leipzig